朝九晚五的我
退休了
精打細算的我
永不退休。
綠巨人
Green Giant
NBA
14
BYREDO
ROSE OF
NO MAN'S LAND

ORGANS
COFFEE

許力心

OBSESSION WITH OBJECTS

迷物森林

迷物推薦

方序中——究方社負責人

靈感常常來自工作以外的生活，盡情享受迷人的過程，也是一種觀察生命與誠實的感受。

杜祖業——GQ 國際中文版總編輯

製造消費的專家廣告人的物我故事既糾結又迷人，珍惜這些成為記憶座標的物，回首剪不斷理還亂的迷物之路，嘴角依然帶著微笑。

許育華——專欄作家

兩位是說故事的高手，把自己與廣告圈的故事、愛物的心意說得興味盎然，讀來津津有味。

張鐵志——VERSE 創辦人暨總編輯

這是兩位最優秀的創意人對物的詮釋與情感書寫，對讀者而言更是一本迷人的靈感之書。

路嘉怡——作家、藝人

我想跟著許力心花怒放，戴上嘴唇形狀的小耳環（對我有不斷用小鏡子檢查自己），帶著手上的幸運物小貞子，用指尖那不落漆的光療指甲，拎起我的姊妹包，踩著香奈兒鞋底佈滿雙 C logo 的球鞋，綁一個堂堂正正的蝴蝶結，為了甩掉嬰兒肥而跑。可是最後我還是放棄了，搭上貓巴士回家，好好坐下來，吃一片我最想念的原點吐司，送自己一朵玫瑰花。於是黑色最後來還是風靡了世界。

可隔天我依然故我的騎上我的粉紅色大象，吃著魔幻玉米罐頭，在肯德基爺爺的看護下，打開一本 PAUL SMITH 的情書，讀著讀著吃掉了敏哥的宇宙。最終我握上了奧美的紅鉛筆，不管會不會被 MoMA 收藏，我知道你會懂，我永遠是那個為未來努力著的 EBC 紅衣老女孩。

我不敢在我從小唯一夢想的職業本人——廣告公司創意總監——的面前班門弄斧，我只能從她的文字細節當中，仿效並窺探著她的腦細節，就像皮老闆一樣，打探海綿寶寶腦中秘方。

我只希望，在有力人士幼兒園當中，我可以有機會教教小朋友，什麼叫做不愛會死。因為許力心有戚戚焉問，「你與一個人初次約會，結果一坐下來，那個人對你說了他最喜歡的一部電影的片名。你聽完之後，隔天與他公證結婚了。請問那部電影是什麼？」我跟她一樣會說：「絕配冤家。」

打開這本書，你會發現你離創意人，其實沒那麼遠。

齊振涵——WISDOM® 品牌總監

走火而入迷，鍾情地癡迷，願您我深陷，迷物的森林。

盧建彰——導演

做為幾篇故事裡的配角，我不得不說，這些精彩的故事可惜你們不在現場，但未來你們也有機會創造，只要你讀了這書，你，會變成不一樣的人，一個懂得擁有故事的人。

聶永真——設計師

翻讀阿力跟大中一篇篇迷人的生命史觀……以及本人的各種分身，以物之名。

蘇宇鈴——作家、資深廣告人

雖然一直嚮往斷捨離的清爽人生，但透過大中和阿力的文字才理解，不能斷的不僅是那些愛不釋手的玩意兒，更是被它們的情感和故事而充實的人生。

目 次

一起被物療癒吧！

摸摸我的創意之腦

我所擁有的海綿寶寶收藏品不計其數，包含食衣住行育樂，居家觸目所及都有黃色物件存在，簡直就住在深海的大鳳梨——比奇堡裡。

常有人好奇我為何喜歡海綿寶寶，問問題是門學問，楊力州導演就是提問好手。有次與力州合作拍攝人物訪談紀錄片，他分享了每年飛去看甲子園大戰的觀察，他發現日本媒體非常會「問」，譬如記者不會問投手：「這場拿下勝投你有什麼感覺？」因為答案不脫「很高興、謝謝隊友、繼續努力」諸如此類直覺反應，不痛不癢，有問等於沒問。受訪者會根據提問深淺而決定要「給」什麼，若對方為巷子內的行家，自會得到更豐滿的答案，所以當記者問：「請問你五局下半拿下第二個出局數之後，投出第三顆變速球之前停頓了一下，那個時候你在想什麼呢？」投手眼睛馬上一亮，知道你懂，再陌生都會跟你口沫橫飛。提問之前，有人在看，有人在觀察。

為何喜歡海綿寶寶？

「看了開心」是極簡答，「因為勵志，人要像海綿一樣不斷吸收」是認真答，「努力工作努力解決問題雖然常常搞砸，忠誠，老實，容易心軟，死守美味蟹堡秘方，開車技術很爛，愛笑又愛哭，富創造力。你知道他光哭最少有六種哭法嗎？眼眶含淚、眼淚哭成一條淚腺、哭成花灑、哭成水龍頭、戴著頭罩哭等水滿了倒掉再哭、把身體的水哭完哭成一塊乾海綿」是察覺你是發燒友，我願意大聊特聊。

喜歡一樣東西，是因為在它身上看到自己的影子。

海綿寶寶的腦出現在卡通裡許多次，初登場是皮老闆發明了一種裝置入侵他深粉紅、極小的腦，打算竊取美味蟹堡秘方，接著在〈Scaredy Pants〉這集，海綿寶寶的腦變成淡粉紅，進化成更巨大的腦，我自動腦補他就像變身成功的美國隊長，對諸多毒素免疫，是戰場上最強的近身戰高手。我喜歡這個突變。

偶然發現主打 Designer Toys 的香港廠牌 UNBOX 有出這隻高度 23 公分的「SPONGEBOB SQUAREPANTS I TOUCHED MY BRAIN」公仔，逛遍玩具店都沒找到，直到一陣子之後在玩具展最後一天看到本尊，當下可能興奮到腦子燒壞，竟然沒把他帶回家。

遺憾最氣遺憾一點都不美，玩具展結束後我每天活在懊悔中，滿腦子都是那顆腦，一週後決定把複雜的心情處理乾淨。我寫信給代理商，告知對方我有多熱愛海綿寶寶、擁有多少收藏、我的海綿帝國就差這尊最後拼圖……本以為石沉大海，沒想到一位署名 Leo 的人回信了，他說：「很遺憾，SpongeBob's Brain figure 只有限量 600 隻」看到腦都僵了心都寒了，接著下一行「but 你很幸運，我們還有最後 2 隻」讓我從地獄飛到天堂。我真的很討厭「but」，除非後面接著好消息，於是興高采烈付出昂貴運費，請 Leo 從英國寄來，為壓驚還加碼多訂了另一隻搖頭晃腦的 Wobbler，從香港寄來。

等待兩週，終於與這尊得來不易的「I TOUCHED MY BRAIN 我摸我的腦」公仔團聚，我將他放在辦公桌上電腦旁，每天看看他牽牽他擦拭他把玩他，有時盯著他想到卡通情節還會笑出來。

他的功能除了逗我開心，更大的作用是帶來某種神秘力量。想不出 Idea 時我會摸摸巨大的腦，一邊摸一邊提問各種為什麼，因為，為什麼裡面還有更多為什麼能刺激思考。我確信這就是創意之腦，能讓大腦更靈光。

搭上貓巴士回家

以家人為重，有家庭觀念，心心念念著家裡，我們稱之為戀家型。除了戀家型，我也是回家型。

「我要回家」是我內心出現數以億次且最具行動力的獨（咒）白（語）。

一個名為回家的救命咒語，起源於五歲。

近年流行的夾娃娃機，在三個十年前是第一波開端，當時家裡隔壁店家擺滿夾娃娃機台，我幾乎天天報到看人夾娃娃，來店夾娃娃的客人隨身攜帶一個大大的透明塑膠袋是標配，表示「沒在跟你開玩笑」，耗費整天就要滿載而歸。每當娃娃入洞，看的人比夾到的人還要開心激動，許多客人看我又叫又跳又鼓掌，都會笑笑的把袋子裡多的戰利品分送我，他們稱作「吃紅」，我傾向是因為我這個職業觀眾沒有功勞也有苦勞。

人家說流行在街頭，更精確點，是街頭中的夾娃娃機，這類賺快錢的業者嗅覺敏銳，所有當紅 icon 都被他們收進機台內，所以夾娃娃機有其季節性與時效性，成效不好，隔天馬上換掉內容物。

1988 年的《龍貓》是我看的第一部宮崎駿動畫電影，每天幻想著養一隻龍貓，早上搭乘貓巴士上學。電影上映後不久即創造通路奇蹟，機台內不是龍貓就是貓巴士、小梅、灰塵精靈，熱潮延續很久很久。這時期也是我作為職業觀眾的豐收期，只要一助陣就一整個下午，白天夜晚的時間觀念建立在我媽來揪人回家吃飯，但偶爾我會耍賴，沒收到龍貓或貓巴士我是不會走的。

其中有個老爺爺總是帶著和藹笑容，對我很大方，夾一隻就送一隻，讓爺爺早逝的我覺得特別親切，也成為他身邊的固定嘉賓。某天當我抱著一大袋他送的貓巴士準備回家，老爺爺突然問我，這是我第一次聽到他的聲音：「妹妹妳還想要嗎？」我不加思索點頭，他邊走邊招手說：「那妳跟我回家。」我竟然傻傻地跟著陌生人走。他時不時回頭看我有沒有跟上，沿途經過外婆家，經過學校，經過熟悉的路，再過去越來越偏僻，擔憂越來越濃，突然，從腳底麻到頭頂發冷顫抖，這時心中警報器大響，一個念頭「我要回家！」閃進腦海，馬上轉頭逃離，跑得急促手一鬆，貓巴士紛紛落地，我顧不了那麼多，胡亂抓了一隻緊抱著繼續往前跑跑跑。後頭老爺爺追喊什麼就隨風而逝了。

後來我再也沒踏進那間夾娃娃店，危機意識瞬間建立。也許誤會一場，老爺爺可能是個超級好人，可能只是想念不在身邊的孫女，可能有其他可能而我不知道，不重要，因為在生命之前，任何讓自己陷入險境的可能性都不許有。

那個下午我和貓巴士一起狂奔的每一格畫面就像宮崎駿筆下的大量分鏡，費工費力，如夢似幻的過程並不輕鬆。謝謝五歲的我救了我，包了一台貓巴士把自己帶回安全的家。

這個還好不是悲劇收場的秘密，直到近年夾娃娃機台充斥街頭我才想起來。回溯往事，正好明白了為何在外每個感到傷心、委屈、焦慮、憤怒、混亂、危險時刻，只想立刻回家。

「回家」對我而言，是進到安全堡壘，當心裡有事，我要回家永遠是正解。

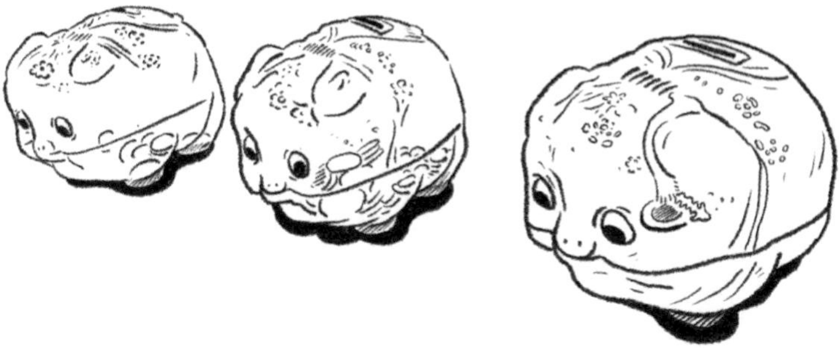

三隻小豬閒聊中

「我好久好久沒吃飽過，你們呢？」豬力葉說。

「呵，呵呵呵，你最紅耶，連你都吃不飽，我們長得再可愛有用嗎？可愛能當飯吃嗎？」豬綠葉餓得勉強搭腔豬力葉。

「一定是你一臉慘綠害的。」豬力 yellow 瞪著豬綠葉。

「總比你渾身蠟黃好。」豬綠葉反擊豬力 yellow。

「懶得跟你吵，她今天不用加班馬上就回來了，你不要煞風景，不要讓她看到我們這種嘴臉。」豬力 yellow 翻白眼。

「對，不要，我們在她面前永遠要掛著微笑。」豬綠葉笑。

「到底是誰說愛笑的人運氣通常不會太差？」豬綠葉笑完換豬力葉笑。

豬力葉，
豬力 yellow，
豬綠葉，
一紅一黃一綠同時假笑，
笑著笑著就真的哈哈大笑了。

「命理老師說屬豬的人 12 月財運亨通，有強勢貴人來相助，我們要大發了。」豬力 yellow 得意洋洋。

「迷信！」豬綠葉說是這樣說，還是信了。

「12 月……所以在 12 月之前她都會有困難？」悲傷豬力葉眼眶泛紅。

「她天天都在網購你覺得呢？」豬綠葉不置可否。

「我猜潔癖更嚴重。」豬力 yellow 看看自己，雖渾身蠟黃依然是乾淨透明系。

「呼，好險。」豬力 yellow 把話小小聲地悶在鼓鼓的嘴邊肉裡。

「對啦她最怕銅臭味。」豬力葉深呼吸一口氣，大口換氣。

「好想念『鏘鏘鏘鏘』被餵食的聲音喔。」豬力 yellow 大聲起來。

「還是她想給我們驚喜一次大量投幣讓我們吃飽

撐著？」豬力葉聽到關鍵字心情突然由悲轉喜。

「還是她忘了？」豬綠葉搶話。

「還是她有別的對象？」豬力 yellow 搶話。

「你用你的豬頭豬腦想就知道不可能。」豬綠葉吐槽豬力 yellow 通常沒原因。

「屬狗的單身者會有女性朋友幫她牽線搭橋。」豬力 yellow 對命理有濃厚興致。

「不是有句名言『來全聯之後，我的豬長得特別快』嗎？」豬力葉的強項是轉移話題。

「長那麼快幹嘛。」豬綠葉真是永遠的反對者。

「吃太飽會被殺掉喔，不行不行。」豬力 yellow 想到《神隱少女》，打了個冷顫。

「笨蛋，時間還沒到。」豬綠葉又來了。

「這是我們生存的意義啊。」豬力葉是宿命論者。

「我昨天想了一夜都沒睡，到底我們問題出在哪裡呢？」豬力 yellow 苦惱。

「打呼打得跟豬一樣叫沒睡？」嚄嚄嚄！豬綠葉模仿幾聲豬叫聲。

咔咔咔咔，吱，碰。

「她回來了，快，列隊，微笑，睜大眼。」豬力葉下達指令。

左起豬力葉，豬力 yellow，豬綠葉。

三隻小豬你們是無辜的，你們最大的勁敵，不是潔癖，不是健忘，是行動支付啊，現在消費都用 LINE Pay／Apple Pay／PX Pay啦。不過請放心，等你們被 50 元硬幣餵飽，我不會把你們殺掉，我會介紹更大的豬給你們認識，養大豬，省大錢。

小心！妳真像蠟筆小新

在還沒失眠淺眠困擾之前，我的興趣、專長、強項都是「睡」。我非常會睡，晚上九點準時起睏意，把社交、狂歡、各大節慶都睡掉了，睡到有次跨年我媽終於受不了撂下一句：「哪有年輕人像妳這樣！」催促我出門，結果，繼續倒頭大睡。媽，有夢最美，不睡覺怎麼做夢呢。

維基百科對睡眠定義如下：

1972 年，法國神經精神科醫師 Christian Guilleminault 認為睡眠只是身體內部需要的反映，感官活動及身體的物理運動在睡眠時會停止，但若給予合適刺激便可使其醒來。現代醫學界則普遍認為睡眠是一種主動過程，目的是為恢復精力而作出合適的休息，由專責睡眠及覺醒的中樞神經管理。在睡眠時人腦並沒有停止工作，只是換了模式，使身體可以更有效儲存所需的能量，並對精神和體力作出補充。睡眠亦是最好的休息方法，既能保持身體健康和補充體力，亦可提高工作能力。

簡單來說，就是一睡解千愁，有睡好商量。

高中唸廣告設計科，升學班學科術科並重，相對剝奪我的睡眠時間，但我有因此少睡嗎？沒有，照睡。高一高二睡好睡飽，學科愛唸不唸，術科作業遲交被老師體罰家常便飯，所幸成績仍維持排名中段。班導師覺得能救一個是一個，軟硬兼施換來我左耳進右耳出，活到現在沒什麼叛逆期，滿滿不服氣大概這個時期。我的父母不是不出手，是知道我不想做的事情如何勸說都沒用，同樣的，想睡的覺也是。

到了高三，不知夢到什麼，有天終於甦醒，有個聲音在我心中迴盪：「都長這麼大還被打罵很丟臉。」我很快找到妥協方式，就是晚自習回家書包一丟，洗完澡直接上床睡覺，然後每天凌晨三點起床唸書、畫畫，一年來不間斷。我嚴格執行這項計畫，初期打亂原本生理時鐘再不適應也不放棄，結果，我的身體率先抗議了。

在一次感冒、發燒、智齒冒出頭三管齊發，右臉腫了一個拳頭大，我以為我會死但命大沒有。沒求救沒叫爸叫媽，忍痛先唸書，再忍痛畫完炭筆素描後，把黏膠當成保護膠大力一噴，捲起來，這才叫死。

臉腫的我沒請假沒看醫生還準時到校，因為太不舒服早自習結束後無力地趴在桌上，這時，有位男同學遠遠指著我的臉晃過來，大聲大笑說：「哈哈哈，許力心，妳怎麼那麼像蠟筆小新！」竟然在別人的傷口上灑鹽，我氣到一整天，一整個學期，都拒絕跟他講話。

受日本教育的奶奶取我名字裡的「心」，從小暱稱我「しんちゃん」，讀作 Shin chan，小心，正好跟蠟筆「小新」發音相同。我氣的是，小心真的有夠像蠟筆小新！完全無法反駁。

唉，當時做錯了。如果時光倒回，我一定先大罵他：「你才肥嘟嘟左衛門咧滾開！」再懶得理他，木星天蠍的以牙還牙。木星天蠍，同時也被賦予死而復生的能力。

現在只要戴上這頂蠟筆小新毛帽，總會下意識摸摸右臉確認是圓是扁。比蜂窩性組織炎嚴重的，是痊癒後造成的陰影，一記二十年。

熊熊對我笑

日本漫畫大師手塚治虫曾說：「如果你有了有趣的點子，一定要實現它。」

有個人，因為這句話，在 1996 年創辦了日本玩具帝國 MEDICOM TOY。生於 60 年代的赤司龍彥有著製造商的背景，雖然生活穩定待遇佳，久了仍不免感到枯燥無味，急欲打破現狀，某天在澀谷逛到一間進口玩具店，他像著魔般瘋狂愛上眼前這些電影角色玩具，也有一說是兒時父母忙於工作無暇陪伴，經常送玩具彌補虧欠，他想起和這些玩具共度的日子療癒了他的童年，於是萌生出「打造給大人的玩具」的有趣想法，希望成年人從玩具身上獲得快樂，排解壓力，且無懼「大人收藏玩具真是不長進」的傳統觀念，大大方方收回家。

赤司龍彥領導的 MEDICOM TOY 株式會社首先推出 KUBRICK——像樂高積木人一樣有著四四方方身形的小玩具，沒想到造成廣大迴響，不只年輕人喜歡，許多品牌紛紛邀請 MEDICOM TOY 為其訂製專屬 KUBRICK，登場即爆紅。隔年，2001 年正逢泰迪熊誕生 100 週年，赤司龍彥以此為靈感，趁勢創作出以熊為主體的初代 BE@RBRICK，很快的，這隻白色人型小熊開始與各大品牌、電影、音樂、時尚、設計、服裝、文化、藝術、汽車領域掛鉤，這個「有趣的點子」被具體實現出來，成為往後二十年潮流界最具代表性的公仔。

BE@RBRICK 有計畫地和生活中各式各樣的人事物合作，因此不管你是男是女興趣為何幾歲住哪裡，都能從這隻可愛的小熊身上找到與自身相關的連結，輕易被它給迷惑。

收了身高 28 公分 400% 的白臉米奇之後，我一直在等海綿寶寶聯名熊的消息，有一天潮流名店「INVINCIBLE」主理人 Jimmy 告訴我日本即將發售身高 70 公分的 BE@RBRICK 1000% SPONGEBOB，我只說一句：「不計代價幫我訂到。」是的，售價也不低。

每個成功得逞的女人，背後都有一個唸很大的女人。將超大一隻 BE@RBRICK 1000% SPONGEBOB 搬回家被我媽發現了，我選擇誠實地吐露價格，結果當然是被碎唸。所謂孝順，重要的是順，讓她講都讓她講，碎唸的背後是覺得賺錢辛苦，明白，不該這樣花錢，對，超同意，這時候我們做孩子的就是聽，我一邊將新歡 1000% SPONGEBOB 和一起帶的 400% SPONGEBOB 放在玄關處，擔任迎賓角色，一邊犯後態度良好的點頭聆聽。但你要適時觀察，見縫插針，節奏稍微慢下來之後，你悠悠吐一句：「麻，妳知道嗎，它會增值！」這事就圓滿收場。

查了查還真的增值，我收藏的 1000% SPONGEBOB 目前最高漲到 $138,000，400% 的 $28,000，哈哈哈漲再高我都不賣。當你回到家，一開門，總是有人笑著迎接，你常常情不自禁哼著老歌：「我一見你就笑，你那翩翩風采太美妙，跟你在一起，永遠沒煩惱……」你覺得多少買得到？

快樂無價。

一個有趣的點子被實現，就會有更多人因為這個被實現了的有趣點子而創作出更多有趣的點子，就會有更多人將有趣的點子不斷實現下去，這不是太有趣有趣有趣有趣有趣了嗎。

「如果你有了有趣的點子，一定要實現它。」這句話也成為我的座右銘了。

那天我把弟弟變成法國鬥牛犬

寫下這篇文章的同時，剛好是我弟生日，以這段弟弟神救援的故事，表達感謝與驕傲之意。

現在到全聯採買的民眾應該會發現全聯不一樣了，開始有現做咖啡的選項。其實全聯福利中心的自有品牌 OFF COFFEE 是早在 2016 年已有的產品，因為只有不到五十間店頭販售，當時在傳播上只需要主視覺，藉此告訴消費者：我們也有咖啡。僅此而已。阿倫、Freddie 與我接到工作需求，三人小組短短幾天提了三套想法，由於 2015 年《全聯經濟美學》成功掀起話題，客戶很自然地選擇金句路數，即最後問世的平面系列稿：將人比喻成動物，手中拿著一杯 OFF COFFEE，透過標題傳遞出內心話。

以上不是重點，關鍵在於執行。

從業以來所學習到的觀念是，人們看不到我們時間多匆促，預算多低，條件多艱辛，人們看到的是成果，是整個團隊產出的結晶，因此過程中遇到任何障礙得盡力排除，將每個環節做到最好，為各種不可能爭取更多可能，否則以創意人高敏感性格，當執行出來的作品不如預期，這種懊惱與遺憾會讓人夜不成眠，痛苦不已，而且那個不怎麼樣的作品還會跟著你一輩子，日後想起一次恨自己一次，光是預判結果我就鬆懈不下來。所以執行重要嗎？執行是一切。

Idea 順利提過後，在時間預算壓縮之下，上租圖網站挑選動物是第一個難關。根據文案，牛媽媽的「做牛做馬之餘，也要記得做自己」必須展現出刻苦耐勞同時又愛自己的覺醒，代表家庭主婦；「上班聽經理的話，下班聽心裡的話」是一隻雖然菜仍保有憨膽戰鬥力的狗菜鳥，代表社會新鮮人；龜主管用自己的時速穩紮穩打，堅持「休息就休息，不是為了走更長遠的路」，代表中階管理者；貓女郎昂首表白「成功沒有捷徑，但放空有」，空靈透亮的眼神是真理，代表小資女；鴕鳥人不是不面對，牠深信「遇到難題，先處理心情，再處理事情」暫時逃避雖可恥但有用，代表遇到相同狀況的你我。不同樣貌不同人設，對應到各個消費族群。

為了找到符合設定的可愛動物，Freddie 每天瀏覽上千隻動物，差點變成會看動物面相的動物學博士。終於挑定後，套句2020年爆紅流行語「抱歉了錢錢，但我真的需要那個酷東西」，錢錢，全部變成這些毛東西。是的，每隻動物除了貴就是更貴，意指，我們沒有多餘預算進行拍攝，以利後續將動物頭部合在真人身上。

箭在弦上不得不發，團隊由個人形成，此時人人將潛能推向極限。拍攝費用靠業務James東挪西湊，視覺方面，除了最貴最傳神的法國鬥牛犬Freddie無法退讓，其他動物勉強、但最好不要有替代方案。這些之外，剩下來通通是我的事了。

牛、貓、鴕鳥的造型與定裝來自我與我平日愛買成性，下班回家速速對照色稿模擬動作自拍，每套根據毛色與身份提出不同款式建議。至於人選，牛媽媽情商黃昭綺拍攝，鴕鳥人拜託李修民，都是好夥伴好說話，那狗與龜呢，臨時找不到可支援的同事朋友，只好把腦筋動到自己弟弟頭上。首先他上半身厚度夠（龜的斜方肌需要有基本素質打底），再者很少開口請求的二姊快火燒屁股了，弟弟應該會出手吧，這樣想了想便硬著頭皮問，沒想到我弟不知是傻還是帥一口答應，印象中連車馬費都沒有。總之，一連串前置作業靠大家掏心掏肺掏衣櫃，終於塵埃落定。

拍攝當天，創意由Freddie與我到場，我身兼姊姊、文案、保姆與執行製作，在反覆調整姿勢、確認手持咖啡的高度與噓寒問暖照顧喝水之間來回，雖然是自己人，但專業上務必使被攝者舒服自在，還好這隻法鬥乖巧有耐性，長時間拍攝下毫無怨言，動作也夠精準，我不需太費力。

事情順利進行了嗎？不。

業務突然告知說全聯的劉鴻徵協理想要新增一隻獅子！獅子？我有聽錯嗎？為何？獅子在哪裡？牠口出什麼狂言？明白抗拒無效只好趕緊想辦法，我告訴Freddie：「沒關係你專心拍，我盡快寫，你想要什麼角度的獅子我找……」於是在很想大聲獅吼卻隱忍下生出文案「在勇氣用完之前，好好喘口氣」且找到該獅：一隻疲累卻不輕言放棄的獅總裁，多少有點投射個人狀態。這時問題又來了，獅子的正裝怎麼辦？猛然看到James正巧穿著西裝外套，我趕緊要他脫下來，請我弟將獅面的人身一起拍掉。這證明了當你真心想完成某件事，不只宇宙，周邊全部的小宇宙都會聯合起來幫忙。

這套完稿我非常喜歡，除了Freddie高度要求電修細節，更多的原因，是弟弟解救了姊姊的無價親情。後來除了店頭陳列，客戶還將狗菜鳥印在隔熱杯套，等於每個買咖啡的人，人手一個我弟。我個人座位上也擺著一個我弟，除了紀念那時那段經歷，看著「上班聽經理的話，下班聽心裡的話」也提醒自己，不論上班下班都要聽父母的話，珍惜手足之情。

全聯店內咖啡區主視覺已替換成蘇慧倫，但弟弟啊，你可是在蘇慧倫之前，第一代的代言人呢。

我的帥弟生日快樂，這樣互為後盾的感情，我們要持續到宇宙毀滅之前。

炸雞，我只愛肯德基

當臨時想見兒孫的外公揮汗如雨爬上六樓，門一開，佝僂老人家氣喘如牛，拎著肯德基炸雞桶的手高舉獻寶，試圖穩住仍不斷顫抖，皺紋滿佈的臉孔眉開眼笑……這一幕，永遠在我心中定格。

偏心肯德基這個品牌，來自我的外公對家母與三個孫子的愛。

2010 年得知要服務肯德基，自是帶著特殊情感，把對外公的懷念投射進每個作品，只要做雞的一天，就能跟外公產生連結，是抱著這樣的心意排除許多創意之外的雜質。

作為連鎖速食通路企業，肯德基月月有新片，創意產出量居高不下，有段時間大中領軍的大中小隊同時操作炸雞、漢堡與蛋塔三項產品，本人不愛油膩炸物，排斥難以入口的漢堡，討厭甜食甚至可說是恨，每當測試新口味就是最痛苦的時候，偏偏一定要實際體驗才能對商品有感，為外公而吃，為外公而做，是我和我自己的約定。

一檔接一擋習以為常的傳播任務中，終於有點不一樣的事了。為提升消費者便利性，肯德基推出並主打外送服務，我們需要為此發想一支電視廣告。討論 Idea 時，大中說他前一晚看音樂台被唱跳歌手啟發，想到可以將 1990 年紅極一時的香港三人團體「草蜢」經典舞曲〈限時專送 ABC〉翻出來重新編曲重填歌詞，找五個男孩組成「現食專送男孩」勁歌熱舞，把廣告當 MV 拍攝。整個提案前的準備過程非常有娛樂性，我們從廣告人變成音樂人，我寫詞，阿倫和老頭還是藝術指導，只是轉換頻道，我們三個人常常草蜢上身一起試唱試跳，用動感在做廣告。

「現食專送男孩」廣告開始強打後，生意確實成長了（不然打廣告幹嘛），另一質化效應是，某晚在公司實際測試外送服務品質，當現食專送男孩抵達後炸雞桶都還沒放下，就被我們連環轟炸：訂單多嗎？能應付嗎？有沒有遇到什麼狀況？邊動作邊回話的他似乎發現了什麼，突然求證：「吼，那廣告奧美做的喔？！被你們害死，現在客人都叫我們跳舞……」說完還舞個一小段。

侯孝賢導演獲頒第 57 屆金馬獎終身成就獎時在台上勉勵：「感動別人之前，先感動自己。」我們也在娛樂別人之前，先娛樂自己。

和肯德基有多年革命情感，中間歷經四位行銷總監，每次提案前的暖場，會跟客戶分享個人通路訪查與市調結果，若有親朋好友客訴也會當場打小報告，希望問題盡量被解決。有一天連代理商都不知道的震撼消息「薄皮嫩雞將停售！」即時推播，毫無意外接到許多朋友抗議，表示遺憾，其中特別激動的友人說：「肯德基怎麼可以沒有薄皮嫩雞！不能接受！」我問：「你常吃嗎？」他回：「當然沒有啊。」

所以是我可以不喜歡你但你不能跟我分手就對。消費者的心思不難猜，但真難搞。

2011 年獲第二位行銷總監親手贈送的 KFC 肯德基爺爺保溫鋼杯，雖早已結束客戶與代理商關係，依然珍藏至今。看著杯身上斑駁的爺爺，我常常想起自己是如何與肯德基為伍，想起外公鮮明的身影，想起，每個作品一定都有外公來自天上的保庇。

擁有一副敏哥的眼光

若每戶家庭都是一個宇宙，以六育運行，我媽主控「德、智、美」，「體、群、食」就由我爸掌管。

我爸，許聰敏，是容易與人打成一片，交遊廣闊，處世大方的人，朋友從二十歲到八十歲都有。雖然外表有如北野武般威嚴，小時候送便當到班門口甚至有同學以為他是黑道大哥，但只要你跟他以吃打交道，以球會友，馬上深陷他的幽默、博學多聞與正派寬厚，所以他身邊有五十年以上老友，每年還會增加不同新朋友。他擅長將朋友們群聚，形成他的「敏哥宇宙」，主打吃喝玩樂。

敏哥愛玩，愛打球，從小帶我和姊姊去打棒球、網球、桌球、撞球等等，球技與球品皆屬上乘，這十幾年間他迷上高爾夫球，我弟剛好有濃厚興致，兩個姊姊順勢交棒給弟弟陪打。

除了實際下場，敏哥也是場下絕佳觀眾。

我和敏哥最大的娛樂是一起看各項運動競賽，電視裡主播、球評沒講到的，電視外我爸會立即補位，立體聲環繞，簡直就是我的專屬直播主，講解許多規則和運動家精神。

我們父女倆都熱愛奧運賽事，那個時代轉播時間密密麻麻細細小小詳列在報紙全 20 版，最末頁是各國奪牌數，體育強國總是那幾個。一大一小每天關心賽況，籃球、棒球、田賽徑賽、游泳、體操與各種小球是偏好的熱區，每個奮鬥瞬間不知騙取我們多少振臂歡呼，多少熱淚盈眶。體育反映道德與時勢，牽起人們遠離絕境，透過敏哥引我入門成為奧運粉絲，帶我認識了土地之外，有國家，有世界，有團結，有戰爭，有愛與和平。永遠記得短跑天王劉易士在男子 400 接力破記錄那刻，我和敏哥有多興奮，當下這位飛毛腿就成為我的骨灰級偶像，還問我爸為什麼美國人姓劉。那是 1992 年，史上唯一夢幻隊誕生，有支現在沒有的隊伍叫獨立國家國協，我十歲。

從球場到市場，都是敏哥的守備範圍。他海派的性格顯見在飲食上，是那種吃米粉湯必點軟絲、豬心、嘴邊肉、鯊魚煙等黑白切的大戶，吃大麵炒跟老闆點不在菜單上的大骨肉湯的行家，店家一看到他不只秀出最拿手的好菜還會端上招待小菜的老饕，平常不進廚房卻為了調一碗特製的火鍋沾醬而進出灶咖的怪咖，吃魚只吐骨頭吃完螃蟹能拼湊出原型的海鮮專家。

我從小就很喜歡跟著敏哥到處吃香喝辣，在吃這塊，他不嘴軟。這麼懂吃的爸爸，也非常懂得拿捏分寸，份量一定點得剛剛好，完全沒有任何食物被浪費，對入口佳餚充滿敬意是他的待物之道。他每餐都實踐自己的名言「東西要吃不夠才好吃」，這句話後來更被我借用，寫進〈孔雀餅乾我的餅乾〉系列作品裡，一為致敬，二謝謝我的爸爸從來沒讓我餓著。

如果女兒是父親的前世情人，我就是敏哥前世的恐怖情人。諸如還沒到家先用電話遙控說一到家就要無縫接軌吃到麻辣鍋，隔天醒來餐桌上已擺著我愛吃的台式早餐，連吵著要吃不合時令的食材他都有最佳替代方案，因為是我爸，我才敢予取予求。更恐怖的是，我連他身上的好料都要揩油。

敏哥 1995 年前往義大利參加國際扶輪世界年會時買了一副雷朋飛行墨鏡，款式特殊，一條細長的金色金屬鎖在鏡框上，左右延伸成鏡架，一體成型的設計既復古又時髦，當我偷偷試戴，就像《中華一番！》劉昂星掀開菜餚的蓋子那刻，自帶金光和火焰，特效消散後，彷彿有道金色眉毛。這種頂級古董貨色我怎麼可能放過，我看到就是我的。

敏哥大壽暨許氏賢伉儷結婚 39 週年那天，一家五口吃喝歡慶。家人之間感情好濃度高關係深，說是慶祝，也只是極其平常的一天，甚至在候位時，敏哥還現場教學我們姊妹倆如何有效率的算好時間差，拿到位置，並不因為有個名目而稍微矯情做作，對等待生出耐性。講著講著架在頭上的墨鏡被我爸抓包：「這不是我的墨鏡嗎？」我臉不紅氣不喘回：「對，因為我希望有你看待事物的眼光！」

敏哥敏哥，我不是跟你講道理，嘿嘿嘿我吃定你。

淑美訓練班的得意門生

英國《每日郵報》曾進行一項實驗，找來五對母女，將她們各半張臉合成在一起，除了不同妝容、歲月帶來的痕跡與細微表情差異之外，母女倆看起來簡直是同一個人，難怪有人說想知道老婆二十年以後的樣貌，看丈母娘就知道。

長期受教於「淑美訓練班」，我和我媽，二十年前就是同一個模子刻出來的。

謝淑美女士專攻六育中的三育：品德、智慧、美感。芭蕾舞、鋼琴、書法、繪畫、珠算心算、游泳、作文、英文，以及不知為何要學的功文數學等等，都是我和我姊的課後節目，扣掉兒時太胖把舞衣撐破，手指太短彈奏不出樂章，其餘不曾半途而廢。淑美每堂課會陪伴在側，甚至比學生還投入，在我們覺得自己很爛時，給予至高無上的肯定，無聊的功文數學也幸好有她每次閱卷後畫上可愛插畫而引發期待，才能繼續下去。這是她教的第一課：把學習變有趣。

沒有 Facebook ／ Instagram 能曬嬰的年代，淑美即非常熱衷裝扮我和我姊，小姊妹服裝風格色系絕對互相搭配，上至帽子下至襪子都很講究，她會在前一天準備好隔天衣物包包配件，攤平擺好，或，其實根本早想好當週每日穿搭，三十五年前就懂超前部署。當時的幼兒園園長喜歡一早站定門口迎接我們，毫不掩飾欣賞：「許媽媽啊，我每天都好期待 Nono（我姊小名）跟妞妞（胖妞妞我本人）穿什麼，妳把她們打扮得像漂亮的洋娃娃⋯⋯」這番話的份量，以當代來說，等同巨大的讚或連發的愛，更激起淑美打造這兩尊作品的熱忱。

逢年過節則是淑美火力展示的服裝週，年節花色大過菜色，從初一到初十五，我們天天穿新衣，用 one day one look 開啟新的一年。經年累月薰陶，對於服裝品味我們年紀小小就很有主見，逛街時她常常停在櫥窗前問：「這幾套妳們會選哪一套？」「這款包包妳們會怎麼搭？」我和她眼光通常一致。這是第二課：找到熱情所在。

學生時期，我和姊姊時常挑戰髮禁與校規，並且得到淑美全力支持，國中染一頭金髮正是由她親自操刀，雖然隔天馬上被老師糾舉而染回黑色，高中制服裙子改短或長至小腿肚的泡泡襪也交給她處理。有天淑美接到我姊導師來電：「許媽媽，又文的襪子不符合校規喔。」「那她成績有退步嗎？」「沒有。」「沒有就好啊。」只要不影響學業，不為非作歹，我們愛秀儘管秀，在愛美上的叛逆，這位美學界的前輩只會覺得永遠還不夠。第三課：憑本事愛漂亮。

這樣的淑美，有一點是她無法接受的，就是態度扭捏不大方。現在的我敢在尾牙表演，在台上演講，在人群中登高一呼，在各種場合扮演好當下角色，絕對是年幼的我無法置信的。幼稚園時，姊妹倆閉俗至極，臉皮薄如越南春捲皮，她於是放大絕，推我們上台參加麥當勞小小選美比賽，沒錯，穿泳裝走台步world peace那種，她要兩個女兒抬頭挺胸走出去，她認為可以透過訓練達成目的。我永遠記得那件桃紅色泳裝上的小熊在我圓滾滾的肚皮表面有多膨脹（記得我叫妞妞嗎），走秀時我的頭就有多低。最後我們當然沒拿到名次，但經過這場拋頭露面的社會實驗，臉皮進步到潤餅皮。

淑美大力踹一腳讓孩子學會飛翔，卻早計算好我們的能耐到哪同步振翅，在嗷嗷待哺的鳥兒墜落時即刻救援，這是她的教育方式，在安全範圍內激發各種可能性。她永遠是全家最先踏出第一步的人。第四課：不做當然做不到。

我是這樣長大的。幼稚園中班被大班同學霸凌立刻衝去學校要求見對方家長的是她，小學時不把我們當小孩以理服人的是她，高中帶我去穿鼻環的是她，大學叫我不要老是待在家趕快滾出去玩的是她，親身示範遇到麻煩積極面對的是她，站出來主持大局的是她，教我待人接物話不說死事不做絕的是她，支持我往興趣發展的是她，鼓勵我幫助更多人的是她，出社會後說沒關係忙完再回家的是她，以孩子為榮的是她。每個階段都有她，都少不了她。

因為有她，我知道只要回娘家，永遠都有一盞光。如果我是她的心頭肉，她就是我的肋骨，支撐起我的全部。

我非常依賴淑美，無論人情世故或生活難題，有事靠媽媽，有事問媽媽，有事找媽媽，「媽媽」這個角色，在我心中是排 Google 前面的搜尋引擎。搜尋聰明的方法，搜尋解答，也搜尋淑美更衣室裡的大包小包。

我日常所拎的精品包，除了少數 CHANEL，幾乎是媽媽牌。1956 年摩納哥王妃 Grace Kelly 被記者拍到用 HERMÈS「Sac A Croix」手提包遮孕肚，畫面登上美國《LIFE》雜誌封面後讓該包款聲名大噪，從此掀起時尚潮流，為表象徵意義，經摩納哥王室同意，以王妃婚前姓氏將「Sac A Croix」更名為「Kelly bag」。凱莉包至今仍是愛馬仕最難取得的包款之一，淑美擁有兩顆，其中焦糖色 28 公分款已交接到我肩上，對另一顆珍稀的黑色鴕鳥皮 28 公分款覬覦很久卻按兵不動，深怕粗心大意的我會刮傷如此昂貴的包。

一天，正慵懶散躺在沙發上當媽寶，淑美從更衣室端出一個橘色紙盒放在客廳長桌，打開蓋子，從防塵袋拿出「那個」包包，我跳起身，我知道時候到了。這種開箱時刻無論何時都令人興奮無比，我們一邊撫摸，一邊試試各種拎法，一邊讚嘆 Kelly bag 的精湛工藝，一邊互問「這款包包妳會怎麼搭？」如同小時候那樣，關於衣著打扮，我們母姊妹總是興致高昂。突然空氣短暫凝結，「妳拿去揹吧！」如同被皇冠加冕，或蓋上認證標章，從她手中接下這顆別具歷史性的夢幻逸品，我讀到傳承，like mother like daughter，身為「淑美訓練班」的得意門生，我就是淑美的分身，要落落大方地拎著她包藏的意志與美好。謝母后。

希望未來開一間店，店名叫「淑美」，英文「Show Me」（淑美的台語諧音），販賣什麼未知，但一定要能展現她教會我的。

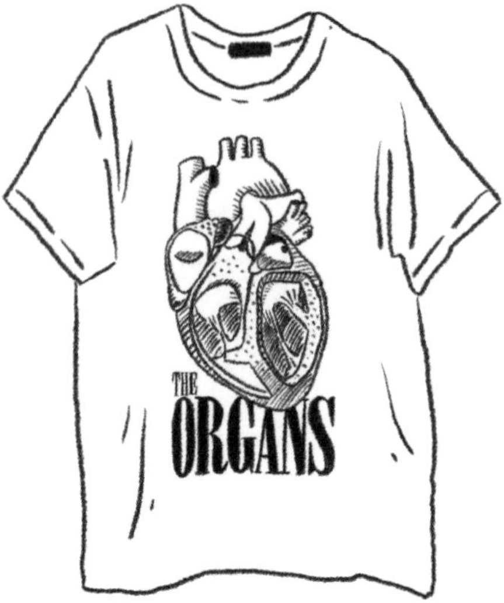

一顆強大的心

3900公克女嬰呱呱落地，算命大師落下「許儷馨」，一位母親覺得筆畫過多，再者因家中長輩滿心期待男孫，結果二胎又是女兒，老娘表示已盡心盡力，無奈力不從心，於是大筆一揮改成「許力心」，17劃，吉。

這是我姓名的由來，許力不從心，簡稱許力心。

父母這一代沒重男輕女的觀念，所以力不從心的狀態離我很遙遠，反而經常覺得太民主太自由，太怕恃寵而驕。我們家每個人都是「自己」的，發表自己的意見，談論自己的觀點，投入自己的嗜好，選擇自己的未來，我們都是獨立的個體。成長於這般被支持著的環境，就像植物順著陽光慢慢綻放，自然深具力量，自然心花朵朵開。

命名的背後有期待或有所崇拜，我媽很有個性，她定義當下。既然沒被跟著一輩子的三個字定義，那我在這世上的每分每秒都能活出我是誰。

如果我有哪些地方討人喜歡，絕對是家人滋養來的，他們的愛很大很深很濃，由欣賞、讚美、鼓勵、信任、大方分享與是非分明組成，我們在衝突中互相理解，在笑鬧中建立連結，在聆聽中展開對話，我們習慣把彼此捧在手中照顧而非捧得太高。

我是許力心肝寶貝。

擁有一個能犯錯的環境，能做對更多事。印象中不曾因為「錯」而受責罰，我爸媽更在意有無從中學習不二過，誠實面對每件事，踏實踩好每一步，是這個家的價值觀。說來八股，但用數十年實踐，變成一種酷。

我是許力心安理得。

高中推薦甄試時，其他同學都填選兩三間學校買保險，我只填了一間，亦即沒考上要再花一年時間重考，也不知哪來的自信天不怕地不怕，幾個老師來勸說都無效。本班講求升學率，導師慎重地打電話給我媽尋求同一陣線，沒想到她只說：許力心決定就決定了。導師不放棄說服：許媽媽妳要不要勸勸力心？！我媽說的一句話，是我能夠無懼的分水嶺：沒關係，她開心就好。第一回合 KO 結束。最後我以榜首成績入學，為自己的選擇負責到底。

我是許力心意堅定。

2019年奧美員工旅遊前往越南，行李落地後才剛出飯店，穿著綠色幾何圖案花裙，背著紅色BOY CHANEL包，蹦蹦跳跳過馬路的我，可能早被盯上，拿在手上剛買第五天的新機iPhone 11被飛車黨呼嘯而過搶走，我當下完全嚇傻，全身知覺僅有手掌被戴著手套的手扯過的觸感，等回過神來當場大喊：「啊！我手機被搶走了！」只剩手機帶吊在右手腕。還好手沒斷，手還在，最驚慌大概就這生死一刻，對街同事Casper愛拍攝紀錄，剛好捕捉到這瞬間，總長11秒的現場直擊後來娛樂到許多人，果然人生近看是悲劇，遠看是喜劇。

被搶後深感招搖，立刻回飯店換上樸實的牛仔褲，改拎全聯購物袋，怎麼低調怎麼著裝，然後飯店人員和Casper帶著犯罪證據陪我至警局報案，警方記下影片中的車牌，撥通電話詢問，查無此車，結案。想也知道手機找不回，很快就看開，遂淡定如常地走到餐廳與其他人會合吃午餐，接連五天照樣玩樂，好像那是場安排好的搶劫戲，而我是演得很爛的臨演。

我是許力心理素質強悍。

我是許力心，許是言午許，力是力量的力，心是心臟的心，自我介紹通常這樣機械式開場。不是愛心的心，是心臟的心。我對人體最重要的器官之一心臟特別迷戀，如果肝是沉默的器官，那心臟就是最誠實的器官，心跳加速、心室空蕩、心房顫動騙不了人，至少，騙不過心底的聲音。

高橋盾虛構出的唱片公司「Undercover Records」旗下傳奇樂隊 The Organs 曾於 1971 年在威尼斯、奧斯陸、布魯塞爾、利物浦、柏林、巴黎、里斯本等歐洲城市巡迴演出，品牌為此打造出一系列概念商品，將不成比例、巨大的心臟解剖圖登上服裝。我入手了 T-shirts 和夾克，每當穿上它們就是一種對力不從心的反抗，那種越不看好越要給你好看的叫陣，雙手一攤無聲地說：看吧，大心臟就攤在陽光底下。

我是許力心臟很大顆。

雖然心臟持續跳動，活得有心又有力，也不總是如此正面積極，仍有許多難解習題：

許力心神不寧。

許力心亂如麻。

許力心血白費。

許力心事誰人知。

許力心情上上下下，謂之忐忑。

許力心有千千結。

反正怎樣都行，就是不能是老娘的力不從心。

又漂亮又可愛的姊妹包

直到緊急聯絡人那欄不再寫父母的名字，而是「許又文」，關係「姊妹」，才真正意識到，如果沒意外，我們姊妹倆會是陪伴彼此最久的家人。

相差兩歲的我們黏度很高，從小一起長大，指的是有她就有我的一起。牙牙學語時把我圈在懷裡，保護我不跌倒，然後在搖搖晃晃中扶著她學會站起來，再一步一步往前跑，更大一點，她走到哪我跟到哪，只是街角就誇張的以為天涯海角。我們一起學習課後才藝，一起玩樂高和芭比娃娃，一起拿零用錢去三商百貨買彈珠，一起在騎樓溜冰，一起看宮崎駿和迪士尼，其中一個陪我們長大一個要我們不要長大。當然日子不保證甜蜜，乖寶寶開始犯點小勾當，一起偷抄珠算作業答案，一起蹺家到對面頂呱呱坐沒十分鐘覺得好無聊再一起回家，我們是任何時候的最佳拍檔。我想不到有什麼不是一起的。

要成為最佳拍檔，互相支援很重要。

兒時家中有一組樂高，我姊很有紀律，根據不同功能、形狀、顏色等零件分門別類之細安置盒內，自成一套邏輯，她愛收納整理而我擅長搗亂，玩樂過程剛好我丟她撿。大概在她六歲時，爸媽朋友帶兒子來家裡玩，這臭男生劈頭就將整盒樂高全部倒在地上，瞬間打翻秩序，身為姊姊又是規矩魔人的處女座忍功了得，她雖快崩潰但沒哭沒鬧，她站得直挺挺的——氣到流鼻血。

眼睜睜看著兩條鼻血流下來，一方面訝異這樣四次元的動漫感，一方面明白，做妹妹的一定要為懂事的姊姊討公道，她能忍我不能，我馬上跑去跟他媽告狀，同一個鼻孔出氣。看她受委屈，我比自己受委屈還傷心。

求學過程我們走一樣的路，出國旅行走一樣的路線，逛街常看上一樣的東西，支持一樣的運動員，一樣的哭點笑點，一樣的換算單位，最難得的是連停損點都一樣，何時該前進何時後退我們毫無異議。

我們甚至進到同樣產業，幸運的是，當我需要夥伴時，她二話不說一口答應支援前線，現在她是我的資深藝術指導，我是她的創意總監，我們是廣告圈唯一的姊妹花，還恰巧同一組，天天一起工作。

我姊的明理與明辨是非，負責與負重能力十足，善意與善解人意，溫柔與溫暖，體貼與體面，是我認識的她的正常發揮，只要聽到有人誇獎她的好表現，就像我塵封多年的寶物被賞識般驕傲，重點是還沒人盜得走。我們平常不大把工作當工作，近似於延續從小到大的高同步率一起玩耍，日積月累出更強烈的羈絆，形成牢不可破的安全網。人一但有了安全感，做什麼都非常從容是真的。

有次集團包下整間會場做例行性訓練，中場放風閒晃經過隔壁廳的 PRADA VIP ROOM，心裡有了底，在下個休息時段進去繞繞，馬上回座位跟我姊咬耳朵：「許又文，有個 PRADA 包包妳一定喜歡。」頭一歪眼一轉，兩人心照不宣走向門口。我們一直在找黑色後背包，但不好找，這個經典三角 logo 尼龍雙口袋後背包上飾有俏皮別針，大概花三分鐘確認愛心、香蕉、猴子、機器人、嘴唇、唇膏等圖樣寫著我們的名字，七分鐘內確認商品無瑕，完成購入同樣包包的程序，壓哨前我催促被其它東西吸引的她：「YOYO 快點！」快步滑壘繼續上課。平常我直呼她許又文，工作時喊她 YOYO，角色切換自如。

當家庭生活與工作沒有界限，完全不會造成困擾。

隔天一早坐公車時，旁邊坐著兩位頭髮花白的長輩，大約七十多歲，言談內容判斷是對姊妹。途中他們聊著各自的家務事與日常，姊姊要妹妹別操心孩子，年紀大了要多為自己想想，妹妹半責罵姊姊要注意飲食，否則三高降不下來，姊姊問保險業務員有回電嗎，妹妹勸姊姊別染髮，對話如清粥小菜，卻濃郁入味。聽著這些閒聊，我想到我姊，我們也經常如此叮嚀提醒，互為後盾，就算每天都見到對方，只要有空檔或下班並肩而行總是爭相報告瑣事與好事壞事，然後相信一件事，無論周遭再不由人，我們永遠不會拋下對方，會在彼此最需要時第一個到場。

快到站時，妹妹跟姊姊說信義威秀快到了，要姊姊先坐好，車停好再站起來免得跌倒，姊姊照做。一個微涼早晨，一對姊妹為我帶來一道彩虹。希望我和我姊年長至此，也能興沖沖的相約看電影，我們應該會很有默契地背著某個相同包包。

有人說當了母親才知道原來世上有無私與不求回報的愛，我當了三十幾年妹妹，已體會一個姊姊對妹妹的愛有多珍貴。

有些感受，很抱歉，沒有姊姊的人真的很難懂。

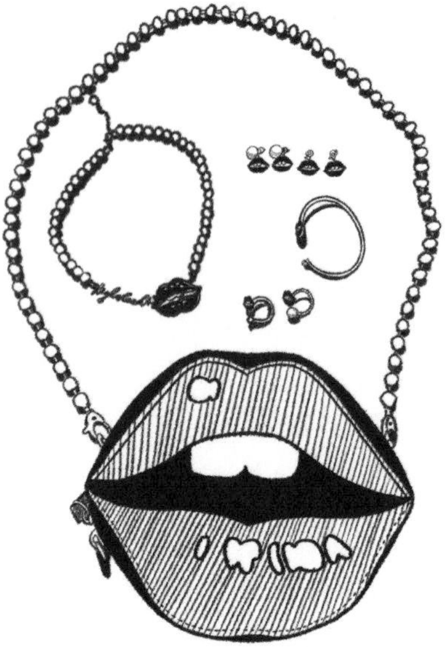

緊張時請勿多嘴

我從小慢熱，暖機時間長，熟成時間久，一群人聚會場合，大概是話最少的那個，除非體內有 5% 酒精或待在熟悉的舒適圈，否則不太說話，或者說，害怕說話，原因：容易緊張。

卡通櫻桃小丸子〈小丸子討厭跑馬拉松〉那集，開跑前小玉又冷又緊張，旁邊同學教她在手心連寫三個「人」字然後一口吞下去就不會緊張了，小丸子聽到後照做……這是日本動漫經常出現的橋段。最後小丸子跑出第十名佳績，並非傳統小魔法奏效，是個人恩怨和老師大聲激勵之下而一鼓作氣超車。

我試過，日式秘方無效。緊張造成的緊繃讓我與人談話時老是綁手綁腳，情緒延遲的我常常陷入「怎麼會這樣說呢？剛剛應該那樣說會更好」的檢討輪迴，甚至會產生挫敗感。關於如何克服緊張，真是困擾我許久。如果怕黑，就窩在沒有光亮的地方；如果怕冷，就到天寒地凍的國家；如果怕高，就從最高的地方向下眺望，和恐懼面對面，是否就不再恐懼？那逃不掉了，我勢必得更習慣開口。

坊間素來有以形補形的食療理論，譬如核桃補大腦，番茄補心臟，酪梨補子宮，芹菜補骨頭等等，是以訛傳訛或真實可信請聽專家說法。倒是我非常堅信以嘴補嘴。

有天在咖啡廳，拿了幾本雜誌隨意翻閱，我看到一個象徵能言善道，掌管語言能力的符號在呼喚我。韓國品牌 High Cheeks 該季出了一系列嘴唇形狀的耳環、手環、戒指、項鍊、包包，設計上搭配珍珠也有鑽飾，這些可愛的小東西讓我一見傾心，原本猶豫不決的首爾行因為它們而成行，我特別請我姊將前往新沙洞實體店採購排進行程，想當然，失心瘋的我一見嘴就笑，通通買單。

此後每當提案或不得不說的大場合，一定穿戴上「嘴」，一來補足天生口拙，二來希望自己忠實傳達準備好的內容與心中所想，大白話就是好好說話。說也奇怪，大部分都奏效，我變得很會講，tsiânn gâu kóng，透過這個儀式感把信心指數衝高衝滿，讓內心平和平靜平穩。

有次重要提案前，剛好收到老友楊祐寧來訊：

「阿力，記得幾年前妳有次要去開會，很緊張，怕自己說不好，我那時候一直想找一節經文，我找到了，雖然晚了。」

摩西對耶和華說：「主啊，我素日不是能言的人，就是從你對僕人說話以後，也是這樣。我本是拙口笨舌的。」耶和華對他說：「誰造人的口呢？誰使人口啞、耳聾、目明、眼瞎呢？豈不是我—耶和華嗎？現在去吧，我必賜你口才，指教你所當說的話。」——出埃及記 4:10-2

短短一段話在我心中劈下閃電，劃出彩虹，這不正是我心中所擔憂嗎？激昂的暖流竄至血液中，更堅信這是主冥冥之中給我的祝福，透過「嘴」的暗號告訴我：妳放心說吧，有我罩著。

配戴嘴之信物上，有些約定必須遵守。首先視緊張程度調配上場數量，最基本是手環、戒指、項鍊、包包等一張「嘴」，如果更需要被眷顧，出動一副耳環，讓兩張「嘴」左右助攻，然後就不能再多，人要知所進退，適可而止。

再多，就多嘴了。

魔鏡啊魔鏡！
誰是世界上最好的人

NBA 湖人隊傳奇球星 Kobe Bryant 有個菜渣理論。Kobe 說自己是非常嚴苛的競爭者，領導方式是直接點名隊友的缺失，好比看到朋友牙齒上有菜渣，為了對方著想，雖然過程難免尷尬仍要明白指出，否則他會繼續獻醜。

我不會讓自己牙齒卡菜渣出現在眾人面前，因為隨身攜帶小鏡子。

所謂隨身，不是放在化妝包，是隨時從口袋掏出那樣的隨身。要能方便掏出，外型與尺寸上就要符合人體工學與口袋深淺，經我評鑑市面上為數不多的小鏡子，京都限定化妝品牌よーじや（Yojiya）出品的丸手鏡，是最完美選擇。我囤貨的規格為鏡面含框直徑

4.4 公分，把柄 3.5 公分，整體長度 7.9 公分，放在口袋裡大小剛好，邊緣以圓角處理，無一處直角，不管起立蹲下都不會刺傷大腿。注意事項：記得要橫放，否則把柄直立起來會卡在髖關節。

我大概每半小時或想到就要照鏡子，一秒內就要把鏡子端到眼前，為求動作流暢，觸覺是關鍵。首先，手伸進口袋以大拇指確認鏡面質感，以食指確認鏡子背面塑膠感與燙金色藝妓 icon 的細沙感，正反面感覺無誤之後，再握著手拿鏡把柄將鏡子高速舉起，就能順利看看臉出油了嗎？泛紅需要遮瑕嗎？眼屎有無掛在眼角？嘴角是否脫皮？避免因為儀容不整帶來的失禮感而引發焦慮，查看完畢，用微笑劃下句點，將小鏡子收回口袋。

如此為一個循環，一天上演多次。

我手中這面魔鏡，除了帶來安全感，照鏡子也是內在審查。所謂相由心生，鏡中的我有反映出善良、勇敢、誠實的自我期許嗎？有做一個很好玩的人，很好奇的人，很好的人嗎？自己是什麼模樣，自己心裡都知道。

下次當我正在跟你聊天說話，突然掏出小鏡子照啊照，千萬別嚇到，那是因為我不想對你失禮。至於要是你牙齒卡菜渣，我不會告訴你，我會一言不發將鏡子送到你面前。

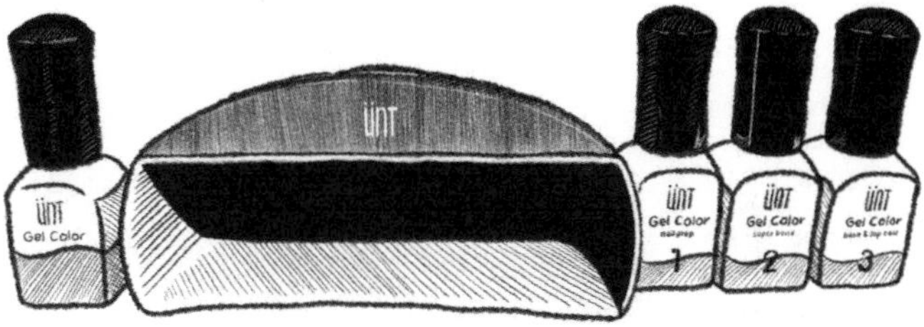

別成為落漆的人

一個放棄睡眠，放棄購物，放棄玩樂的女人，絕對不會放棄她的指尖。裸甲的赤裸感對我來說，跟裸體的程度差不多。

早期偏好 CHANEL 和 O.P.I 指甲油，前者是品牌迷思，後者色澤飽和度與顯色度極佳，指彩種類豐富，濃稠度剛剛好，刷頭穩定度高，實測結果非常理想。但不管再優秀的指甲油都有硬傷，平均兩到三天就會剝落，尤其常使用到的大拇指和食指最嚴重。我不走龐克路線，無法接受色彩不完整，只要發現有點小缺角，在外兩隻手會忍不住縮成像哆拉 A 夢一樣的拳頭，見不得人，一心想趕回家補土。生活中不足為外人道之困擾。

周星馳的電影《食神》中經典台詞：「好折凳！折凳的奧妙之處在於，它能藏於民居之中，隨手可得。」終於我也找到劃時代的美甲界折凳。多年前，台灣原生品牌 UNT 推出的光療凝膠指彩系列是我指甲的再造恩人，居家隨手可 DIY，不用去美甲沙龍即有相同美甲效果，還能排除因為指甲油剝落引發的煩躁，小小一台比折凳更好藏。

除了對色彩完整度有所堅持，我也有其他規矩，脫離甲床的指甲體一定要修成方圓，甲前長度不能超過 0.1 公分，以七天為一個週期，一週只要花費一個小時自主光療，就能再漂亮七天。我通常週六晚間進行卸甲，讓指甲休息一個晚上，週日不出門窩在家光療。

一次光療所需器材建議一次備齊：

【UNT 光療機】

透過 LED 燈照，短時間硬化凝膠，用於二合一光療基底封層膠、光療指彩之後。UNT 第一代光療機一次光照 45 秒，第二代進化成 30 秒，是沒耐性者的大福音。

【光療調理平衡液】

光療指彩第一步驟，先移除甲面水分及油脂，保持絕對乾燥。

【光療甲面接著劑】

第二步增加附著力，協助光療指彩黏合於甲面，使指彩不易剝落或脫離。

【二合一光療基底封層膠】

打底和封層雙效合一。

第三步打底，有效隔離，保護甲面，預防指彩色素沉澱。上完光療指彩後，再上一層強化色澤飽滿。最後用卸甲水除膠即完成。

【光療指彩】

喜歡什麼顏色就帶什麼色，沒什麼大學問。

步驟簡單，無腦上色。

這可是一週的顏色，光療前我會花些時間決定指彩顏色，沒有夏天要鮮豔冬天要沉穩的規定，在幾乎包色的指彩堆猶豫再三，最終往往伸向常擦的那幾色，像「UV690 半束，完美玫瑰」紅色擦掉 6 瓶，「UV085 豪雪區」白色擦掉 3 瓶，「UV400 赤裸是最大張揚」裸色擦掉 4 瓶，「UV475 披著狼皮的羊」灰色擦掉 2 瓶，「UV675 拿鐵不加糖」咖啡色擦掉 1.5 瓶。選擇什麼顏色就是什麼顏色，不跳色不撞色，我喜歡十根手指乾乾淨淨色彩專一。

男人似乎永遠無法理解女人在塗塗抹抹什麼，為何要替指甲上色，有次我反問：「你會幫愛車烤漆嗎？」「會啊！當然會！」「我在為指甲烤漆。」句點，對方表示理解。男女追求本是同一事。

前幾天看電視購物頻道發現購物專家介紹產品、比著手板的指甲掉漆好嚴重，嚴重到我好想 call in 進去介紹她美甲界折凳。

我們指指點點、在鍵盤上敲敲打打，靠手指吃飯的人，怎麼可以落漆呢？

被 MoMA 永久收藏的幽默感

人們對搶劫鬥毆、街頭濫殺、校園攻擊等社會問題發聲抗議，我們看見官方嚴厲譴責，意見領袖組織一場運動，民間團體資源共享，音樂人寫歌，攝影工作者留下影像，文化人用刊物傳遞主張，人人用各自力量表達立場，期待世界更好。有人呢，為此創作了一個手提包。

來自荷蘭的雙人設計師 Carolien Vlieger 和 Hein van Dam 有感於槍械暴力事件頻傳，為喚起媒體及相關單位對治安議題的關注，利用傳統製帽技術開發出精湛的 3D 壓模技術，在紅色手提包外製作出一體成型的立體刀具浮雕壓紋，再取了個反諷意味濃厚的名字「Guardian Angel handbag」（守護天使），幽默的創意立刻吸引紐約現代藝術博物館的注意，於2005年「SAFE：Design Takes on Risk at MoMA」展覽中展出了這個作品，並於次年將該系列包款列為永久收藏品。如此風格強烈的作品一出，很快地在時尚圈打響名號。

Carolien Vlieger和Hein van Dam一起成立的皮件品牌「VLIEGER & VANDAM」充滿立體的刀、槍、手銬等元素，但暴力絕非他們的意圖，用這樣明目張膽的方式讓武器露餡，我反而讀到「以物制物」的幽默感。時尚需要態度，物件脫離不了符碼，當Rihanna、Rita Ora、Snoop Dogg與Irina Shayk等名流人士人手一包，也在透過手中的包包表態，用無聲嗆辣的身段捍衛正義，發揮影響力。

在選物店發現該品牌時，還不知道其背後故事，只覺得這間店的買手品味真獨特，而我們臭味相投。我相中的不是MoMA收藏的刀具款，單憑直覺拿起這款附有鍊帶的「Guardian Angel Clutch Gun」系列黑色手槍包，店員貼近嘰嘰喳喳介紹了什麼我聽不見，滿腦子那句《賭俠》中的經典台詞：「只要龍五的手上有槍，誰都殺不了他。」然後我就把槍「袋」走了。

這個皮質柔軟的手槍包尺寸大小31 x 18.5 x 3 cm，可手拿也可肩背，受邀至《金牌特務：機密對決》首映會時，我穿著一件領口有白色筆觸塗鴉的深藍色西裝外套，手拿此包參加映前的紳士派對，整場握著這把槍覺得自己是殺不死的特務。所謂入戲。

有一年想帶這個既低調又顯眼的包包出國遊玩，我姊說：「妳瘋囉，放在行李箱過海關會被抓！」我說那直接背著，講完自己都心虛，想想真的沒必要特立獨行惹禍上身。後來把包內隨身物品拿出時，才細看到設計師的貼心，內裝紅色皮標上燙印以下金色警語：

THIS IS AN ORIGINAL GUARDIAN ANGEL.
DO NOT USE IT FOR SELF-DEFENSE PURPOSES.
THE WEAPON FEATURE AT THE FRONT IS FAKE.
TO AVOID ANY PROBLEMS: DO NOT TAKE THIS BAG
ON A PLANE AS HAND LUGGAGE AND DO NOT TAKE
THIS BAG TO THE BANK TO PICK UP CASH.
PLEASE DO ENJOY IT!

幽默感不僅重要，更要放在對的地方，這樣的幽默提醒，拉鍊關上我收下。

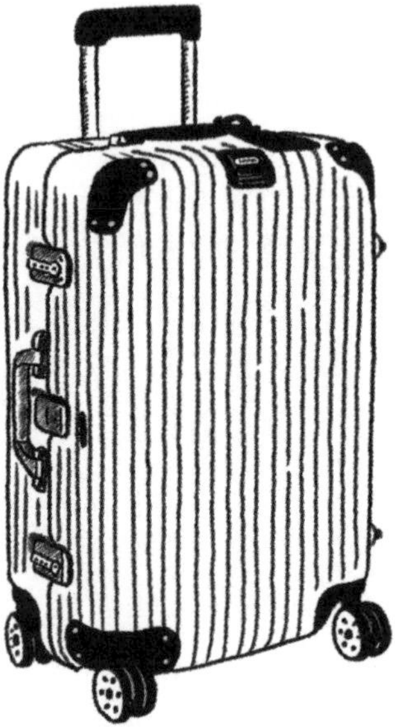

用一咖行李箱
Say Goodbye & Hello

從 A 點搬到相距 300 公尺的 B 點，明明一趟車就能滿載抵達，卻留了幾件隨身用品，保養品，換洗衣物，隔天一件一件收進這個 RIMOWA LIMBO 系列奶油白四輪登機箱，關上，鎖好。對書桌，衣櫥，床架，流理台微微笑，謝謝它們承載我生活的重量，揮手道別。最後將雞精禮盒放客廳小圓桌上，謝謝房東幾年來的照顧，正式退房，拖著行李，慢慢散步到新家。

好好說再見，才能用一咖行李箱，和新的地方說哈囉。

致下一位房客：

因為需要更大的空間而忍痛跟房東說要搬離，住在這三年多像是扎了根，不只衣物鞋帽越堆越高，能力值好像也提高了。這裡陪伴我最重要的三十歲出頭，許多參不透的道理清晰起來，不確定的事情更加確定，獨立自主的輪廓從紙上談兵變成真槍實彈而後真實上演。如果說人能啟發人，那我這個人，是先被這個空間及其周邊所啟發。

早上過條馬路，搭 651 號公車大約十分鐘就到公司對面，從出門到坐定辦公桌前，不超過十六分鐘，省下的時間拿來好好做頓早餐，吃得豐盛像國王。也可以更早起床，吃得豐盛優雅像皇后，然後走熱鬧一點或安靜一點的路，聽著普契尼的歌劇昂首闊步至公司。不管工作地在哪裡，相信我，你不會花太多時間在交通上。

週六去健健身，買買菜，下下廚，去隔壁巷的「原點」拿預定的吐司，有新口味麵包歡迎試吃，但不必勉強購入。白天賴在家看體育頻道，放空，發懶，什麼都不計劃，試著讓計畫找上你。夜晚去附近餐酒館小酌一杯，最多三杯，建議坐吧台，不用刻意打扮。

心情悶悶的話，散步到公園看旺仔，這隻貓王足跡遍佈整個小區。我曾經暫時找不到他，那時聽說他出意外被車撞，有人說貓知道自己將死亡會躲起來慢慢死去，我寧可相信不羈的他命大，只是又貪玩視察去了，因為就算他跟別的貓打架、頭上帶傷，也照樣大搖大擺巡他的地盤，捍衛主場。後來旺仔突然跑回來，變瘦，指甲被修剪過，一度懷疑他是假旺仔，但看他不停跑跳顧場子，那個熟悉的貓王沒變，真是既安心又開心。幾天後去看他，他又胖回來，主動靠近想磨蹭我，我嚇了一跳微微閃過，傲嬌的他馬上轉身不理，真對不起讓他沒面子。不過還好他沒變。如果你還是找不到他，去旁邊花店看看，他明著躲在桌子下，貓比花驕。有時旺仔面朝樹幹發呆，千萬別吵他，他正在思念因車禍過世的女友。

平日走前門或後門都可以到全家便利商店，日班店員寡言，夜班店員很愛跟你話家常，一開始先別透露太多，之後可以交個朋友。外頭騎樓有位阿姨擺攤賣菜，蛤蠣的沙吐得很乾淨，看到必買，再買條絲瓜她馬上猜到，回家才發現她偷偷往袋子裡放一段薑，買玉米她會直接幫你剁剁剁切塊，鳳梨會削皮，笑可愛一點，火龍果會幫你挑飽滿多汁的，再嘴甜個幾句，阿姨就記住你了。被記住，就有好事發生。

出門順時鐘繞一圈大圓，大概是這些風景。

有時我把風景留在原地，有時，把部分存進手機帶回家裡。這個格局方方正正的空間沒什麼幾房幾廳，它就是，一個空間，也可視之為你的秘密基地。雖然小但精巧，所需家具全配。冰箱剛換新的。變頻冷氣兩台。雙人大床足以翻滾五圈半。綠色沙發說不上什麼風格，但是和整面弧形的電視櫃面對面毫無對峙感。衣櫃四門左右對開，對正常購買行為綽綽有餘。鞋櫃可置放一男一女雙人份量。比較可惜是IH電磁爐只有單口，單純點想，那不正好專注眼前料理嗎？最棒的是淺色木質地板，比起冷冰冰磁磚，帶給獨居者溫暖。牆面開關頗多，要習慣左邊開關打開是右邊燈亮，不過很快地只要幾天，閉眼都能摸透。

當你有一個很好的空間及其周邊，會有很好的樣子。哈囉，交接給你了。一咖行李箱即可入住。

前一位房客敬上。

天外飛來的咖啡壺

從歐洲回程在伊斯坦堡轉機，登機前逛到最後一刻，買了土耳其軟糖和四個不鏽鋼土耳其咖啡壺打算回台送人，一趟旅程才算有交代。

登機後早早繫好安全帶，悠哉地翻閱機上雜誌，不時分心回想遊歐種種傻笑起來，再翻翻手機相簿讓笑容更開。當你離開一個國家，你其實還沒離開那裡。這樣的美好時刻，突然「碰！」好大一聲，眼前瞬間飛白，我摀著頭，右腦爆痛，人生的走馬燈閃爍，餘光看見走道上的不鏽鋼製兇器，咦這不是我的土耳其咖啡壺嗎？難道我沒放好？順著慰問聲往上看，原來是走道另一邊，一模一樣的不鏽鋼土耳其咖啡壺從行李架砸下來，重力加速度我不懂，只知道怎麼這種衰事老是找上我。

在我腦袋發昏的同時四周亂哄哄，肇事老外拼命道歉，解釋他真的有放好不知道會滾下來，他真的很抱歉，每五秒一個 SORRY，帥空少穿越人群手刀衝過來問我 OK 嗎？有意識嗎？晃晃手中冰塊問我需要嗎？我大喊 YES ！一副被求婚的樣子，YES ！ I DO ！我接過冰袋摀著頭部，冰著冰著還是很痛，旁邊還是每五秒一個 SORRY，之後不敵睡意來襲一路睡回台灣，醒來發現旅行美好記憶還在，有事也沒事了。

在浪漫的土耳其，紅茶與咖啡是他們引以為傲的傳統文化，土耳其人沒有奶茶這個選項，他們認為茶中加奶是對茶葉品質的質疑，是非常不禮貌的行為。每次打開櫥櫃看到這只肇事同款咖啡壺，就想到好好的一個壺不當，竟然誤入歧途砸人，好，雖然名為「不鏽鋼土耳其咖啡壺」，我就偏偏拿你來加熱牛奶，煮紅茶，把你變成「不鏽鋼土耳其奶茶壺」，誰叫你這麼沒禮貌。

這樣被砸的經驗不是第一次，如果有什麼頭部受創協會，我應該是藍鑽等級終生會員吧。

時光回到小學，無論打躲避球或玩扯鈴，被球或被高拋的扯鈴砸到頭是常有的事。年紀小復原能力佳，倒是沒特別不適。

國中同學下課時間喜歡在教室丟鞋互鬧，我要是生在烽火連天的戰國時代，就是那首位陣亡者，其他人都全身而退，我不管怎麼躲都會被鞋砸到頭。

再來是高中的整潔時間，全班同學把椅子放到桌上清空地面，我走沒幾步蹲下綁鞋帶，突然「碰！」一聲，椅子往我腦袋砸下來，而隔天剛好要推甄，導師同學們圍上前你一言我一語完了完了她考不上了，我也覺得死定了。意識恢復後我安慰自己，這一砸也有可能讓腦袋更清晰。

接著大學時代籃球比賽，擔任球隊經理的我自以為彩子，坐在板凳區一下冷眼監看一下熱血加油，老樣子「碰！」，一個粉紅色 JanSport 後背包從二樓砸下來，準確命中我的後腦勺，她可能是個用功的學生，因為裡面裝滿厚重的書，也許痛過頭了異常冷靜，只想著我方三分球要不要也這麼準啊。

每個求學階段都在練鐵頭功。

還有太多走著走著被砸中而輕微腦震盪的經驗，常常偏頭痛不曉得是否是後遺症，是否越砸越笨？是否我的智商原本是 145 呢？活到現在還有行為能力與妄想能力，真是天降奇蹟。

是說，被砸了那麼多年，下次天外飛來的，該是_______了吧。凡好事都歡迎。

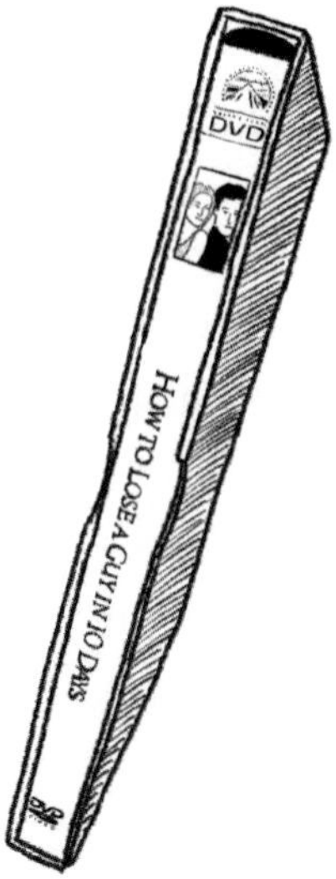

絕配冤家

Facebook 粉絲專頁＜無影無蹤＞一則發問：

你與一個人初次約會，結果一坐下來，那個人對你說了他最喜歡的一部電影的片名。你聽完之後，隔天與他公證結婚了。請問那部電影是什麼？

中產階級拘謹的魅力。巧克力冒險工廠。口白人生。夢。內布拉斯加。搖滾教室。冰刀雙人組。冷板凳少棒隊。羅丹與卡蜜兒。神隱少女。下一站，天國。薩爾瓦多的凝視。揮灑烈愛。永遠的愛人……此題互動率好高，我內心浮現好多部電影，名單洋洋灑灑，但 DVD 看到壞掉的，只有這一部，還因此再去買了第二片珍藏。

《How to Lose a Guy in 10 Days》，內容講述身為女性

雜誌專欄作家的 Andie 非常有想法和主見，意圖寫政治和環保相關議題，卻總是被導向更吸引女性讀者的內容，離截稿前剛好十天，她與女主編達成一項協議，要在十天內甩掉一個男人，並透過這個親身體驗撰寫出「How to」戀愛絕招，如果成功了就放手讓她寫自己想寫的文章。Andie 的實驗對象，Benjamin，在廣告公司擔任主管，正好為了爭取鑽石商客戶的業務而跟老闆打賭，他必須在十天內讓一個女人真正愛上他，以證明他真的懂女人。

各懷鬼胎的兩人在酒吧相遇後一拍即合，女方為了實現理想，故意犯下大量男女交往時的 NG 行為，時而溫柔體貼時而任性瘋癲，似有多重人格，男方為了大好前途，再離譜的狀態都能從容應對，全盤接招，雖各有其目的，十天的時間也足以讓男女之間產生質變，兩人在相處過程中漸漸假戲真做，卸下偽裝出來的樣子而愛上對方。

簡直就是一場精彩的矛盾大對決。

對這樣的故事有興趣，是因為曾寫過一陣子的兩性專欄，主要探討男女關係，什麼〈愛情三十六忌〉、〈如何讓他更寵妳〉、〈好男人不是不到，只是遲到〉、〈給所有失戀的人〉、〈30 歲女人要的愛〉、〈終結單身有方法〉、〈這些男人請小心〉、〈爛咖的爛招妳還信？〉、〈超得分小動作〉、〈十個擇偶標準〉等等，並非我多麼會談戀愛，相反的，不管暗戀單戀相戀都以搞砸居多，到底憑什麼寫這些題材，現在想來真難以啟齒。不過還是想聊聊愛情。

愛情是聊著聊著就會發生的事，兩人之間肯定要聊得來或至少有「我想跟你說點什麼」的興趣，然後一層一層從說話、問話、回話到對話，激起火花。有位女性友人（真有其人非我本人代名詞）喜歡上一位木訥寡言的男人，對方一直沒有行動，愛情的種子在女方心中長成大樹蒙蔽視線，她說他不是被動是內向害羞話不多，但我曾看到他跟別的女人眉飛色舞地高談闊論，其實，他只是對妳無話可說。除非那是他雙胞胎兄弟。

電影最後誰輸誰贏，我只能說，和現實生活中一樣，關係無法自說自話，愛情是一場旗鼓相當。如果有一天那個人對我說了《絕配冤家》是他最喜歡的電影，我們應該很有話聊，我大概會敗給他。

保羅史密斯
未公諸於世的小情書

你有多久沒有好好寫一封信？或者說，你有多久沒有好好手寫一封信將愛意刻下來。手寫的溫度在於，能感受到溫度，你能透過字跡讀到心慌意亂，在筆觸中看出情緒起伏，記錄萌芽狀態，當你反覆看著那一筆一畫，醞釀中的影像同步投影在你心裡的畫布上，而信件寄出前，愛情故事早已上演。或你根本不需寄出，戀愛感，有時是自己跟自己的事。

我的奶奶小學時有位日本同學，姑且稱她為櫻子小姐。櫻子小姐畢業後即返回家鄉，注重禮數的日本人經常寫信問候，長年不間斷，逢年過節更會寄送伴手禮表達祝賀之意。我印象最深刻的是有一年過年，奶奶嘴上呢喃：哎呀都跟她說別再寄禮物了，真是不好意思餒……卻被拆禮物的行徑出賣，那種小心翼翼又雀躍竊喜的拆封模樣，真是藏不住的日式忍耐。我隨侍在側以小保鑣的姿態見證層層包裝打開，「哇！」寶藍色硬殼漆面光滑無瑕，金屬質感的鴨川鴨鐵牌裝飾在封面，一本全新的精裝筆記本是年幼的我在與自身所有物比較之下最珍貴的大禮，而且還香香的，日本人果然是五感之王，送禮送到鼻腔裡了。我常想著櫻子小姐為何寄來筆記本呢？有什麼意義嗎？至今仍想不透，就當是本無字天書，飽含未說出口的珍貴心意吧。我用指尖翻開頁面，跟奶奶說：隨隨便便的事不能寫上去喔。

英國設計師同名品牌「Paul Smith」，明明是英國品牌，我卻偏愛他的日本線，Paul Smith Collection 日本限定系列更為精緻，更符合亞洲人喜好，每次到日本旅行時各大百貨的 Paul Smith 專櫃就是我的各大景點，其簽名式招牌彩色條紋的衣服、帽子、布鞋、高跟鞋、絲巾、浴巾、毛巾、手帕、皮手套、皮帶、皮夾、皮包等商品，我都有，連硬殼精裝筆記本都有。「夠慎重」是這類筆記本的優勢，帶有重量感的封面翻閱時需費點力，份量感由此建立，它讓人在書寫前會先確定，不敢隨意敷衍，且堅持使用滑順好寫的 1.0mm 舒寫筆。

這本 21.5 x 15.5 x 1.5cm 的硬殼精裝筆記本的封面正是愛情的顏色，內頁無折角無磨損的橫條紋紙張，記載著一篇篇我未公諸於世的小情書。

P.1
他瀟灑迷人
她嬌俏可人

他依舊瀟灑迷人
她卻變了一個人

某些情愫在某人心中偷偷滋長
他不知道
她裝作不知道

P.3
關於告白
成功了轉圈圈撒花瓣
失敗了
也沒有不好
只要想到是你的損失
就有一種賺到了的感覺

P.14
如果我喜歡你
我會告訴你

如果不喜歡你
我會先告訴自己
再告訴你

P.15
倒不是有多餘情愫
只是沒想太多
只是不想造成失望
心動和感動是兩回事
感動和感謝
也很不同

我不喜歡你但是謝謝你

P.18
在你身上
我的憂鬱是一種複製貼上

P.21
牡羊怕怕 金牛怕餓 雙子怕悶 巨蟹怕邪
獅子怕醜 處女怕髒 天秤怕吵 天蠍怕嬌
射手怕解 摩羯怕懶 水瓶怕黏 雙魚怕哭

我怕你不知道我的好

P.27

男人可以沒有腹肌
但一定要有肩膀
你都有
而且練得很好
負重能力
超強

P.39

這天氣
異常適合說話
不是朋友間的對話
不是兄弟間的對話
不是家人間的對話
是油然而生的甜膩腔調
是一種情話

手機翻了兩輪
卻找不到可以說話的人

這天氣
異常適合說情話

這天氣
也適合感冒
又感冒

P.44
一見鍾情不見得再見鍾情
經過相處與觀察
才能判斷對方是什麼郎
也有可能你是綿羊而我是狼

P.56
妳會遇到一個極為相似的人
你們有同樣一雙鞋 看過同一本書
喜歡的味道也相同
都對某種想法嗤之以鼻
都對某種觀念堅定不移
為同一部電影而激動
為同一個上帝而感動
有同樣信念 同樣圭臬
妳想到他時 發現他也想著妳
彷彿生來就有這股默契
你們總是聊得很愉快 時間會過得特別快
有時你們連續幾天聯絡密切 就像熱戀
也會突然消失不見 各自忙於事業

不論物換星移
你們都沒變
不論多久沒見
你們還是相同路線

你們不在曖昧狀態 也跳過互相猜測
你們就是很單純地把對方放在抽屜最上層
用絨布包起 小心翼翼捧在手心裡

你們還剛好同時單身

妳會遇到一個極為相似的人
但就只是相似
曾經他想要有個什麼
曾經妳想要有個什麼
但偏偏沒有什麼

也會心碎 也會落淚
有些人
就只是相似的人

P.71
沒人分享
是緩刑

沒有懂的人分享

是

酷刑

P.73

某些人的才華 令人莫名崇拜景仰

那些未知領域 到達不了的境地

那些氣度 那些高度 再再讓人折服

看一個人靜靜坐著的感覺 可以看出很多感覺

看一個人的笑紋一個人的皺紋一個頷首一個眼神

會愛上一個人

我一向不多說話

縱使心頭密密麻麻

也只是無聲的待在一旁

P.80

人生在世 擁有這幾種人就夠了

一起痛苦的人

一起大笑的人

一起吃飯的人

比較幸運的

會遇到某一人內建三種功能

P.87

關於求婚

要在一個有山有海 看得見星星的地方

求婚方式我不太在意

但滿地蠟燭花瓣先不必

比較在意你眼神目光如炬

可是看見翠綠的山和清澈的海 就看不見星星喔

所以你要求兩次婚

因為白天我可能不會答應

P.95

不管看了幾次夏日之戀

那種機伶 輕盈 迷糊 錯覺

每種推向極致的感知

讓人鼓掌 讓人心生模仿

夏天的戀情啊

與冬天相比

不只是互相取暖而已

P.121

男：好想養夠

女：你養我就好

男：為何

女：我屬狗

未公諸於世的小情書僅公開部分可公開，歡迎對號入座。書寫對象是誰，有誰，過去現在未來珍貴的人恕我無法公開。

如果你有情有意，笨的傻的糗的濃的淡的深焙淺焙冰滴冷釀，都好，都寫下來讓對方知道，也讓自己知道。每種愛終究都需要地方存放。記得，隨隨便便的事不能寫上去喔。

每天送自己一朵玫瑰

他們的官方說法。
它是獨自綻放在荒原的玫瑰。
在前線搶救過無數生命。
以粉紅胡椒，覆盆子花為開端。
後續帶出紙莎草的甘甜與白琥珀的大地氣息。
包覆肌膚並充滿強韌的力量。
帶來全然的安撫舒適。
如入無人之境。
致敬女性的堅毅與勇氣。

而陣亡前的模樣計算過後成為匿名的影像。
有人的氣息隨著影子越拉越長。

有人笑著把悲傷藏在杯底。
有人在混亂中深呼吸。
有人將畫面與回憶封存。
有人留不住。
有人伴著彩霞昂首闊步。
有人隔著玻璃試圖尋找殘留的痕跡。
有人是鐘響前最終紀律。
有人事過境遷躺下休息。
有人說不必致敬。
有人的地方就瞬息萬變。

你看見什麼是永恆不變？
死亡，賦稅，還有她身上的香味。
ROSE OF NO MAN'S LAND 。

我每天送自己一朵玫瑰。

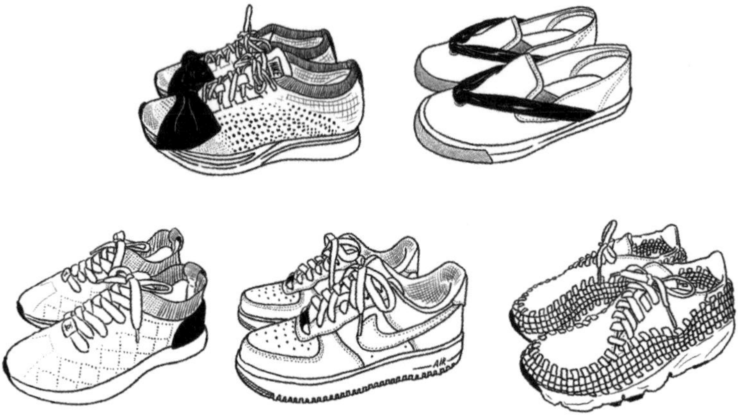

千萬別問我有幾雙鞋

直到現在，我看人第一眼看鞋。穿著高筒帆布鞋的男人令人神往。球鞋最好看的比例是十號半。抽菸被扣二十分，可以靠穿對一雙鞋加三十分回來。如果你無法接受愛鞋有一丁點髒，那我們是同類。

對鞋變態般的迷戀是當我還沒能力買鞋時。六歲的我就懂得回家跟媽媽說：「我想要那雙鞋。」那是雙米白色布鞋，鞋面佈滿金色與玫瑰金繡線，連鞋帶都繡了金色的細絲，充滿華麗的巴洛克風格，要是瑪莉安東尼有一雙布鞋，大概是這雙。第一次為鞋悲傷大哭，是八歲時住家樓下失火，荷蘭皇室御用品牌 Oilily 高筒印花布鞋的藍色楦頭被燻得焦黑，小小年紀開始懂得心痛的感覺，後來就算沒買到限定限量鞋，都沒有鞋被毀掉的經歷痛，畢竟一但擁有，怎能不天長地久。

天秤的極端，顯露在喜好上的物極必反。

鮮豔的，花俏的鞋照收，大多靜置鞋牆，平常穿在腳上的非白即非常白。衣櫃被黑色佔領，鞋牆被白色填滿。

我喜歡低頭走路，喜歡低頭走路看見白布鞋踏在水泥地面、一塊塊紅磚、柏油路上，跨過水窪，跑在人行道。白布鞋是移動中的留白，是地平線上 22.5 公分最乾淨的存在，時速五公里的圖地反轉。

在我的白布鞋編年史，有晴天穿和雨天穿的 Converse 帆布鞋，其中又分高筒、低筒、皮質與布面；有 VANS Era 和 Authentic，它們簡單百搭，出鏡率高，任何穿搭以此收尾都不過於刻意或太用力。

自詡為鞋探當然還有更多白的帥的。

白布鞋 001：
COMME des GARÇONS x NIKE FLYKNIT RACER

出國必探鞋是像吃飯喝水般每天得做的事，我得了一種過鞋店不入就走不開的病。2017 年冬季，在日本待六天了，一雙鞋都沒看上，內心難免失落，終於，最後一天，於銀座 DOVER STREET MARKET，川久保玲的主場，找到這雙全白色 NIKE FLYKNIT RACER，鞋頭處裝飾一朵黑色大蝴蝶結特殊織布的聯名鞋款。

它不是一般互掛 logo 的聯名，是玩心大發的強強聯手，夠童趣，夠三八，夠可愛中帶著浮誇，夠柔中帶剛，忍了六天果然忍來最好的。萬事俱備只欠尺寸，DSM 沒有貨，店員花了三十分鐘問到銀座三越還有最後一雙 US 5.5，為這趟旅程打了個大勾。

隔天穿著它漫步新宿街頭，這份喜悅讓我能抽離現狀，開懷大度的自省一整年的功過。2017 年初生活與工作皆面臨新挑戰，行進間搖搖晃晃，跌跌撞撞，一路平安不是我走得好，是走過路過的人不吝扶我一把。總之，是走過來了，而且鞋也沒少買。

白布鞋 002：
Whole Love Kyoto HANAO SHOES

平成 29 年去了兩趟日本，玩了兩次迪士尼樂園，住了兩次哥吉拉飯店，逛了 N 次 BEAMS 。

身為鞋探中的白鞋控，一走進 BEAMS 看到這雙鞋，腦中只有「幽默」二字，先疑惑後被迷惑。Whole Love Kyoto 是原汁原味的京都品牌，堅持 Made in Japan，專注於保存日式細膩工藝，延續悠久歷史，經常邀請各領域的職人在傳統中加入現代元素，創作出獨一無二的商品，其中大受注目的就是這款「HANAO SHOES」。HANAO，はなお，漢字為鼻緒，指的是木屐上的人字型鞋帶，HANAO SHOES 將皇室愛牌「橘之好」的鼻緒與知名帆布鞋品牌 Moonstar 結合在一起，不僅讓木屐搭配白襪的文化有新的樣貌，也讓平凡無奇的白布鞋有新的語言，限量限定，每款只有一個尺寸。本想要花布鼻緒，試穿完店內所有 HANAO SHOES，只有這雙紫色鼻緒合腳，好吧命中注定，千里尋鞋之路，一直都不是我選擇了鞋，而是鞋選擇了我。

舊東西的新組合，還真沒人玩得過日本。它是我所擁有的白布鞋當中底蘊最濃厚的，從平成到令和，穩坐鞋王寶座。

白布鞋 003：
CHANEL Mixed Fibers White Sneakers

在百貨林立的鬧區辦公，定力要很足夠，這點不足我有自知之明，每天下班經過 CHANEL 專櫃老是忍不住多瞄幾眼。某天我想犒賞自己一個包包，慶祝順利完成棘手的大案子，走進店內隨意繞繞，餘光瞥見一雙白鞋馬上轉換目標。這雙鞋正側面看來像流線型跑車，鞋領縮口的設計能讓腳踝放風，顯瘦，鞋面滿滿的招牌菱格車線，鞋帶孔上小小的雙 C logo，灰色透明橡膠突起的 CHANEL 字樣壓在後跟護套位置，以上全數相加起來低調中帶有 city girl 的輕盈率性，還沒完，精品的精緻是 360 度的，橡膠 CC logo 鋪滿鞋底，連看不見的地方照樣顧到。我告訴自己價錢只是數字，我找不到不買它的理由。

「穿對鞋子的女人不會是醜陋的。」香奈兒女士都說了。

這雙小香第一次露面是豬年最後一個工作日。當時我在日記寫下這段年度總結：

今年想對自己說：辛苦了。真的辛苦了。年假將近之際，終於有時間生病了。本日穿新歡見新客户非常想吐，是真的生理反應的吐，最終靠著意志力忍下腸胃炎。也是靠忍字，順利渡過這一年。

還好沒吐，但就算吐，吐完也要行得正走得漂亮。香奈兒女士都說了。

白布鞋 004：
NIKE AIR FORCE 1

史上第一雙 NIKE AIR FORCE 1 是首次加入氣墊的籃球鞋，由傳奇球鞋設計大師 Bruce Kilgore 操刀，於 1982 年橫空出世。

AIR FORCE 1 設計概念顧名思義，是希望擁有美國總統專機「空軍一號」般氣勢磅礴的領航力，當 Moses Malone、Jamaal Wilkes、Calvin Natt、Mychal Thompson、Bobby Jones 以及 Michael Cooper 等六位 NBA 球星身著帥氣空軍服裝，腳上套著 NIKE AIR FORCE 1 一字排開站在空軍一號前面，展示出 AF1 宏大、耐久、超越、豪邁、連貫和純粹的六大要素，Bruce Kilgore 做到了，這張核彈等級的形象海報，讓球鞋不只是球鞋，而是一個時代標誌，見證更高層級的球鞋科技誕生。這些上古神獸締造各項紀錄，持續推動籃球運動的發展，其中 Mychal Thompson 正是現役 NBA 勇士隊當家球星 Klay Thompson 的父親，聯盟需要故事傳頌，有什麼比這項傳承更具歷史意義呢。

三十九年來，各種五顏六色的 AIR FORCE 1 持續從球場走向街頭，影響力橫跨至音樂，藝術，動漫與時尚領域，成為全球流行一大指標，連著名漫畫《灌籃高手》中的木暮公延都穿上高筒紅白配色。近年越來越多配色款相繼推出，同年誕生的我不為所動，心中最愛的還是白色。

白色，是最初，最經典的顏色。

白布鞋 005：

NIKE AIR FOOTSCAPE WOVEN

麂皮材質，側邊以灰、綠與紫色鞋帶交織而成，暱稱蜈蚣鞋。初次見到覺得真醜，如果說人見面三分情，對於鞋，是八分情，這雙醜鞋看著看竟然覺得醜美醜美，它是我鞋牆中少有的再見鍾情，越看越得意。

我媽曾經問我有幾雙鞋，妳會問蜈蚣有幾隻腳嗎？

很多事不要問

我愛鞋、挑鞋、養鞋，照顧著上百雙鞋。當我感覺疲累感覺悲傷感覺孤單寂寞感覺幸福美滿快樂，我會看看天空，我會在隔天買鞋，那是一種儀式，功能為正常能量釋放，我總是能找到屬於我的鞋。作家 Jane Eldershaw 說：「一雙好鞋會帶你走向美好的地方。」瑪麗蓮夢露說：「給女孩一雙絕美的鞋，她就能征服全世界。」

我對征服哪個世界需要哪雙鞋沒興趣，只希望你們千萬別再問我有幾雙鞋。

飛人喬丹的近況

矗立於忠孝東路四段上的加州健身中心是千禧年最時髦的場域之一，和鄰近的星巴克一樣，也是「場貨人」的體驗。佔地四層樓的氣派空間顯見熱鬧繁盛，嶄新的健身器材一台一台保持安全距離供會員使用，專業教練帶起的健身觀念讓追求理想身型的男男女女不只是做做樣子。在這裡，震耳欲聾的重拍音樂走到哪跟到哪，時時刺穿耳膜，聲音大到你會感覺連地面都在震動，滿滿躁動靈魂營造出濃濃運動氛圍，人們吸氣，閉氣，大吼吐氣，實況出演，肌肉，線條，費洛蒙，無限量供應不絕。十九歲的我花很多時間上健身房，學校沒課時，經常整個下午耗在一樓跑步、四樓重量訓練，單純去運動為體能累積資本。

對，我是去運動的。

可是誰知道有一天連眼球也開始運動……

當時正在負重深蹲，突然有一雙白色喬丹9代從我眼前飄過，我馬上抬起頭尋找同好。他穿著黃色背心，黑黑的高高的壯壯的，長得酷酷的，是我最喜歡的高壯酷類型。我想他也看到我了，因為我穿白色喬丹8代，那雙喬丹首次三連霸腳下的戰靴，保護性能最佳的一雙。

此後我完全被制約，暖身之後準備健身之前，總會下意識眼神由左到右來回掃射整層樓，搜索黃色背心與喬丹9代，只要發現他，那天整個人便很有活力很帶勁，彷彿同時間出現在健身房是我們之間不成文的約定。我們就這樣每組循環空檔你抬頭，我抬頭，你看我，我看你，看不膩。眼球運動變成一種習慣。

他獨來獨往，永遠是一個人，安安靜靜不跟人打招呼，我對他充滿好奇，他健談嗎？聲音好聽嗎？幽默嗎？到底幾件黃色背心？興趣有哪些？會打籃球吧？喜歡哪個球員？該不會是敵隊的？幾歲？還在唸書嗎？什麼科系？小劇場在心中不斷發酵，我非常期待他來跟我說話。

有時候我們會對看幾秒，他沒來跟我説話。

有時候我們會對看幾秒，發現他眼珠子好黑好黑，他沒來跟我説話。

有時候我們會對看幾秒，他盯著我的鞋，他沒來跟我說話。

有時候我們會對看幾秒，我放腳邊的水壺倒了，他沒來跟我說話。

有時候我們會對看幾秒，黝黑臉龐欲言又止，他沒來跟我說話。

有時候我們會對看幾秒，我們剛好在練同一個部位，他還是沒來跟我說話。

有時候我們會對看幾秒，他走向我，很近很近地擦身而過，他直到最後還是沒來跟我說話。

空氣中除了吸氣，閉氣，大吼吐氣，肌肉，線條，費洛蒙，什麼都沒有。

久而久之，我喜歡上這種你知道我我知道你卻一言不發的古典感，說不說話似乎也沒那麼重要了。只要知道某時某刻，我們都在事發現場。

從大二互看到大三，經過春夏秋冬，我們連對方姓名都不知道，甚至沒看過他的笑，身影卻扎扎實實烙印心裡，這是什麼感覺我無法判斷，只能確定他是我喜歡的「形象」，而每次運動習慣有他陪伴。法國人說：「彼此沉默的時候，其實正有天使飛過。」我們之間，曾經有喬丹飛過。

畢業後出社會忙到一大段時間沒上健身房，之後再去就沒見到他了。

後來偶爾腦中會閃過他，閃過那雙深邃雙眼，閃過身高目測 182，閃過陽剛十足的男人味，閃過黃色背心，閃過喬丹 9 代。

後來我的喬丹 8 代鞋底粉碎掉。我沒打算修復它，碎掉是狀態，就讓狀態一直存在，密封收好。

幸好始終沒對話，因為想像最美。

幸好始終沒對話，眼球運動那一整年得以練出非常漂亮的曲線。

如果有機會再見到他，我會主動走向他，問他：

「先生你的喬丹 9 代還好嗎？！」

初戀情人三井壽

天才少年憑一己之力大殺四方，帶領球隊逆轉勝而站上巔峰，明明能進入籃球名校，卻選擇名不見經傳的小廟，目標稱霸全國，成為日本第一。正當人們以為意氣風發的英雄故事要展開，他卻因膝傷沉淪到處惹事，過著暴力打架的糜爛生活，走向不良少年歧途，但心中那顆澆不熄的籃球火終究讓他改邪歸正，這個曾經放棄籃球的小混混跪倒在恩師面前吶喊：「教練，我想打籃球！」從此浴火重生，傾盡所有，把浪費兩年的空白追討回來，一場關鍵賽事，憑強烈求勝意志衝著眼前防守者說：「我是三井壽，永不放棄的男人。」再次帶領球隊反敗為勝。

這樣反轉又反轉的人生千金難買，誰不愛戲劇性的浪子回頭。

《灌籃高手》問世時正是我情竇初開的年紀，身邊女同學多半喜歡湘北高中萬人迷流川楓、陵南全能球星仙道彰，相較前者的高冷傲慢，後者沉著冷靜，只有我被身高 184 公分，體重 70 公斤，5 月 22 日生，自卑，脆弱，怯懦卻不服輸的炎之男三井壽迷倒，他有本事自甘墮落就有本事旋風再起，用最擅長的三分球在空中刮起一道道華麗的弧線，越是絕境越激發鬥志，能力者設定滿足了少女的偶像崇拜，他是我的理想型，甚至幻想現實生活中也有如此硬漢性格的男子而天天下課到籃球場報到。

作者井上雄彥曾表示在創作三井壽這個角色時，原本設定只是個小混混，沒想到把他與宮城良田的報仇事件越寫越大，不知如何收尾，乾脆寫他曾是籃球隊的隊員，竟然大受讀者歡迎。男人不壞女人不愛，當壞掉的男人改邪歸正後變得更加帥氣，不管男人女人都愛吧。

如此迷人的角色，誕生的過程也非常迷人，源於——酒。

井上雄彥當年在居酒屋喝到「三井の寿純米吟釀+14 大辛口」這款清酒，被它簡潔俐落的口感吸引而深深著迷，間接催生三井壽這個擁有簡潔俐落三分球投射能力的角色，背號 14 號，正是因為其酒精濃度

14%。酒精能提升創造力的論點，井上雄彥是最好的真人實證。

有個夜晚在公司加班，看到一則消息：

產酒廠「みいの寿」與經典的《灌籃高手》將合作推出全新雙酒標設計：一支以湘北隊紅色球衣為靈感來源，印上三井壽的背號14，同時也代表酒精濃度，另一支印上品牌名稱與嚴選酒米之王「山田錦」字樣。全球限定500組，台灣即將開賣，送禮自用兩相宜。

我馬上決定送給自己，為我的青春買醉。

一直以來都對慌亂狀態過敏，投籤搶票限時等等的消費行為能閃則閃，但為了三井壽還是出手了，實戰經驗乏善可陳手腳太慢，果然開放預購沒幾分鐘就看到售罄二字，買醉失敗的我忍不住大聲哀嚎，嚷嚷著無緣的三井壽，這時坐在我11點鐘方向的Casper突然來訊：「阿力你是不是要買三井壽？我可以幫你拿到！」於是三井壽一個U-turn又回來了。幾天後，我順利成為1/500的幸運兒。

收到這組三井の寿當下我就決定了，它會原封不動帥帥地站在櫃子裡，直到一個重要時機，和最後一位戀人，一起認識認識我的初戀情人三井壽。

柏融大王成大器

我喜歡看選秀節目，看著這些選手從稚嫩逐漸老練，一開始找不到定位的，可能在大改造後被看見特別，也有人憑一次決定性的瞬間抓住大眾眼球，或靠劇本由黑轉紅。觀看的我們，一路陪哭陪笑，在支持的選手谷底反彈時大呼我就知道！我們投射情感，偏好，主觀認定，挖掘出自己的千里馬，對誰，都是賭一把，證明自己眼光獨到。

看到一塊璞玉深信他能成鑽石，當目標物破繭而出發光發熱之際那種「你現在才知道他？」「看吧，就跟你說吧！」的優越感實在爽快，在音樂，戲劇，體育的世界亦然。

從王柏融文化大學時期注意到他，覺得這球員很特別，穩穩的，定定的，有自己的 zone，就是當他站上打擊區，時間空間都算他的，得有足夠的心理素質才能擁有這般結界，或者，是因為他的直，沒想太多，這球沒抓到趕快面對下一球的直接，使他在棒球這項高失敗率的運動，維持住節奏。

大學當選國手打出身價，王柏融順理成章進入中職加入 Lamigo 桃猿隊，我時常去球場加油應援，看他一步一步成為最火熱的四割男，即使狀態不佳，也只是過程非結果，他這段神奇之旅我偶爾漏掉但從沒跟丟。

因緣際會認識他，成為非常不熟的朋友，吃過幾次飯，聊過幾次天，某年生日前一天獲贈了簽名球加繡有〈王〉字的護腕，是除了安打安打全壘打之外他給的最棒禮物。漸漸地，我不把他看做球星而是平凡人看待，看見他是努力努力再努力的苦練型球員，也有不如意，但他不會陷入壞情緒太久，反倒積極尋找出口，有時我鼓勵他，有時他激勵我凡事不要想太多，確實，神經大條一點更容易化繁為簡。

雷聲大雨點大，確定旅外日本北海道火腿隊之後，我非常替他高興，我們柏融大王準備好出國比賽了，好比自己弟弟被伯樂賞識一般，驕傲感藏不住。出發前幾天一群朋友相約聚會，採訪太多他姍姍來遲，即使這麼忙碌，他七早八早自主訓練不間斷，不容許絲毫怠懈。瑣瑣碎碎片段組合在一起的他都沒變，專注、認真、謙虛、勤勞，做好該做的事，有多少說多少。

只要王柏融在日職出賽，有空我鐵定握著簽名球準時應援。他頭兩年打得有點掙扎，起起落落的表現我並不擔心，通常不好高騖遠的人，走得越遠，他遇強則強，會用一場場球賽證明自己可以。

旅外來到關鍵第三年，王柏融生涯首度對決神之子田中將大，這場面子裡子之爭至關重要。開打前我已站好轉播第一排，黏在電視機前，雙手緊緊握著簽名球集氣，還不時確認手汗會否讓簽名糊掉，準備動作不少。等啊等，台灣最強打者終於發揮實力，首打席就是中外野二壘安打，一棒打回跑者，攻進 1 分，第二打席又是二壘安打，打擊率高達 4 成 29，日職百安達成。

幾天後火腿對上軟銀，王柏融越來越有選球眼，四番炸裂擊出全壘打，像是對質疑聲說：喂你給我滾遠一點！「轟」一聲，相信也同時揮別低潮。我就知道他做得到。再過幾天面對讀賣巨人回到先發打線，三打數吞了兩次三振，以為疲弱不振嗎？沒有，七局下大棒一揮，球飛飛飛出去全壘打，轟出逆轉 2 分砲，隨後隊友火力全開擴大比分，終場如願拿下勝利，為戰績不佳的球隊降下及時雨。這樣的勵志橋段早該發生了。賽後受訪他說：「非常感謝教練團給我這麼多機會，沒有放棄我，我會繼續努力替球隊贏球的。」

不，我們才要謝謝你沒有放棄自己。加油王柏融，繼續打拼，繼續打擊，繼續打臉酸民。

王柏融看似順遂，一路以來挫折沒少過，目標還沒突破，夢想還沒達到，他不一定場場先發，但站上打擊區一定逼自己把刻苦訓練的東西拿出來，看準機會絕不放過，這幾棒適時開轟的熱血感，這趟勇闖棒壇之路，本身就是一部王道漫畫，現在正是最精彩的時刻，而他是我第一眼就看中的王牌，終成大器。

王道漫畫之所以王道，在於角色的不足、失敗與可期待性，於是能像養成遊戲一樣陪伴變強，甚至，跟著變強。透過角色反思自己的角色，身為女兒、姊妹、主管、夥伴、納稅公民，我沒辦法接受能做好卻做不好，能堅持卻苟且放棄，因此太需要這些能一棒回擊的樣板。

在心志快死的時候，讓人活過來。

I love this game

我人生有三分之二的時間被 NBA 佔據，份量之重，球場上常說的 Hustle play 影響我之深。「Hustle play」是指積極和拼勁，是球還沒出界飛撲也要救回，是拿出拼很兇的態度拼更兇，是能苦練一年就苦練兩年，反正總有方法讓你繼續前進，沒人能原地不動而創造奇蹟。這個已絕版的 NBA 陶瓷碗，能存活到現在也真是奇蹟，我把它當成裝飾品擺在櫃子邊緣，好幾次地震都全身而退，不小心揮到碰瓷了還剛好在落地瞬間被擋下，別說破碎，連條小裂縫都沒有，至今完整無缺，我們相撞，受傷的一定是我。它極有可能活得比我久。

若為這個摔不破的碗想一句標語，「Never break

your heart」別無他選。嗯，不傷心但傷皮肉。

關於 NBA 標語。

從「i love this game!」這句標語認識 NBA，天天掛嘴邊，當發語詞也當語助詞，想到就要對天對地喊一下證明愛意，更成為同學之間流行的通關密語，你愛，你是同類，90 年代球迷應該躲不過這股風潮。

一路愛愛愛愛到 07-08 賽季，令人心寒的賭球事件曝光，標語改為「Where amazing happens.」此時聯盟開始傳播 NBA 精彩的歷史時刻，希望喚回球迷，確實，我們受傷的心要被撫平，得依靠這個驚人之地。

12-13 賽季「BIG things are coming」好戲上場，大事來了，多大呢？BIG 中間的 I 用 logo man 取代，似乎在歡迎 Anthony Davis、Bradley Beal、Dion Waiters、Harrison Barnes、Damian Lillard 等備受期待的超級新秀，宣告他們將成長為足以改變球隊未來的大咖球員，帶來大場面。

13-14 賽季「ONE GAME ONE LOVE」，萬眾一心同一場比賽同一種熱愛。

14-15 賽季「EVERYBODY UP」，OK 奮起吧！大家 move your ass 站起來，我們嚴陣以待。

15-16 賽季「THIS IS WHY WE PLAY」，WHY ？球員為了什麼保持高昂鬥志、無視傷勢打滿 82 場球賽，籃球最迷人之處正是為何而戰，這項運動恆久真諦。

19-20 賽季因 COVID-19 疫情延燒，2020 年 NBA 為復賽投入 19 億美金打造「Bubble 泡泡聯盟」，總共 22 支球隊獲邀在迪士尼樂園閉門開打，正式重啟的球賽主打「WHOLE NEW GAME」標語。被病毒侵襲了大半年，整個世界無一不期盼看見全新的局面。

自 80 年代「It's Fantasic」以來每句標語都反映當代聯盟狀態與社會氛圍，傳遞關於人、團結、運動精神的價值觀。個人最有感覺最熱愛還是剛認識 NBA 的那句「i love this game!」，這是我的信念，熱愛一件事就投注所有的愛，在終點休息，而非半途。

關於實踐 NBA 標語的人。

長年看 NBA 的球迷都知道場邊有位愛穿花俏西裝的記者，Craig Sager 穿上特色鮮明的繽紛裝扮有其意義，除了顯眼、令人印象深刻，他更希望傳達樂於工作的態度。他每場採訪前會針對球隊與球員做足功課，深具專業素養，不失言不失禮的訪問風格讓受訪者放心侃侃而談，雖然馬刺隊 Popovich 教練特別喜歡挖苦他，但骨子裡卻無比尊敬他。他熱愛所有場內外的人，總是笑臉迎人，享受比賽前中後的每一刻，每個人都能感受到他對籃球事業的熱情。

很不幸的，Craig Sager 在 2014 年被診斷出急性骨髓性白血病，他並沒有被擊倒，用意志力承受化療的痛苦與疲倦，無懼病魔依舊長途跋涉，南來北往，常常一出門最少兩個月，他說：「你們知道在球場我有多開心嗎？我爬都要爬來這裡，這對我來說就是這麼重要。」他第一次化療成功回到場邊採訪 Popovich 教練時兩人照樣鬥嘴，如同以往，我想，對待病人最好的方式，是不把他當病人。

白血病第三次復發時，Craig Sager 說：「這一次我的目標是不錯過任何比賽，如果我錯過任何一場比賽，表示我輸掉這場戰役，我絕對不會讓白血病影響到我。」醫生曾希望他不要繼續做這份工作，他說：「如果要我完全與工作隔離，我會死。死因不是白血病，是死於心碎。」

由於轉播權的關係，身為 TNT 體育記者，34 年的職涯從來沒有親臨 NBA 總冠軍賽，2016 年兩大媒體聯手圓了他的夢，ESPN 特別開綠燈邀請他至現場採訪，看到病重虛弱的他被滿場球迷高聲歡呼，起身揮手致意，我突然明白，充滿毅力地活著，是最難也是最簡單的一件事。

人生熱鬧至此足矣，希望被上帝帶走的 Craig Sager 帶著大家的愛與尊敬，到天堂問問張伯倫好不好？單場拿到 120 分了沒？拍拍黑曼巴的肩告訴他曼巴精神永存……當然，一定要穿上更花的西裝。

「i love this game!」熱愛籃球工作的 Craig Sager 投注所有的愛與勇氣，在終點休息，而非半途。

Craig Sager，1951–2016

SagerStrong

7,832英里之外的馬刺魂

聖安東尼奧馬刺隊先後於98-99、02-03、04-05、06-07、13-14賽季奪下五次總冠軍，Tim Duncan——我們石佛就拿了三次FMVP。凡馬刺比賽我必守在螢幕前看，看David Robinson將棒子傳給Tim Duncan，十五年後Tim Duncan傳承給Kawhi Leonard成為建隊基石，看他們又老又慢，單調無比，不炫技，不跟風現代籃球三分雨，一步步做好防守，球傳給最有機會的人出手，不打英雄球，人人低調不居功。他們球風真的很無聊，樸實無華，僅僅是一代一代把會的一切教會每一位，團隊無敵，老派萬歲，他們是NBA最偉大的球隊之一。

說馬刺打球難看的，大概不懂籃球。

順境看 Tony Parker，逆境看 Tim Duncan，絕境看 Manu Ginobili，是馬刺迷倒背如流的口耳相傳。每次覺得沒了慘了輸了不忍直視，都是 GDP 三人站出來左砍右砍，絕地大放閃，用意志回應球迷：「球賽是這樣打的！」看看這三老，身為骨灰級球迷的我，對於勝利的執著，還差得遠。

有感於 Tim Duncan 籃球生涯近晚期，可能隨時結束，隔著冷冰冰轉播畫面高喊「Defense」、「Go Spurs Go」已無法滿足我了，2017 年憑著一股衝動，我們姊弟三人與弟弟的學長及其胞妹，五個人飛越 7,832 英里抵達馬刺位於德州聖安東尼奧的 AT&T Center 主場。

第一場馬刺 vs. 雷霆，我們提早到 AT&T Center 打算從練球開始看，進球場前經過走道看見五座冠軍金盃一字排開，一時情緒難平，那金光閃閃的球隊文化歷歷在目，看著看著竟淚光閃閃，回神後發現同伴走遠，才趕緊追上前走向心中聖地。找到座位坐定，一抬頭，高掛在屋頂的五面冠軍旗毫無預警衝擊視線，眼淚終於還是忍不住流下來。

身處馬刺主場非常飄飄然，完全坐不住，超現實的感覺讓我一直處於亢奮狀態，我跑到前排看馬刺球員練球，緊盯我的最愛 Kawhi Leonard，被球迷暱稱可愛的 Kawhi 本人更可愛，像個機器人面無表情，維持不出錯的命中率，據我姊說法，我自從看到可愛後嘴巴沒合起來過。球賽正式開始，我手上戴著剛從 Spurs fan shop 買的馬刺加油棒，高高舉起雙手用行為說明我是 No.1 Fan，「Defense」、「Go Spurs Go」震耳欲聾的加油聲不絕於耳，這次，是和全場 18,000 多位球迷一起聲嘶力竭。

第二場馬刺 vs. 七六人，開賽前我看到一身西裝、擔任球評的 Sean Elliott 本人朝我的方向走過來，我大叫「Sean Elliott」跟他揮手，他也燦笑揮手。他絕對知道我知道他。

1999 年 5 月 31 日，歷史上的今天，馬刺著名的「國殤日奇蹟」，西冠第二戰，罹患嚴重腎疾的 Sean Elliott 無懼病魔扛起整支球隊整座城，離終場前僅剩下 12 秒還落後 2 分，本場手感發燙的他告訴隊友：「我的槍膛裡還有一發子彈。」暫停結束後，在場邊發球的老將 Mario Elie 完全信任他，毫不遲疑長傳到右邊底角，Elliott 踉蹌地接住球，勉強站穩腳步，差點壓線的瞬間踮腳運了一下球，後腳跟近乎懸浮界外，在身體幾乎失去平衡狀態零秒出手，「咻」三分球進，最後扳回落後 18 分劣勢，超前 1 分帶走勝利。這場險勝讓馬刺團隊士氣大振，系列賽以 4 比 0 橫掃拓荒者拿下西區冠軍，殺進隊史第一次總冠軍戰。後來的事我們都知道了，馬刺隊只用五場就搞定尼克隊，迎來隊史第一座總冠軍。

穿著 32 號客場白色球衣的 Sean Elliott 和眼前身著西裝的 Sean Elliott 影像疊合，這一刻太魔幻了直到他揮舞的手把我晃回現實。如果沒有飛這一趟，我絕不相信傳奇在身邊。

幸好排除萬難前往聖城，才能在 Duncan 宣佈退休前親眼見證有 GDP 有 Kawhi 的黑衫軍，因為 2018 年的馬刺不馬刺了。先是 Parker 轉隊至夏洛特黃蜂隊，Kawhi 鬧出交易風波，Ginobili 退休，這是馬刺迷最傷心的一年，其中 Kawhi 最讓我撕心裂肺，失去理智。

在將所有的樂觀放進馬刺交易案之後，隨著 Kawhi 前進北國，某一部分的我被擊潰，某一部分的我，對「忠誠」產生質疑，相當悲觀。一個被馬刺用心栽培的孩子，從球員到球星到超巨，從普級到現象級，原本只定位為防守大鎖，幾年後攻防兩端兼備，如果不是馬刺制服組的眼光與知人善任，怎能擁有他的使用說明書，把他的武器放在對的戰場。當人們說 Kawhi 是體系球員，我總說籃球不是這樣看的。這麼一個安靜打球的人，突然不願意踏進休息室，無公開說明，無任何解釋，這麼一個健全溫暖的大家庭，堅守馬刺文化，致力傳承，突然喪失魔力，留不住看板人物，留不住人心，我不解，對 Kawhi 感到失望，那種一人一隊一城市的忠誠，只是滅絕的神話。

有些話不能輕易說出，像是失望。「失望」這字眼份量很重，那表示你曾依託、信賴的人事物在抽掉你的依託和信賴，某種力氣耗盡、心裡缺失一塊之下的反彈，由時間累積。因為曾經是那麼美好。

因為當我們說著希望的同時，甚至還不需要付出什麼。

馬刺隊總教練 Popovich 說過一段話大抵是：「沒有什麼好的決定或壞的決定，是你，讓這個決定是好是壞。」緩解了我對 Kawhi 決定不穿銀黑戰袍的陰鬱之心。Kawhi 離隊後馬上帶領多倫多暴龍拿到隊史首冠，恭喜，看來，就是他要的決定。這個決定是馬刺出品，必屬佳作。

曾經苦腦於自己專注力不夠集中，雷達太多，久而久之，當你能掌控這種狀態，容易分心倒是一項優勢。2019 年初 Tony Parker 身披黃蜂隊球衣回到馬刺主場那天，開場的致敬影片感人至極，我最容易陷入分離的愁雲慘霧，尤其往日如此細水長流，影片結束鏡頭拍到他跟 Popovich 教練同時眼中含淚更是最後一擊。這是 GDP 組成之後首次無 G 無 D 無 P，那個時代結束了，心情好低落，啊，猛然想起每年冬天大事：澳網的季節來了，趕快來看一下籤表。焦點就轉移了。

當右腦難以擺平，還好左腦有一片風景。

Duncan 球衣退休那天我爆哭，Ginobili 球衣退休那天我爆哭，2019 年底，Parker 球衣在 AT&T Center 退休這天，我一樣躲進棉被爆哭。當晚法國跑車最後致詞：「在我離開前有個小小請求，麻煩現場馬刺迷想像我十九歲，還在舊主場，馬刺對上「歐布連線」的湖人，我要你們高喊『Go Spurs Go』，請大家再一起跟我喊一次。」我跟著邊哭邊喊，如同在馬刺主場時那樣吶喊著。

史上最會贏球的三人組球衣緊緊高掛在一起，真的永遠在一起了。遠在 7,832 英里之外的馬刺魂，心也同在。

人生初半馬遇到長輩

跑步很好，因為它夠無趣。

所以你要很有毅力，保持專注，與自己對話的同時對抗。你可能突然悲從中來，但太陽會對你微笑，氣力耗盡時，風一吹，整排榕樹為你鼓掌，心情轉換在景色與下一個景色。你會發現吸吸吐氣之間很有學問，你可以調配速度，快一點或慢一點，衝刺或稍微緩下來，但絕對不能回頭，就像人生一樣。

在無趣裡尋找有趣的部分，其實很有樂趣。

跑步很好，只要一雙跑鞋，走到哪都能用跑的。多好。

說是這麼說，剛開始跑步時，我根本不喜歡跑步。一個原本連 800 公尺體適能都要同學代跑的人，為了甩掉嬰兒肥，漸漸能跑 3K，5K，8K，10K，12K，最遠 17.5K，並立志成為「18K（金）的女人」就好。越跑越瘦之後，比起成就感，「移動感」才是我一直跑下去的動力。

出社會頭幾年，廣告業除了忙碌就是更忙碌，追趕跑跳碰時間以秒計算，別人舒壓方式是來一根菸，我是跑一段路，邊跑邊放空，雖然還是想著工作，但總算自由。跑步的意義已大過儲備體力，而是一種暫時消失不見，那些跑者的心戰喊話關於超越關於證明自己，老實說對我不管用，當時哪有什麼高明的配速或積極正面破 PB，單純只是想往前跑而已。我不喜歡停滯不前，如果那些繁瑣的事、想不出的 Idea 原地踏步，至少，我在前進。

台灣慢跑風氣大約從 2013 年盛行，多場馬拉松賽事如雨後春筍般一場接一場舉辦，我曾立誓如果一定要跑全馬，人生初馬一定要在跑者天堂日本跑。抱著反正不會是我的啦啦隊心態偷偷抽籤，沒想到竟然抽中只有 6% 機率的 2014 年東京馬拉松資格，東京馬這種偉大殿堂需要配得上它的幸運兒，我有點想逃避又不想辜負這種好運氣，求放風不求數據的我手忙腳亂下載了 NIKE NRC 16 週訓練菜單，既緊張又期待成為意料之外的跑者。

我終究還是意料之內的自己，報名費繳了卻因為訓練不足陣前落跑。後來跑步頭都是低的，自我失望到不敢抬頭。

從哪裡跌倒從哪裡爬起來，能弭平羞恥感的唯有百分百達成率。剛好當時正在做 NIKE 的案子，遂請客戶幫我報名 2014 NIKE WE RUN TPE 女子半馬。我的好運果然全用在東京馬籤運了，開跑前一天遇到不速之客：大姨媽來拜訪，隔天人生初半馬在流汗流血中痛苦完賽，最後流淚領到第一面半馬完賽獎牌。我戰勝撞牆期，戰勝生理期，把糟糕的感覺一筆勾消，《天生就會跑》的作者 Christopher McDougall 提過一個觀點：「人的身體，天生就是為跑步而設計的。」沒錯，連長輩都得知難而退。

Thomas Friedman 在《世界是平的》書中引用了一段非洲諺語：

> 在非洲，瞪羚每天早上醒來時，牠知道自己必須跑得比最快的獅子還快，否則就會被吃掉。獅子每天早上醒來時，牠知道自己必須追上跑得最慢的瞪羚，否則就會餓死。
>
> 不管你是獅子還是瞪羚，當太陽升起時，你最好開始奔跑。

最終我變成停不下來的人，不是因為保命或獵捕，而是跑步是自己跟自己的賽跑。當太陽升起時，我們最好開始奔跑過昨天的自己。

山上的紅衣老女孩

「怎麼會有人想登山呢？」

「登山好危險，我才不要去咧。」

這段母女對話證實了，活得越久，就知道真正的危險是什麼。

才不要去登山的我，多年前第一次登百岳是與二十幾個朋友大團上雪山，由於生性貪生怕死怕冷怕吹風怕淋雨，能讓自己遠離危險的準備都盡量做足，除了負重訓練，上山前特別精挑細選專業登山鞋和 GORE-TEX 防水防風外套，沒登過山的肉腳至少保命裝備要好看，沒錯，我還怕醜。

被朋友們帶到 The North Face 採購，為何去北面，我也不知道，既來之則安之。試穿完所有我能穿的，在預算內實在找不到心儀的 GORE-TEX 外套，當時不確定只是萍水相逢還是飛蛾撲火，不太捨得投資登山用品，但一想到跟無法預料的山況比較起來，預算太好掌握，索性放膽梭哈下去，畢竟接觸不熟悉的事，先舒服開心最重要。

這件帶橘的紅色 GORE-TEX 外套高掛在牆面，其實一進門目光就被吸引住。款式窄版，前短後長、收腰的修身剪裁，我知道我穿上它既不臃腫也不會像個嘻哈歌手，抱著最後希望請店員幫我拿尺寸試穿。一穿上簡直量身訂做，袖長正確，背部下擺傘狀設計讓腰臀之間線條貼合，明明那麼合身，拉鍊拉上之後雙手不受拘束可任意延展，整體材質厚度適中挺度理想，翻到內襯，灰色面料與胸前 logo 顏色呼應，通常這種小細節就是買單前的最後一哩路，毫不猶豫眼一閉卡用力刷下去。

美美上山之後，新手登山客另一個狀況被我遇到了，梅雨季節帶來的雨量與伸手不見五指的霧氣籠罩，三天兩夜都不見雪山真面目。其中一段哭坡，天雨路滑加上陡峭路徑，看不見身在何處，可視範圍只有胸部以下的軀幹，差點邊走邊哭，但馬上安慰自己這件紅外套高透氣性機能極佳，防水防風防悶防無聊還防醜，果然買對。

因雨無法登頂雪山主峰有點可惜，待在三六九山莊等待雨停的時光倒也愜意，一群人吵吵鬧鬧聊星象聊下一座山要去哪，聊著聊著有人打開聖母峰的話題，此行高山嚮導——布農族的谷明光谷大哥耳力十足，遠遠聽到便走過來，以他登過北美第一高峰麥肯尼峰的經歷告訴我們：「爬聖母峰就三件事，天氣、運氣和裝備。」聽完，我對於裝備的重要性更加確定。是啊，沒有不對的天氣，只有不對的裝備，至於運氣，真的是看運氣。

我有位藝人朋友房子越換越大，卻捨不得賣掉第二間房，他說那是他的「起家厝」幫助他大發，意義非凡。這件紅外套之於我也是如此，它領我進入登山的領域，對山之美大開眼界，不僅從怕山到愛山還越爬越高，更保我一路平安。

後來和公司戶外掛的同事 Lu、Derrick、Zoe、Rita、曉蕾、大中聚在一起閒扯到聖母峰基地營，有夢最美的我們竟然來真的，一行七人成團勇闖 EBC。雖然陸續添購許多裝備，但這麼重要的人生大事，防水防風外層首選當然是這件 The North Face 紅外套神主牌。出發前一天我穿穿脫脫，才發現衣領處細細的掛耳上繡有品牌永恆的精神口號「NEVER STOP EXPLORING」探索永不停止，真是湊巧，我剛好也要戴著大中幫我找到的 1954 年 ROLEX EXPLORER 探險家系列古董老勞去探險，1953 年紐西蘭登山家 Edmund Hillary 和雪巴人嚮導 Tenzing Norgay 完成人類首度登頂聖母峰的創舉，手腕上配戴的正是 ROLEX EXPLORER 原型。

回到台灣後我常翻看 EBC 之行的照片回味，其中最愛一張從基地營回程被大中捕捉到的美照，當時我落下的圖說：

> 山很美，走在前景的紅衣老女孩很狼狽，垂頭、喪氣、腦袋發脹，左腳拖著右腳，Lodge 近在眼前卻像海市蜃樓，怎麼走都走不到。而行走的每一步只想著「我是探險家」，想著必須「活著」抵達，然後停下來，拿出大包藥袋，按表操嗑。在山上的我們分享食物，分享痛苦感受，分享藥物，也分享如何呼吸，至於眼前的美麗與感動很難分享，在偉大的山面前，讓能言善道之人都靜默下來。最終你會明白為何有人願意往死裡去。

活到現在，徹底明白真正的危險不是登山，是你小看登山這件事。

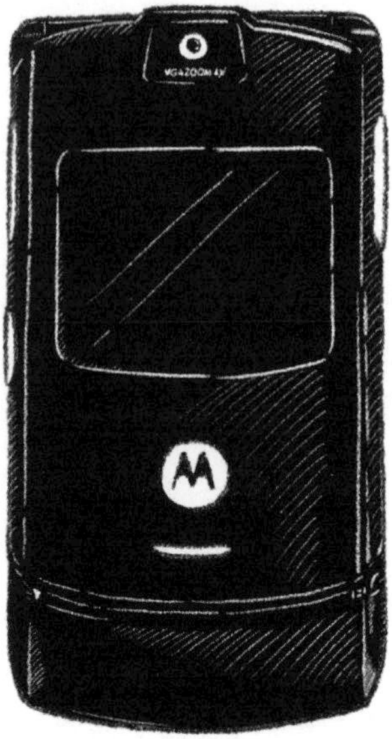

帶來幸運的顏色

Motorola 是我進奧美第一個客戶，黑色特別版 V3 是負責的第一個產品，建議售價 16,900 元，那是 2005 年 5 月。手機、筆電、掌上遊戲機等 3C 商品我堅持使用黑色，白色銀色都不行，就是要黑色，如此說來與黑色 Motorola V3 的相遇正是命中註定。

初生之犢不畏虎，只畏手機，是的，一個 3C 白痴，電器殺手，如何以創意的角色參與 Motorola V3 活動網站的執行呢？尤其又被提醒「這個客戶對文字要求很嚴格，很難提過喔」。越難提過越要提著頭做吧，在第一時間先將手中的 Nokia 換成 Motorola V3 黑色，接著開始做功課，流連各大比價網、規格榜，當然店頭查訪也免不了，才漸漸進入通訊產品這個異世界。

只是拿到門票，不代表一路順暢。我們透過線上黑色藝廊與互動展示手機特性，我的夥伴 Edmond 和 Sharon 將網站設計得神秘，時尚，富格調，接下來換文案煩惱了。到底怎麼寫才能烘托整體氛圍？怎麼寫才能既精準又有韻味？怎麼透過文字宣告劃時代的黑潮來襲？每天打掉重寫打掉重寫。

我不一定寫對，但肯定做對了什麼。

扭開靈感大門的決定性瞬間，是我從客戶給與沒給的資料中，憑直覺抓到「最輕薄／精品／高質感／銳利／顛覆／優雅／黑色／巨星」這幾個關鍵字，腦中頓時浮現 Coco Chanel 的優雅身段與她那句霸氣名言：「我不打造時尚，我就是時尚。」突然渾身起雞皮疙瘩，像被這位法國前瞻女性附身般靈光迸發，一度懷疑根本是她握著我的手為網站首頁寫下「香奈兒女士要大家一起弔唁，於是黑色風靡了全世界」作為開場。跟客戶提案那天，原本擔心寫到死亡是否不吉利，口味是否太重，沒想到不但獲得肯定：「看吧，我不是只會翻案，好的東西就是好。」整體文案幾乎一字不改，實在出乎意外，可能新手好運，首次上場打擊沒被三振，職涯算是漂亮登場。黑色，順理成章成為幸運色。

把第一件事做好很重要，然後記得它帶給你什麼。直到今天，那第一次的成就感，仍陪伴我度過接下來的挑戰。

一支新機上市前得經過層層關卡，進到行銷階段，通常為期一至二週的創意發想過程中，我特別喜歡為手機新色命名，譬如烈焰紅、迷霧金、極光白、皇家藍，依照規格賦予調性。有時針對年輕族群的新機可以幽默一點，曾聽過最有趣的命名是「尼可拉斯凱橘」和「艾迪墨灰」，整支手機不只鮮活起來還有了人設。

經手好幾年 Motorola，參與品牌某個時期的成長，相處久了就像老朋友一樣情感甚深，學習甚多，從 Nokia 愛用者到 Motorola 信徒，從 3C 白痴到能跟人論技術，看著市佔率從第一、第二、第三再到第四，最終和另一芬蘭競品消失在手中，不免覺得可惜。智慧型手機改變人們的生活型態，閱聽習慣，人與人連結方式，偶爾想起過往那種小心謹慎地打出簡訊內容，按下傳送，坐立難安等待回覆的心情，還真懷念不那麼智慧的年代。

還好對黑色手機的執著未曾改變，維持到現在，也通往未來。

哈囉你為何而蹲

在韓國天團 BIGBANG 擔任主唱與主舞的太陽，是傳說中的母胎單身，曾被媒體拍到貼心蹲下幫女友閔孝琳將鞋帶綁緊的甜蜜照，兩方順勢公開戀情。雖然太陽不斷強調自己從出生就沒談過戀愛，顯然戀愛次數不是重點，怎麼談才是。

與首爾相距約 908 英里的台北，媒體跟拍郭董前往花市採買母親節花束，被人海包圍的他看到記者鞋帶鬆脫，展現愛家愛妻之鐵漢柔情，隨之蹲下幫記者綁好鞋帶，一人腿嚇軟，一人身段之柔軟，讓民眾看到霸氣在於抬頭也在低頭。

蹲下幫人綁鞋帶這事，我也曾經做過。

“I always use my clients' products. This is not toadyism but elementary good manners.” ——David Ogilvy

「我總是用客戶的產品。這並不是諂媚奉承，而是良好的基本態度。」

奧美祖師爺大衛·奧格威這句格言，被我奉至圭臬。

早期服務阿瘦皮鞋，秉持 brand lover 精神，東挑西逛，挑非常久，逛非常多間門市，終於看到這雙寫著我名字、舒服與美感兼具的米黃色平底娃娃鞋。這雙令閱鞋無數的我一眼驚豔的美鞋，楦頭寬度符合亞洲人版型，曲線弧度不是呆板的正圓，它有聰明感，綿羊皮鞋面縫上同色系且大小適中的蝴蝶結，搭配木製鞋跟，整體優雅又有質感，實際上路親膚不咬腳，不愧是 Made in Taiwan，不只符合「堅持做台灣最好的鞋子」品牌理念，也離最好看的鞋子不遠了。

那年客戶主推阿瘦彈麗系列高跟鞋，需要展示產品好穿好走好漂亮的特性。當時創意心法著迷將自身興趣置入創意，一次我在跑步機上跑步的時候，突然靈感之神跑向我，心想何不讓代言人在跑步機上走台步？！我馬上降速，停下腳步，親自試試幾種速度幾個坡度，確認可行之後腳本成形。為提案落筆之前，極少穿高跟鞋的我，穿上客戶提供的同款主打商品上上下下走來走去實際體驗，真心不騙，還真是一路好好走，於是我大膽設定一抹自信身影穿著高跟鞋站上跑步機走、快走、上坡、下坡、小跑、倒著走、轉身再走、站定滑行，最後完美落地，透過各種好走，讓人眼見為憑，最終順利提過這個 Idea。

拍攝當天，我穿著這雙米黃色平底娃娃鞋去監拍那雙高跟鞋，會「鞋」愉快的心情只差沒跳起芭蕾舞。

拍攝時，代言人穿上繫著鞋帶的魚口高跟鞋與無袖荷葉領小洋裝，一站出來，名模風采十足，當她開始大步向前，專門專業，每一動既優雅又穩重，過程中任何指示來者不拒全盤接收嘗試，果然找對人了。既然商品是鞋，我馬上看到我最在意的細節：對鞋帶莫名的強迫症，我無法接受鞋帶歪斜，堅持要綁得正，因為結一歪，蝴蝶就垂頭喪氣，另外，蝴蝶結耳朵左右兩邊要對稱，帶子要以 45 度垂下，耳朵太大帶子太短，或帶子太長耳朵太小，都不行，兩者的比例要對，否則鞋會變得難看。

好幾個鏡頭之後，發現跑步機上的蝴蝶無精打采、長短不一，跟導演打聲招呼，很自然地上前蹲下幫代言人綁鞋帶，大中在旁邊略帶玩笑口吻：「妳是創意耶怎麼可以這樣低一階！」沒辦法，product demo product hero，看到蝴蝶結沒綁好我心裡的結過不去，況且即使不蹲，身高也是全場最低階的，沒差。

最後成果非常理想，那顆落地鏡頭不靠剪接，是「連・續・動・作」，可見鞋多符合人體工學，商品特寫也合我意，蝴蝶結堂堂正正的以最美的姿態呈現出來，就算畫面只是一閃而過，心裡閃過的是不枉我上上下下那好幾蹲。

　　蹲下的緣由百百種，為了什麼，其實都看得出來。

小貞子來報恩

學習新技能，挖掘新興趣，與夥伴共同完成一項新工作，我最在乎自己過程中「給」了什麼，「拿」了什麼。有形／無形，時間／精力／，痛苦／美好，具體／模糊，挫折／樂趣，歡笑／淚水，刺激／鼓勵，掌聲／噓聲，悲傷／感動，懷疑／信任，給予什麼，拿到什麼，以此紀錄我來過走過。

一部電影成功之後，為了票房或任何其他因素拍攝續集往往會成為票房毒藥，續集魔咒常在，但不是說續集必死，也有能超越第一部的，不多。廣告也如此，一個系列走到第三年，不如就讓它好好告別吧。

全聯中元節第一年人們用愛心款待無家可歸的貞子和傑森，第二年貞子獨舞、傑森彈奏電吉他回人間報恩，第三年貞子和傑森因為前兩年被盛情招呼再見面已腫了兩圈。爬出電視敲打大門，跳也跳了唱也唱了，吃得肥嘟嘟的，夠了夠了，我們早早就決定三集說再見。

在拍攝最後之作時，一直想著要拿走什麼，回憶和經歷早早裝進腦袋，我想將可以延續感恩的心的有形之物裝進口袋。盯著小螢幕監拍，有一幕大貞子爬出電視，量完體重後躊躇不前，家族中的小女孩握著一個縮小版的貞子，衝過去牽起大貞子往前……我盯上目標，對，這個可愛的小東西，就是你了。

收工之後，我從道具堆找到那具小貞子，她是一個黑髮的芭比娃娃，美術杰哥把她的臉塗成像髮色一樣的全黑，頭旋轉 180 度向背面，幫她穿上與貞子同款的白洋裝還縫了內襯，細節滿滿製作超精巧，我愛不釋手，像片中小女孩握著小貞子衝向杰哥：「請問這個小貞子可以讓我帶走嗎？」杰哥說好。

好，不客氣了，我「貞」的帶回家了。

這個小貞子從此被賦予報恩的任務，專門存好心做好事看好戲交好友，時常運用自己的超能力維持組織正常運作，協助事情推進，人設是活潑俏皮又有感性的一面，愛笑但你看不到她笑，凡需要真善美的場合她就會出場。她有時陪我辦公，偶爾被我藏在拍攝場景，跟著我坐公車欣賞窗外浮光掠影，經常出沒各大旅遊景點，從井底爬不夠，還跟我一起爬到聖母峰基地營，是靈界升降高度最高的好兄弟姊妹。

我甚至為她在 Facebook 開了一個名為〈小貞子〉的粉絲專頁。

> 用户名稱：LilJanny。
>
> 類別：運動員。
>
> 簡介：我是浪漫的小貞子，喜歡運動，討厭甜食，害怕訊號不穩，需要潤髮。人間蠻有趣的，暫時就待著了。

目前僅 118 人追蹤，求讚散播歡樂散播愛，獨樂樂不如眾樂樂。世風日下，人心不古怪就無聊了。

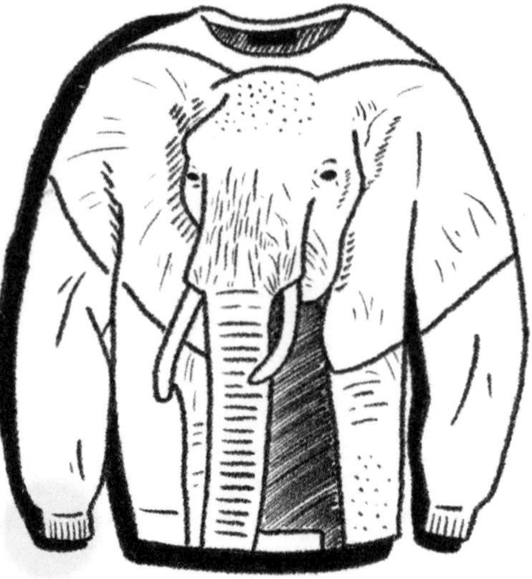

世界上有粉紅大象嗎

奧美創意部有兩個阿ㄌㄧˋ，一個是我，一個是陳麗玉。這倆ㄌㄧˋ分屬不同創意組，日常無交集，頂多聽到有人呼喊「阿ㄌㄧˋ」時同步抬頭，眼神在空氣中交會。

人與人的友情開關，之於我，從連名帶姓稱呼對方開始。那是種我把你當自己人，超脫客套的起手式。

尋常的下午，有人變得不尋常。

時任創意總監的Jimi提案回來，和他的組員聊著聊著聊到客戶的新老闆是黑人老外，聽到關鍵字我放下手邊工作，衝過去大喊：「什麼，我最喜歡黑人！」原本面對電腦淡定坐著的陳麗玉突然激動轉頭，回以相同聲量：「許力心！妳在說什麼啦！」對於從小看

NBA 長大且經常對著電視機與球員對話或大罵垃圾話的球迷來說，這個喜歡，始於熟悉感，所言即字面之意。意識到陳麗玉或許想歪，我急著揮手解釋，講得七零八落，眾人笑成一團。

原本不熟的我們，啪！頻率瞬間對上，成為經常一起逃脫的摯友。說逃脫也非多大壯舉，只是在忙碌與忙碌的空檔，恍神耗弱的時刻，靠一種表情，一個點頭，彼此有默契地走向電梯口，散步到信義區秘密基地補血。在意義上，這是段多出來的 We time。

多出來的總是有稍微揮霍也沒關係啊的想法，因此我們肆無忌憚讓分針追著時針跑，心情上輕鬆好幾個刻度。在這與世隔絕的時間空間，有時她說我聽，但更多時候是我喋喋不休而她靜默微笑，我們練會了吸收吐納，轉而為彼此供氧。陳麗玉像我頭頂的探照燈，一路指引，一針見血，很多事被她一點就通，於是不再糾結。她同時有與生俱來的魔力，即使沒開口，僅僅坐在那也很療癒，或許是她看透但不說破，讓我能一片透明又不被刺穿吧。

一次電力充滿後，當我們快回到公司，陳麗玉指著松仁路 90 號門口的柱子分享她與五歲姪子的對話：

「姑姑妳都怎麼上班？」

「騎粉紅大象啊。」

「那妳上班牠怎麼辦？」

「綁在公司外面柱子等我下班。」

世界上哪有什麼粉紅大象，是奇幻故事嗎我笑她，更奇幻的是，我們竟然認真討論粉紅大象的體型？來自何處？有無兄弟姊妹？個性如何？專長是什麼？要是被拆穿該如何圓回來？簡直比 brainstorming 還認真，非常無聊當有趣。

善變的廣告生活在這般鬆緊之間收放自如，直到陳麗玉離開奧美前往巴黎。

那三個月，我們保持聯絡。她每天騎單車晃呀晃的晃遍 20 區，喝巴黎茶，逛巴黎市集，受邀到巴黎老夫婦家作客，過著爛漫慵懶的巴黎步調，她在那裡找到消失的自己，找到日常節奏。同時間在台北的我感到很孤單，那是一種精神支柱不在，一種這一刻的烏煙瘴氣下一刻沒人一起概括承受。我後來再也沒去往日的秘密基地，縱使經過，因為秘密基地的單位是——我們。

她離職後，舒壓場域從馬路轉至網路，我通常靠購物緩解疲累之心，提振士氣。有陣子迷上波蘭品牌 Mr. Gugu & Miss Go，他們家擅長將各種速食、甜食、零食等真實食物滿版印製在長袖大學 T，假設你套上它，遠遠看，你就是一包薯條，一罐小熊軟糖，一桶爆米花。那個秋天，我把自己變成一顆漢堡。

又是個需要正常能量釋放的夜晚，心想著要再扮演成什麼呢，逛著網站，一如往常滑過形形色色商品，眼角餘光瞥見了個粉紅物件，讓我瞬間甦醒，眼眶泛淚。我猛然看到一隻粉紅大象，不是任何灰色或卡通圖騰的大象，是佈滿皺褶的皮膚、真實的、掛在胸前的、我們認真討論過的粉紅大象，那種震驚好比陳麗玉顯靈般，我手抖著將粉紅大象裝進購物車，把比奇幻還奇幻還奇幻的事帶回家。

事實證明，在一個地方，有朋友，有秘密基地，有奇幻故事，就能續命。

「如果你夠幸運，在年輕時待過巴黎，那麼巴黎將永遠跟隨著你，因為巴黎是一席流動的饗宴。」——海明威

三個月後陳麗玉回到台北，更鬆更自在，渾身沾染巴黎氣息，依然很有品味，依然放縱我的直白任性，她稱之為可愛，當然，當可愛遇上可愛，是兩份可愛。

某天臨時起意突襲她家，知道我不愛甜食，她特別烘焙減糖的瑪德蓮與費南雪，知道我愛吃粥，不到半小時就變出粒粒不分明的鮮蚵竹筍粥，手藝極好，甚至她切的水果都特別香，這是對她的偏心，因為只要跟陳麗玉有關的都是好東西。這席饗宴，有甜有鹹有冷有熱，我們在台灣活成巴黎。

兩個慢熟且疏離之人關係不黏膩卻親近，能深談也能雜聊，能獨立作戰也能一起打群架，真實的友情大概是這種模樣，相處起來舒服的像微風一樣，讓彼

此自我感覺美好。有的開關一開，就是永恆明亮，有種友情，叫做阿麗與阿力。

世界上有粉紅大象嗎？有，靜置在抽屜第一層，如同陳麗玉在我心裡的位置。

如果我們的語言是玉米罐頭

那些無法重新再來，難以複製貼上的味道，是最令人懷念的。

2005 年，他晚我兩個月進奧美，他坐我左手邊，我坐他右手邊，我們經常坐著四輪驅動的座椅左右滑動，對著彼此的電腦指指點點，他建議文案如何精簡，我提出畫面要如何編排才會有重點，誠實開放地討論各種創意可能，從對話與對峙中逐步建立起夥伴關係。我們是這樣的組合，坐在自己的座位互相補位。

兩個同梯的同甘共苦，互相打氣求進步，一天一天跨過菜味十足的新人時期。如何證明不那麼菜呢？就是對於加班夜晚的飯菜擁有登高一呼的決定權，吃什麼喝什麼，他會像提案般給兩三個選項，認真傾聽大家的需求與偏好，在自身與夥伴慾望中各退半步，尋求共識，皆大歡喜，然後部隊魚貫走出松仁路 90 號前往覓食。所以我們通常是快快樂樂出紅色大門，平平安安回公司加班。回程他常一溜煙脫隊，他總是先去運動才坐定電腦前運作，「運動是為了吃更多的食物」是他身體力行的名言。

關於點餐的學問和時機，問他最知道。有陣子我們常叫一間很道地的港式燒臘便當外送，口味早已沒印象，倒是一直記得，自從他跟又急又兇說話又大聲的老闆用家鄉話點餐開始，在蔥價大漲的時代，我們的蔥油反而特別大包，而且他總會多訂一隻油雞，因為他比我們還瞭解我們的胃與味蕾。又或者他常常在我們還不餓的時候吆喝大家開始寫外送單，他說，等到送來時剛好餓了，貼心顯見在時間差。結果跟他 Partner 一年間，我胖了三公斤。

某年實在羞恥心大發，我們倆和林宗緯、蘇宇鈴等人一起團購為期一週的減肥瘦身餐。那個年代烹調方式不像現在的健康餐盒色香味俱全，不只吃得飽還吃得好，中午打開便當看到菜色每個人都面有菜色，濕濕黏黏的燕麥粥、清淡無味的蔬食，我沒意見全部吞下去，一週過後還真的消瘦了些，他，是唯一不瘦反胖的，承受不住我們質疑的眼神，他才坦承覺得吃得太委屈，每天晚上跑去大吃一頓。

我老是笑他不是 AD 藝術指導，是 FD 美食總監，

Food Director 他當之無愧。「吃」，是他最大的文字雲。

做了幾件代表作，拿了幾個創意獎項之後，年少輕狂的我們講話終於比較大聲，也代表，出門開會時稍微耽擱點時間是可被包容的。有次時間緊迫，他硬要抓個頭髮漂亮出擊，原本想遏止，但看他慌張急促地在包包裡撈啊撈只覺得好笑，順勢就笑眼旁觀了。沒想到他沒撈到髮膠，卻撈出一罐玉米罐頭，玉米罐頭！誰會隨身攜帶玉米罐頭！那瞬間我們相視大笑同時開口：「怎麼會有這個？」沒想到彼此愛吃同樣品牌的玉米罐頭，只差在他的有長腳，跑進了包包。這應該是我們工作以來最特別的魔幻時刻吧，而且是金黃色的。

換過幾次座位，好像是某種勝利方位，每次都是男左女右，用這樣的組合連線，接棒，成為對方屏障，建構出保護傘。只要左轉 45 度看他坐得好好的，不知為何就是很有安全感。

有次業務來詢問能否多提幾路文案，他擋在我前面滿口港腔玩笑道：「可以啊，多給你一路：死路。」業務不死心：「哎呀不要這樣啦。」我正要釐清狀況時，他又搶答：「再一路：黃泉路。」聽來超晦氣，但這就是屬於他的刀子嘴豆腐心，我們終究還是沒為難業務夥伴，也如期提出通往羅馬的條條大路。

心中一直非常感謝他用如此鋒利的方式保護我，口頭和心頭上都挺我。

當然我們也有意見不合的時候，套句村上春樹的書名：如果我們的語言是玉米罐頭。因此，每當高分貝爭執不休，不論誰先開口，一句「等下要吃什麼？」畫風就瞬間切換至黃澄澄的玉米，那是屬於我們的默契、頓號、停損點：玉米罐頭。

嗨，Edmond，你知道嗎？後來我的玉米罐頭也長腳了，爬台灣百岳的前一天它一定會跑進我的登山包裡。爬得越高，離天堂越近，玉米罐頭至今去過夏季和冬季雪山、嘉明湖、南湖大山，你有收到吧。

嗨，Edmond，你好嗎？你吃得好嗎？我第一個Partner，我內心永遠為你留一畝玉米田。因為你，我堅信吃比瘦更有福。

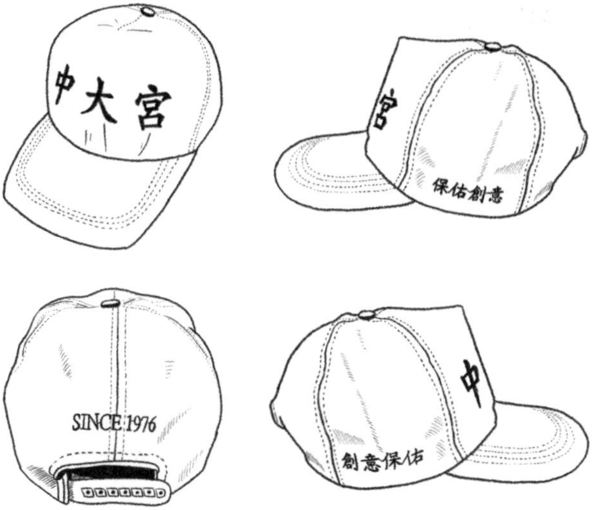

中大宮入場須知

龔大中四十三歲生日前夕，他的秘書 Bell 問我要對大中表示一點心意嗎？他應該什麼都不缺吧，我心裡這麼想。

認識他十六年，從知心好友到直屬老闆，我們之間無須多言，趁空想了想，我想送他一份敬意讓他知道，他對我，對奧美創意部有多麼重要。懷抱打從心底的推崇，「送龔大中一頂中大宮」的想法很快浮現。這頂奧美紅的宮廟帽，正面繡著橘黃色的「中大宮」，左側「保佑創意」，右側「創意保佑」，尾扣上「SINCE 1976」，代表由龔大中主持的中大宮，保佑創意也受創意保佑，祝福這位 1976 年出生的宮主平安健康生日快樂，長了一歲更有境界。

雖非偶像崇拜，有幾點宮中須知不妨聽聽。

1. 你要害怕從一而終的人。從一位文案到副創意總監到創意總監到群創意總監到執行創意總監到創意長的創意人，一路都待在同一個大聯盟，他對所處環境的長情令人害怕。
2. 他其實根本不在乎頭銜，他在乎的是大家的自由與快樂。
3. 當你陷入低潮時，找他聊聊，他會告訴你：記得做創意的本質與初衷。我的解讀是除了本質之外，都是雜質，既然是雜質直接排除，並不複雜。
4. 他除了說話就是在吃吃喝喝，除非你跟他一樣維持每天跑步習慣，否則不要跟他一樣嘴巴停不下來。
5. 他安靜的時候先不要打擾他，或許有巨大的Idea正在發生，或許有充滿情懷的浪漫故事正在醞釀。總之，等他找你。
6. 他有時會突然不耐煩，但只是暫時，他排解完隨風而來的小情緒之後，你們就可以談正事了。這是風向星座善變的好處之一。
7. 他的正直你看得到，更多時候顯見在你看不到的地方。
8. 他對眼前的機會緊咬不放，哪怕只有1%，他都能創造另外 99% 的可能性。

9. 所以一個喜歡的 Idea 提不過沒關係，最好再提十次，否則不要在他面前提到堅持兩個字。
10. 有些人天生就是舞台型，他的提案精彩到你要努力保持專業，別忍不住鼓掌當起觀眾。
11. 不要看那些幽默的作品就誤以為他在搞笑，他的思考縝密，相當嚴謹與嚴肅的面對課題，用創意解決生意問題。
12. 他擁有非常好的記憶力，你必須確保自己對他說出的都是真心話免得不攻自破。放輕鬆，做真實的自己就好。
13. 他的觀察力沒話說，被看出破綻勿大驚小怪，你頂多覺得自己是個笨蛋。
14. 心胸寬闊點，與他相處久了，他的大器會讓你懷疑自己是否太小家子氣。
15. 他樂於分享所有他知道的事，從他身上你很容易發現大方沒有額度。
16. 他的無私簡直無法無天，得隨時提醒他多少為自己留點餘地。
17. 孩子氣的鏡射是男子氣概，他把許多責任扛在肩上，壓力放在心裡，如果我們不能分擔，至少不要成為他的負擔。
18. 他的任性眾所皆知，若以結果論來看，我們都要謝謝他是那個最清醒的人。有時候任性是勇氣的代名詞。

19. 他是最稱職的領導者，無論何時何地都不會拋下隊友。

20. 他會是戰場上最後一個離開的人。連錢櫃夜唱都一定等到燈開才走。

歡迎來到中大宮，諸君請盡情展現自己的才情吧，等你準備好了，龔大中絕不吝嗇給你一個舞台。

有力人士幼兒園

有一種時尚，無論大環境如何變遷，都不會隨時光流逝而變調，省錢的信念也恰好如此，就像白 T 牛仔褲，永不退流行。2017 年《全聯經濟美學》找來銀髮族穿著白 T 牛仔褲走上伸展台，秀出印在 T-shirt 上的省錢金句，一來傳遞長輩獨有的價值觀，二來向這些忠實的消費者致敬。當初印製 T-shirt 時，我特別情商製作公司多印「朝九晚五的我退休了，精打細算的我還沒退休。」這件金句 T 私留。我對這句話特別有感覺。

一句話的力量，可以讓你做什麼或不做什麼。那麼，如果我一覺醒來，發現對這份工作再也不知所為何來，是不是可以收收書包不做了？身處多核心高轉速的環境，我應該十年後就可退休，亦即十年後想過何種生活。

我想開一間專收五歲以下孩子的幼兒園。活到現在，什麼都好奇什麼都有點興趣的結果是雜學性動物沒特殊長才，如何避免閒來無事退休即報廢？既能將過往累積的資源回收再利用，又能種下善因得善果，不正是兒童教育嗎。曾經計劃二十六歲結婚二十八歲生姊姊再妹妹再弟弟，計畫失敗不影響我喜歡小孩的心，我對小孩比對自己還有耐性。把所知所學用創意的方式延續到下一代，讓孩子一天天成長得健康勇敢自信有活力，是我下半輩子的職志，所以，目標十年後開辦「有力人士」幼兒園。

本幼兒園以孩子的快樂為己任，追求身心靈平衡發展，鼓勵跌倒，鼓勵對同伴伸出援手，鼓勵以安全為前提盡情冒險，鼓勵獨立思考的能力，「如果每個孩子都能發揮自己的本領，世界將會更美好」是我們的品牌大理想。

有力人士幼兒園師資如下：

聶永真教視覺傳達。
龔大中教大創意。
李宗柱教文案寫作。
王柏融教打擊訓練。
劉君儀教籃球。

羅景壬教導演功課。

程耀毅教親子互動。

蘇文聖教幽默感。

呂蒔媛教編劇。

白傑教插畫。

黃元成教烹飪與擺盤。

蔣勳教藝術觀賞之道。

朱平教你過生活。

江民仕日常紀錄孩子們與拍攝畢業照。

張鐵志教搖滾樂如何改變世界。

呂豐餘教協調能力。

吳念真教台語文化發展。

唐心慧教關係經營。

劉鴻徵教商業佈局。

谷明光教登山技巧。

詹偉雄教運動與文學。

莊淑芬教遠見。

全園養一隻薩摩耶。

名單持續增加中……

為了孩子們，本有「力」人士與以上有力人士一定要在如此多核心高轉速的工作環境好好活著。願我們都跟得上十年後的世界。

我手上的奧美紅鉛筆

在還沒進奧美前，我就進入奧美了。

大學時期校外參訪來到台北市信義區松仁路90號氣派的奧美大樓，站在門口頭抬啊抬啊往天空看，一直抬到頸肩無路可退，才將這棟紅色巨塔盡收眼底。被帶著一樓一樓遊街，看到原來真實戰場是這種模樣，「大家好像在玩，做廣告好好玩，作品好棒，這位哥哥穿西裝好帥，姊姊高跟鞋喀喀喀好有氣勢……」所有關於正向積極豐富美好精彩時髦的字眼全部擠在心裡，僅只於此。成為這裡的一份子？想都不敢想，這是我掌握不住的世界。

唯一握住的，是離開時獲得奧美周邊商品：一盒印有「Ogilvy」和「走・紅」字樣的紅鉛筆。

然後事情發生了。我成為這裡的一份子，職稱文案。這是否表示機會是握在自己手上呢，我無法不對這個 Symbol 做相關聯想，就當是吧。

成為配得上文案職稱的人，是嚴肅也嚴格的事。頭幾年有點瘋狂，具體做法，我在枕頭左右各放一本筆記本夾著 Ogilvy 紅鉛筆，當睡不著或半夢半醒或一早起床剛好有碎片閃過腦海，可立即寫下想法或文字。左右各放是因為無法控制翻來覆去的夜晚會以什麼方位睜開眼，原子筆不管油性水性都有斷水可能而鉛筆不會，為了抓住每個神來一筆，盡力杜絕可能干擾。

我一直寫一直寫一直在寫，用手寫用電腦寫，用沒寫過的推翻寫過的，也有可能一句標語一段內文一個橋段寫了好幾輪，還是回到原點，但這不是重點，重點是你得經過這個過程才能下判斷，你的文字會告訴你答案。文案，絕對是「不停」寫出來的。文案準確嗎？有無讓人哭或讓人笑的感染力？帶來什麼啟發？最後，是否有回應文化張力或反映當下的時代感？自我檢視過後，寫久了，都是你的。

我很怕，也可說不喜歡賣弄文字的文案，那些你都看得懂的中文字，但看不懂意思的文案，最好的文案是用人性「說人話」。文案來自觀察，來自設身處地著想，來自你覺得手上東西真的好棒，好想讓大家都知道，懷著這份心意，至少你寫出來的東西是真心善意。

文案作業中，我特別喜歡寫各式廣告腳本。創造一個利於寫作的環境非常重要，花點時間挑選音樂，耳機戴上進入神秘狀態，名為化境。骨架確定，逐步填肉，有時倒著寫，有時正著，有時先有關鍵一句話，有時跟著故事走，有時喋喋不休，有時娓娓道來，有時要懂得留白。從這段寫到那段，覺得不好全部刪除，還原，複製，重新再來或別有安排。鏡頭語言，畫面經營，人物設定，細微的蛛絲馬跡，在腦海中來回走動無數遍，最後再看看有無意料之外情理之中。萬一寫得忘我對著電腦螢幕又哭又笑，別擔心，你很正常。

文案的基本功夫與自我修煉，沒有停止的一天，現在雖然不再使用這個職稱，但每當被認可是一名文案，甚至是好文案，我都會非常非常，非常開心，那表示對於「文案」的尊敬也獲得尊敬。

我跟過兩位文案老闆，都是廣告業界頂尖寫手，他們為我的文案生涯打下扎實基礎，若我能激起什麼浪花，毫無意外，正是他們推波助瀾。

第一位老闆是胡湘雲。她不太說，初期拿不定好壞方向，自己領悟居多。多年前一次賓士大比稿要為四個主題落出名言佳句，我每天寫寫寫，她每天說再寫再寫再寫，我當自己詩人與偉人，除了吃飯睡覺都在寫，比稿完發現影印出來的 A4 紙張疊起來超過 5 公分高，差點去跟樹下跪，真心抱歉。我一度以為參加了短期腎上腺素激增班，主修爆發力，當下痛苦得不得了，事後證明沒有任何文案是白寫的，我為此做的功課、找的資料、邏輯推演、脈絡分析、自我辯證，像一陣風帶來蝴蝶效應，間接幫助我日後寫出《全聯經濟美學》的金句，湘雲正是金句背後的金句娘娘。

湘雲一但給出明確指示，我唯一要做的就是往下挖掘，搞懂盤根錯節，消化過後寫出獨特觀點，但不要被騙了，如果只是摸摸鼻子照著走，吃虧的是自己，雲是寶，要敢問敢言敢於表態敢於挖掘寶藏，把內心大大小小問號變成逗號或驚嘆號，能舉一反一最好。她看過太多聰明人或甚至她是那個最聰明的，千萬別不懂裝懂，這就真的不聰明了，她喜歡人們真誠地清晰地對話，我盡力做到，因為在她面前我永遠笨拙。

工作之外，偶爾勾肩搭背開點小玩笑，看到好吃好玩好買的快秀給她，這時的她不是戴上眼鏡銳利掃描 A4 紙張的她，是永不滿足的小女孩，反應特別可愛。我們是很不同的人，卻在服裝品味上眼光一致，常常撞衫，每當又穿一模一樣了，會一左一右面對紅牆拍下背影照，讓大家猜猜「Hu is Hu」，百玩不膩。都是黑溜溜長髮猛然難辨，多看幾秒，連背影都殺的，就是這朵雲。

我們一起參與不少記憶深刻的作品，她為薇閣精品旅館創作的《薇閣小電影》正是由我擔任文案，此片被法國選為全世界最佳 25 支影片之一，當年更為台灣拿下第一也是唯一的 D&AD Yellow Pencil，這支湘雲特別訂給我的黃鉛筆獎座上印著：

D&AD Awards 2010
For Outstanding Achievement
Branding / Brand Communications in Moving Image
Lisa Hsu (Copywriter)

《薇閣小電影》平面稿一句「LOVE IS……說得多，做得更多。」書寫時內心謎之音其實是「COPYWRITER IS……說得多，寫得更多。」Lisa Hsu（Copywriter），嗯，A REAL COPYWRITER，我是一名文案。

第二位老闆是龔大中。他很愛說，我眉頭稍微一皺，他 185 公分巨大身型之下細膩的心馬上察覺異狀，滔滔不絕說到我懂，本來懂的，聽他說著說著，才發現自己沒搞懂，他不只鷹眼，還有透視眼，希望他的老花眼來得晚一點。

他是我的良師益友，教我文案和生活一樣，都要經營，教我許多寫作技術，技術中埋藏著看得見的藝術，教我文案人員必須誠實地面對筆下文案，先求對錯再看好壞。做事有方法的他，也提供文案方法論，他手把手帶我寫全聯寫多喝水寫其它，寫幽默也寫情懷，寫善良也寫浪漫，寫瀟灑也寫風采，針對一字一句短評或長篇大論，把所有會的毫無保留傳承給我。我們是很相同的人，都對不明不白的事嚴重過敏，對不公不義的事據理力爭，我們一起寫了互相影響再影響他人的文字，我們意見通常相去不遠，最大共識是沒態度的東西不要寫，以及贅詞永遠不能多。

我是他首席女弟子，這點再滔滔不絕的他都無法反駁，因為，是他直屬第一也是唯一的女性文案。

從 2010 年密切相處至今，大中樂於分享知識，天天傳遞正向價值觀，我經常懷疑並好奇他的世界是否沒有難搞局面。他最擅長把麻煩事變容易，把複雜變簡單，把混亂的毛球梳理得井然有序，把可能走歪的路線扳正，他極有可能是現代馬蓋先，專門處理危機。像我這種一天到晚覺得自己完蛋的人，可能就是他眼中不定時炸彈，每當我寫不對不好不順，在他大罵我之前，我已臭罵自己千千萬萬次，這位內建 X 光的文案機器總能看穿我的疑惑迷茫，也看出我明明可以發光，適時送暖，給出解鎖秘訣。創意工作講師徒制，我寫的文案或多或少帶有師父意志，所有好的算他，不夠好的是我個人造業。真是還好有他，讓好東西被看見。

我們大中小隊曾經連續兩年，每年拍攝超過 50 支廣告片，若每支片平均提 5 支腳本，一年至少寫了 250 支腳本，產出驚人。如何保持寫作熱情，在於懷著自己還能寫出更好的那種不甘心，反正大中一定是比我更不甘心的人。

龔大中是我見過最有才情的天才之一，最逼人的是天才還非常努力。他是我在文案上的明燈，是那個關鍵時刻你會把球傳給他出手的人，那個在投手丘上一球一球投出好球的人。我輩地才怎麼追都看不到他那台藍戰士的車尾燈，只好雙倍努力了。

他曾送我一支鋼筆，我用都沒用過，捨不得用，我把這份期許完整保存，意義大過實際。

2015 年印度廣告教父、現任奧美全球首席創意官和印度執行董事長的 Piyush Pandey 親自飛來台灣參加 AdAsia 亞洲廣告會議，特別早起朝聖。這位無數廣告人的廣告導師說了一段話：

> 今天你有一支筆，有創意，有社會議題，你就能付出。我長期參與小兒麻痺症計畫，直到今年，印度終於沒有小兒麻痺患者了，做廣告有什麼比這個來得喜悅呢。

這段話我時不時翻出來激勵自己，為了別人，不為別的。

是啊！做廣告有什麼比這個來得喜悅呢？我們可是用紅鉛筆影響世界的人。何況我手上不只一支筆，我有一把奧美紅鉛筆。

手握筆桿之人，無論黃鉛筆或鋼筆，無論怎麼寫，寫什麼，自始至終都飲水思源，記得自己的文案之旅是從紅鉛筆開始。

SAMSUNG
YAHOO!
IKEA

GOLF MK2 GTI
40
全聯福利中心

龔大中

OBSESSION WITH OBJECTS

迷物森林

迷物推薦

方序中——究方社負責人

靈感常常來自工作以外的生活，盡情享受迷人的過程，也是一種觀察生命與誠實的感受。

杜祖業——GQ國際中文版總編輯

製造消費的專家廣告人的物我故事既糾結又迷人，珍惜這些成為記憶座標的物，回首剪不斷理還亂的迷物之路，嘴角依然帶著微笑。

許育華——專欄作家

兩位是說故事的高手，把自己與廣告圈的故事、愛物的心意說得興味盎然，讀來津津有味。

張鐵志——VERSE創辦人暨總編輯

這是兩位最優秀的創意人對物的詮釋與情感書寫，對讀者而言更是一本迷人的靈感之書。

路嘉怡——作家、藝人

我不敢在從小唯一夢想的職業本人——廣告公司創意總監——的面前班門弄斧，我只能從文字細節當中，仿效並窺探著兩位作者的腦細節。打開這本書，你會發現你離創意人，其實沒那麼遠。

齊振涵——WISDOM®品牌總監

走火而入迷，鍾情地癡迷，願您我深陷，迷物的森林。

盧建彰——導演

做為幾篇故事裡的配角，我不得不說，這些精彩的故事可惜你們不在現場，但未來你們也有機會創造，只要你讀了這書，你，會變成不一樣的人，一個懂得擁有故事的人。

聶永真——設計師

翻讀阿力跟大中一篇篇迷人的生命史觀……以及本人的各種分身，以物之名。

蘇宇鈴——作家、資深廣告人

雖然一直嚮往斷捨離的清爽人生，但透過大中和阿力的文字才理解，不能斷的不僅是那些愛不釋手的玩意兒，更是被它們的情感和故事而充實的人生。

目次

在心裡有了位置，
就再也不是身外之物。

一九七六年出生的勞力士

開始接觸古董錶，是在二十年前剛入行工作的時候，當時的客戶Nuno引領我們進入這條不歸路，感念推坑之情，我一直尊稱他為「錶哥」。我還記得他雙手抱胸，左手在上，側身站挺的英姿，每當出現這個動作就知道他左手腕上又有新的戰利品了。

最初吸引我的是軍錶，OMEGA、LONGINES、IWC、LEMANIA、HAMILTON、CWC等錶廠從二戰時期開始接受英軍及美軍的委託製錶，為了戰鬥與特殊任務需求而設計的錶款必須通過軍方嚴格的測試才能配發到部隊，每一隻都有值得玩味的身世和歷史，這些品牌都在生產軍錶的過程中提升並證明了自身的工藝水準。

後來無可避免地接觸到ROLEX勞力士，

不管凡人還是聖人，老勞的魅力是沒人可以抵抗的。初識老勞用功爬文的時候發現一件有趣的事，每隻勞力士出廠時都有一個serial number流水序號，打印在卸下錶帶後六點鐘方向的錶殼立面上，其實官方並沒有特別紀錄，而是由後來的錶迷們比對整理出序號的年表，可以用來推斷勞力士的製造年份。這個發現令我瘋狂，對於出生年份相同的事物有著莫名情結的我，當下就冒出一個念頭：「我要擁有一隻跟我同年出生的勞力士！」

當時台灣老勞的風氣還沒起來，可以尋找的店家不多，掃過一輪之後，我把觸角伸進eBay，搜尋關鍵字vintage ROLEX然後一隻一隻詢問賣家「流水號前三碼」，不問完整序號的原因是因為只要前三碼就能判別，以及不會讓對方覺得你很麻煩。依照年表記載1976——4500000／1977——5000000，我要找的答案就是450到499。

持續找了幾個月後，有位西雅圖的賣家回覆了468，BINGO！這是一隻照片中看來品相很優的Oyster Datejust 1500。十幾年前一隻一千五百元美金的手錶透過網路交易寄來台灣實在不放心，於是拜託住在西雅圖的朋友Joseph幫我面交，並寄上3035自動機芯的照片請他開背蓋比對。世上就是有那麼巧的事，他們聯繫後發現兩人竟住在同一個社

區，就近相約走路到社區的交誼中心就愉快成交了。

幾個月後1500跟著Joseph返台終於來到我手上，我的第一隻年份錶，跟我一樣出生在一九七六年的勞力士。品相一如照片中完好，鋼帶也挺直不虛，34mm尺寸適中的銀白色面盤，經典鉛筆型指針，日期窗裡的數字被凸透鏡放得好大方，那種優雅又低調的氣質一度讓我真的「愛不釋手」。雖然現在因為手錶太多而無法經常佩戴，但我把它設定成出席特殊重要場合的夥伴，可能是意義不凡的婚禮、至關緊要的會議、頒獎典禮或者心中需要某種力量加持的時候，它都會陪我一起。

為什麼我對手錶的計數單位一直用「隻」而非「支」？這可不是錯別字喔，而是對我來說手錶（跟許多我喜愛的其他物件一樣）是有生命、有靈魂的存在，用「支」就是有點不對勁。

若干年後，我不小心掉進運動勞的深淵，對Submariner著迷到接近中毒的程度。當時看到一張ROLEX Submariner的舊平面廣告，畫面是切・格瓦拉戴著勞力士正點燃雪茄煙，標題是“A Time For Revolution”。接著又在WATCHBUS腕錶巴士找到一篇介紹切・格瓦拉手錶的文章，還附了一張ROLEX 5513在日記及蠟燭前燈光美氣氛佳的黑白照片，

裡頭提及在許多影像紀錄中都有這位革命鬥士戴著Submariner的身影，一九六七年十月他在玻利維亞游擊戰被拘捕槍殺並剁下雙手，美國CIA的情報頭子Felix Rodriguez竟然取走他的手錶作為戰利品，並在接下來的幾年內隨身佩戴，經常對著採訪的記者展示。身為革命家、醫生、作家、游擊隊長、軍事理論家、國際政治家……堪稱斜槓青年先驅的Che，跟我父親一樣是一九二八年出生的，一直都是我很尊敬、崇拜的人，於是沒有日期窗的兩行字（未標註天文台認證）Matte Dial藥膏面盤，搭配優美的弧形壓克力風防，設計最為簡潔的5513就成為我的新目標。

5513的行情已經被炒高，而且狀況好的少之又少，大概斷斷續續努力找了一年多之後，信義路上入門時最愛去的錶店計時門，三兄弟中的老三Can跟我密報，他大哥老闆Paul那有幾隻之前在歐洲收來的老Submariner準備要出，他估計應該會被秒殺，要我最好提前過去套交情搶先看。那個週六的下午，我騎著單車有點刻意地「路過去看一眼」，好久不見的Paul拿出一隻品相絕佳的5513給我試戴，一戴上去就不想拿下來了，但聽完價錢之後覺得還是忍住吧，過過乾癮就夠了。心不甘情不願脫下手錶的同時，突然想到就順口問了：「這隻的流水序號是？」Paul說：「443字頭應該是七六年的。」

我立刻就把脫到一半的錶戴回去了，仔細再把了兩眼說：「那我買了！」真的就像中邪一樣完全無法抗拒啊。「路過去看一眼」意外演變成入手我的第二隻年份勞，一九七六年的Submariner 5513，人生很多事情真的是講緣份的。

一九七六年的字頭不是450到499嗎？原來，依Paul向國外權威考證的專家見解，流水序號年表對照的是「中數」而非起始碼，1976——4500000指的是一九七六一整年生產的勞力士流水號碼的中間值落在4500000，向前或往後大概的範圍內都可以視作相同年份，但因為是錶友整理的，所以終究也只是一個差不多的估值。我的468和443都非常接近450，應該就是一九七六無誤。

Che在出征玻利維亞前留給孩子的信中寫道：「你們應當永遠對世界上任何地方發生的任何非正義的事情，都能產生最強烈的反感，這是一個革命者最寶貴的品質。」游擊戰士在犧牲前如果來得及都會將自己的錶摘下，請同伴轉交給他們的家人，我總是不禁想著原本應該像這段寶貴贈言一樣回到他子女手上的那隻Submariner，至今究竟流落何方？

後來有個不算答案的揭曉。某次Google「切格瓦拉 手錶」的時候，居然發現Che的

勞力士根本不是Submariner而是革命同志卡斯楚送他的GMT-Master Ref. 1675！放大老照片仔細觀察，也可以從二十四小時字標的鋁框和凸起的日期窗等線索確認，所以該回到他子女手上的是1675而非5513，一切只是誤會一場。原本腕錶巴士文章引用的照片只是氣氛參考圖，而勞力士在Submariner平面稿中使用了Che的肖像，也不過是未經考證的穿鑿附會，或者只要說「Che戴的是勞力士沒錯呀，我們從來沒說他戴的就是Submariner喔」（但內文中的確提及他"relies on his Rolex Submariner"）就可以撇得一乾二淨的曖昧誤導，哎~不得不說從某些角度看，廣告還真是蠻討人厭的。

怎麼辦？只好將錯就錯，當它是個美麗的誤會吧！這個世界是這樣的，真相是什麼有時候並沒有那麼重要，特別是當你不想面對它的時候。

我曾經和許多人一樣，因為滿天星鑽錶的印象誤以為「摟雷」（台灣民間對勞力士的暱稱）是土豪戴的高貴品牌，後來才曉得，當時勞力士躋身十大名錶行列的原因竟然是「價格實在、堅固耐用」，一隻不鏽鋼的Submariner在一九五七年的售價大約是一百八十美金，不算便宜貨，但也絕對稱不上是奢侈品。走過幾十年歲月的老勞經過妥善的洗油保養，外觀和準確度幾乎都可以跟新錶相比，再加上過往產量只有近代的十分

之一，這就是為什麼這些年勞力士古董錶的行情水漲船高，始終一枝獨秀的理由。

我這個人還有一個優點就是不藏私、愛分享，除了獨樂樂，還要勸敗眾樂樂，擁有年份勞力士之後，就開始經常慫恿親朋好友「一個人一生一定要擁有一隻跟自己同年出生的勞力士」。漸漸地，幫人尋找年份勞力士成為我的工作、嗜好……更誇張一點的說法就是使命。截至目前為止，包括送人的、代尋的，甚至先有年份再找合適對象的，我總共為二十四個人找到他們的同梯，裡頭有愛人、親人、朋友和同事，對我來說每個尋錶任務完成時，看到他們戴上的那一刻，都有種圓滿的奇妙感動。

我曾對其中一位朋友說：「同年出生的你和它在三十年後的今天相遇了，接下來的日子裡，它的機芯會滴答滴答地陪著你的心跳噗通噗通地一起走下去，它會一輩子陪著你。」這真是一件很美的事，不是嗎？

一隻歐記上月球

"Houston, we've got a problem." Jim Lovell向NASA指揮中心回報緊急狀況，阿波羅13號在抵達月球前發生太空艙氧氣槽爆炸的意外，失去了大量的氧氣和電力，原定的登月任務被迫終止，三名太空人得靠設計僅能容納兩人的登月艇返回地球。為了節省能源，他們關掉所有電子設備，這意味著導航與數位計時器無法運作，在沒有推進器校正的情形下，他們只能以手動方式調整登月艇進入正確軌道，要做到這件事，必須讓引擎整整燃燒十四秒然後準確關掉，在通訊癱瘓和一片漆黑的環境中，OMEGA Speedmaster被用來計算發動的時間，並借助地平線為依據修正航道。當時，哪怕最小的失誤都會導致太空船被大氣層反彈回太

空，或者在大氣層中因摩擦而焚毀。最後，他們三人在一九七〇年四月十七日成功返抵地球。為了表彰超霸錶在這次拯救行動中的出色表現，NASA特別頒發給歐米茄象徵最高榮譽的「史努比獎章」。

湯姆漢克斯在電影中按下登月錶計時鍵的特寫鏡頭，讓這隻傳奇錶款聲名大噪。事實上OMEGA Speedmaster早在一九六五年就通過NASA的多項嚴峻測試，成為阿波羅計劃的專用腕錶。一九六七年七月二十日阿波羅11號完成人類登陸月球的壯舉，太空人Buzz Aldrin手上的Speedmaster成為首隻被配戴上月球的手錶。為什麼不是說出「這是我的一小步，卻是人類的一大步」經典名言的阿姆斯壯呢？因為當時LM-5登月小艇的計時器故障，阿姆斯壯便將自己的Ref. 105.012超霸錶留在小艇內備用，所以他在月球踏下第一個腳印展開漫步時並未配戴腕錶。

曾經有個戲劇性的傳說，當年NASA的員工是偷偷跑到休士頓的錶店買了幾隻不同牌子的錶，帶回實驗室秘密進行一連串「不正常錶類嚴苛測試」，包括把錶當做雞蛋或水餃先沸煮再冰凍，冷熱交替溫差超過百度，其他還有像承重、震動、撞擊、音壓（不知道測這幹嘛）、加速度、鏡面破損後的準確度等考驗，歷經這些慘無人道的酷刑摧殘

後只剩OMEGA Speedmaster存活下來，超霸於是獲選成為現在大家所知唯一上過月球的登月錶。但傳說終究只是傳說，若干年後OMEGA博物館官方澄清，沒有這種事，NASA是花納稅人錢的國家機構，不可能那麼隨興輕率，所有的一切就跟大部分的政府採購案一樣是通過正式的條件提出、發標、投標和實驗測試的結果，不過，測試內容的嚴酷倒是如假包換就是了。

關於它的故事太迷人，我在Yahoo!拍賣上找到一隻97年的登月，透過「問與答」跟賣家聯繫，某天早上得到回覆，他竟然願意以低於市場行情（當時五到六萬，現在以氚為夜光塗料的T dial老登月已漲至十五、六萬）的三萬元賣給我，唯一條件是我必須當天之內就去台中跟他面交。

我決定把握機會衝一波，那年還沒高鐵，我十點開車出發，預計下午兩點前要面交完畢回到公司開會，滂沱大雨加上塞車，我抵達相約的台中SOGO時已經十二點多有點遲到了。賣家是位身材魁梧，皮膚黝黑，帶點江湖味的大哥，穿著亨利領緊身白上衣配黑色西裝褲，腳踩Prada後跟有紅條的黑色休閒皮鞋不穿襪，他的臉好像有點生氣……開口說話才知道沒事，他只是長得兇，天生一副不怒而威的面相。在美食街座位看錶的

短暫交談，證實他真的是台中地區的「大哥」，開了幾間酒吧，喜歡玩車玩錶，景氣差生意不好，捨不得賣車，就賣些錶求現，其實也沒想要賺錢。他手上戴著跟他粗壯的手臂和豪邁的氣質不大相稱的IWC小面徑文錶，一直問我：「是不是很優雅？」「很適合我對不對？」我有點尷尬但很識趣地猛點頭表達違背良心的認同。

手錶的品相完好，錶盒、保卡也一應俱全，「真的賣我三萬？」我得了便宜還賣乖故意問，大哥說：「它是你的了，但你要是敢賣給別人，就試試看。」我打了個哆嗦說要去領錢，他在一旁等我，當時剛工作財力很不雄厚的我，用了兩張金融卡才提出三萬元現金，還被大哥唸：「年輕人沒錢學人家玩什麼錶？」蠻糗的。

啟程趕回台北開會時都快要一點鐘了，OMEGA Speedmaster已經在我握著方向盤的左手腕上，一邊開車看路，一邊會分心看看錶，不是看時間，就只是看錶。小秒針副錶盤、三十分鐘計時盤和十二小時計時盤三個環圈，以倒三角形極其平衡和諧的配置，座落在宛如太空般沉靜的黑色面盤，優雅的指針橫渡其上，外錶圈上的測速計刻度提醒人們它身為超霸專業精準的運動功能，所有的外觀設計都和當年登月的Speedmaster如出一轍，我彷彿回到阿波羅13登月艇的駕駛艙，和Jim Lovell帶著兩位太空人平安返回地球一

樣，我在兩點鐘準時返回公司坐進會議室。

那天晚上還在不停仔細端詳把玩著手錶，背蓋上"THE FIRST WATCH WORN ON THE MOON"的字句刻畫它的歷史功勳，已經十二點了，我的手機響起，竟然是大哥來電！我第一時間的念頭是：「該不會反悔了吧？」他說沒啥事，只是覺得跟我很投緣想找人聊聊天。電話那頭是台中今夜冷清清的酒吧，百無聊賴的老闆坐在門口打給白天面交遇上的小兄弟，聊什麼我忘了，但一方面沒膽掛電話，一方面有種被人需要的感覺，雖然非常不喜歡也不擅長用電話聊天，我卻和大哥聊了一個多小時。隔天同一時間，一樣的事情重複，他又打來，我們又聊了一個多小時，我開始擔心，這樣發展下去他會不會愛上我？結果第三天，就沒再打來了，我們也從此失聯了。

「你敢賣給別人，就試試看。」答應他的事我一定說到做到不會忘記，直到今天這隻登月錶都一直陪伴著我。我將它設定成「出任務」的專用錶，尤其是拍片，做廣告創意監拍時會戴，自己當導演拍片時也會戴，對我來說，包括預算、資源、人員、環境、時間、天候、現場調度、突發狀況甚至氣氛感覺……拍片過程中有太多太多不確定、不可控的因素要克服，幾乎每一回都是像阿波羅13那樣的艱鉅任務。我第一次擔任導演的

宇宙人MV〈要去高雄〉和後來的〈想把妳拍成一部電影〉，多喝水十五影展裡頭的《跳舞吧！牧牧》、《最後一堂畢業考》、《失去的顏色》，還有五月天的MV〈第二人生〉和〈成名在望〉，這些對我來說具有特殊意義的導演作品，都有OMEGA Speedmaster參與其中，一次又一次陪我一起完成不可能的任務。

"Houston, we've got a problem."我告訴自己不用緊張，我相信這一次我還是會像Jim Lovell一樣順利渡過難關，會搞定的。

Thank God It's Friday's Watch

男人沒什麼首飾，所以只好把焦點放在手錶上。我有超過四十隻手錶，除了有些被賦予特殊任務、場合擔當的功能錶，比方說提案錶、拍片錶、剪接錶、公務錶、動腦錶、演講錶、旅行錶、典禮錶、宴會錶……其餘的時間「今天要戴哪隻錶？」對我來說，還真的是一個難題。遇上星期五一切就簡單多了，沒有懸念，就是大器又帥氣的RXW MM20。

喜歡粗獷風格或潛水機能錶款的人，大概都知道PANERAI沛納海這個品牌，我最早認識它時，一隻入門款差不多要價六萬上下，等到有能力和興趣購買，已經漲到十二、三萬之譜，因為實在沒有像老勞那樣令我瘋狂，再加上看過當年的價格，所以始終下不了手。

後來瀏覽WATCHBUS腕錶巴士網站時，偶然看到了關於RXW MM20的介紹。在東京銀座區有間名為Ken Trading充滿航海氣息的錶店，店主人是頗有名氣的日本腕錶鐵人佐藤健，他是收藏、買賣ROLEX與PANERAI的專家，對於古董錶的歷史沿革、型號特徵、構造工法無不瞭若指掌。開店多年的他接觸到許多熱愛老錶卻因為大多早已停產、數量稀少又價格高昂而苦苦無法入手的錶迷，於是興起自己來為這些愛錶的朋友們製作手錶的念頭，也就是所謂的Homage Watch致敬錶款。為了重現這些經典名錶的風采，他進行無數的研究、考證與諮詢，甚至拆解自己的收藏作為比對，在世界各地挑選最好的材料和代工工廠，透過不斷的磋商與修改，既呈現在品質上一絲不苟的堅持，又兼顧在價格上合理可親的要求。最後他發表自己的品牌RXW（Rock Excel Watch），以堅若岩石的優異手錶來搖滾撼動世界之名，引起錶壇高度關注。

一開始牛刀初試幾隻致敬經典ROLEX的限量錶款，通通大獲好評，為了慶祝Ken Trading公司的二十週年，佐藤先生再接再厲推出了簡稱MM20的RXW MARINA MILITARE，師法PANERAI在一九四三年發表的Ref. 6152/1所有長處，佐以現代工藝和科技製作而成。47mm的超大錶徑，錶殼完全以具有1000 Gauss防磁能力的SUS316L軟

鐵打造，同時加襯入另一塊防磁內殼，配備專利已過期不再受保護的PANERAI錶冠護橋和扳鎖，防水可達一百米。3-6-9-12的阿拉伯數字點鐘刻度，九點鐘內側有小秒針錶盤，採夾心式夜光面盤設計，意即第一層面盤上的刻度都以雷射鏤空，下方還有一層佈滿Super LumiNova螢光塗料的夜光層面盤，由於極為明亮，網路上有人形容它like a torch就像火炬一樣。內在則是和PANERAI在二〇〇〇年推出復刻Ref. 6152/1的1950選用了同款的Unitas 6497手上鍊機芯（當然，PANERAI的打磨更加精緻），動力儲存四十一小時，振頻21,600次。LUMINOR PANERAI 1950的訂價是七千美金左右，而RXW MARINA MILITARE卻只要佛心價九百八十美金。

之前的錶款，佐藤都有打上RXW和三叉戟的品牌標誌，這一款由於是要忠於早期原味，所以就只印了義大利文海軍MARINA MILITARE的字樣，跟當年的PANERAI一樣都沒放logo。這個「一樣」就代誌大條了，機芯型式一樣，防水護橋一樣，連面盤配置都一樣，PANERAI與許多死忠支持者都一口咬定它就是一隻不折不扣的「仿錶」。沒想到因為藝高難免膽大的Ken桑竟然在國際腕錶雜誌撰文批評1950的復刻忽略了夾心式夜光面盤和防磁軟鐵內殼兩大靈魂，今日的PANERAI根本早就不是他所願意稱讚的「當

年的」PANERAI。氣急敗壞的沛納海怎可能善罷甘休？決定對Ken Trading公司提告，差點搞到他們倒閉破產，最後只好大聲說抱歉，私下求和解，並保證絕不再製造、販售MM20，於是那首發就被搶購一空的限量一千隻，就成為這個奇特故事下空前絕後的珍稀存在，價格也跟著水漲船高。

雖然很多錶友瞧不起MM20，我卻被深深吸引，除了親民的價格、講究的工藝，還有世上就只有一千隻之外，佐藤健桀驁不馴的反骨精神，更讓人覺得有必要「致敬」一下。我記得之前曾在常去的GSM Watch計時門錶店看到一隻只賣兩萬出頭的二手錶，那時沛納海還沒提告，錶也尚未停產，而我也還不知道它的厲害，所以在手上比了比就放下了。錯過的遺憾讓我更瘋狂地想要找到它，幾乎是地毯式的搜索，甚至還跑進東京銀座Ken Trading宛如木造船艙的總店，趴上櫃檯詢問有沒有賣RXW MARINA MILITARE，不知是英文太差還是被下了封口令，店員只是面露驚恐支支吾吾地搖著頭。兩年之後，皇天不負苦心人，終於在日本Y拍上被我找到一隻，並且透過代標代購以四萬多元台幣入手。戴上它的時候只能用震撼形容，好像時鐘般大到誇張的錶徑，俗稱金魚缸的超厚藍寶石水晶玻璃創造出凸透鏡奇異美感，真的就像火炬一樣耀眼的夜光，當然還有那沉

甸甸的重量，瞬間榮登我所有手錶中最具存在感的一隻。

看到我的戰利品，聽完我說的故事，愛錶也愛學人的林宗緯舉手說他也要來一隻，兄弟都開口了，樂於分享的我，於是又再度回到搜尋模式。錶這種事真的很講緣份，也可能是因為已經有些心得經驗，前一次我找了兩年，這一回竟然不到一個月就出現了，而且是近在咫尺的台灣Y拍，價格還比我買的便宜只要三萬五，只能說他真的很幸運，或者說這真的是屬於他的錶。

託同事出差時帶去給前進北京的他，他在某個星期五拿到並且戴上，拍了張MM20在手腕的帥照傳給我說：「別人追沛納海，我們有沛大海，你在台北，我在北京，星期五戴，把妹必勝。」真的很會命名和創造儀式。RXW MARINA MILITARE的千分之二，他口中的沛大海，就這樣成為我們倆的兄弟錶，逢週五必戴，還會互傳照片彼此確認。至於把妹必勝那趴，我解讀到的重點不是真要把妹，而是那種覺得自己必勝的心頭好吧。

後來他被大衛奧格威找去天空之城做廣告，那隻MM20輾轉回到他在台灣奧美的妹子Zoe手上，我和他之間的約定也一併轉交。因為總是有著某種奇妙默契和特殊緣份而以「情侶東情侶西」相稱的她和我，說好了延續這個星期五儀式，每到週五我們在公司

相遇時，可能是一起開會，也可能是在走廊或電梯交會，都會伸出手上的MM20搖一搖秀給對方看。Thank God It's Friday's Watch，從我和宗緯到Zoe和我，不只是雙方更像三人跨越不同時空的互錶情誼，連佐藤健聽了應該也會想要致敬吧。

七萬兩千公里的馬拉松跑鞋

吸吸吐～吸吸吐～左手右手左手右手～左腳右腳左腳右腳～我在跑步～不斷重複的規律動作，讓跑步成為一種「雖然在動，卻能入定」好像在修行的運動，我稱之為跑動式的冥想。

每天起床睜開眼的第一件事就是跑步，不用人陪也沒要比賽，不為身材也無關健康，只是想有一段跟自己相處、對話的 ME TIME。有些人以為跑步的時候可以什麼都不去想，我卻發現我和許多跑者一樣，跑步的時候會有各式各樣的想法、思緒和回憶從內心深處冒出來，從四面八方撞過來，不只我在意或煩惱的，還有早已遺忘、甚至不曾想過的事都會找上我，

然後在那個由恆動的身體驅動著意識最清明、心靈最透徹的狀態裡頭，原本的問題得到答案，看懂也理解了人情世故，還能抓住稍縱即逝的乍現靈感，讓一小時的跑步成為一天中最有品質的時光。

我也和許多跑者一樣，表面上好像自律、堅定又有恆心，其實每天都會有不想出門跑步的念頭，跑著跑著也都會遇到「要不要停下來」或是「跑到這裡就好了」的心魔。但最後，我還是照樣提速衝刺完成了今天的跑步，達成了設定的目標，全身濕透的我大口喘氣，痛苦並快樂著，體會名符其實的痛快。我發現我可以、我做得到，而且明天我會再確定一次，後天也會，每天我都會證明一次。跑步這件事，根本就是跑者每天自我肯定、提振信心的偉大儀式，跑步的人相信自己，我曾經寫過我們是「連神都相信的人」。

工欲善其事，必先利其器，再有自信的跑者都需要一雙值得信賴的跑鞋，我的那雙就是NIKE，因為我也只穿過NIKE的跑鞋。是的，以跑者的身份自居，還出過一本跑步散文書，愛跑如我，對跑鞋世界的涉獵、理解，就是那麼狹隘。

說起來，全怪大衛奧格威，這位奧美的創辦人立下如同戒律般的不成文規定並且以

身作則——做廣告的人必須使用客戶的產品，或者應該說「愛用」。從認識、熟悉、習慣到愛上，一種近乎強迫式、宿命論的愛情，不只喜歡而已，還要從一而終、忠貞不二才行。他老人家為了實踐這件事，據說在服務勞斯萊斯這個廣告人應該一輩子都開不起的汽車客戶時，還硬是攢錢買了一台車頭有飛天女神展翅的二手老RR。

多年前去印度旅行時在喀什米爾遇到的導遊Kamel，跟我們說過一個有點相似的愛情故事。他和他的太太是依照傳統禮俗，還在媽媽肚子裡就被決定未來要結婚共組家庭，傳說中的「指腹為婚」真人版，他們一直到十八歲才第一次見到彼此，第二次見面就是婚禮了。「難道都不會懷疑或抗拒嗎？」我們驚訝地問，他說從小他就相信這會是上天最好的安排，於是從他們見面開始，從認識、熟悉、習慣到愛上，每一天他都在發現並且證明，他和她就是彼此的那個對的人，直到現在出來帶團工作都還會想她喔，還有他們那兩個像天使一樣可愛的女兒。相較於我們崇尚的所謂自由戀愛，這樣的關係聽起來或許匪夷所思，我卻覺得樂天知命也是一種智慧。如果對比每三對新人就有一對離婚收場的台灣社會和北印度地區小數點以下的離婚率，真愛到底要靠尋尋覓覓的追求還是安安分分的隨緣比較容易遇得到？嗯~答案開放，不解釋。

NIKE跑鞋成為我的唯一真愛，差不多就是這樣的過程。我是當兵的時候被迫接觸慢跑的，因為國高中籃球校隊都是穿NIKE打籃球，所以很自然也穿NIKE跑步。有一搭沒一搭地跑到二〇一二年，因為特殊的關係開始認真練跑成為天天跑的跑者，挑選一雙合適的跑鞋就變得非常重要。說是挑選，其實根本沒得選，我從二〇〇二入行的第二年就服務NIKE這個偉大的品牌，依據奧格威的戒律，我必須絕無二心地使用客戶的產品，跑鞋唯一的選擇當然就是NIKE，不只跑鞋，連跑服、跑褲、帽子、襪子通通都買NIKE。然後事情就是這麼神奇，從認識、熟悉、習慣到愛上，每一天我都在發現並且證明，NIKE就是我此生最愛的跑鞋。

我經歷了AIR MAX、Zoom、Lunarlon、Free、Shox、React到ZoomX各個階段的科技演進，也見識到Find Your Greatness、Unlimited You、Equality Has No Boundaries、Dream Crazy、我們為台灣做的《#不客氣了》還有二〇二〇疫情下的Nothing Can Stop Us，品牌在不同時期對JUST DO IT的主張詮釋。它們不只是運動精神更是人生道理，呼應世代內心的聲音，也鼓勵全人類勇敢向前。而我也早已分不清，是因為體驗這些科技、認同這些理念而愛上NIKE的，還是因為先愛上NIKE才去擁抱這些科技、服膺這些理念的，不過究竟

誰先誰後，雞生蛋還是蛋生雞，似乎也沒有那麼重要了。

重點是，NIKE的跑鞋真的就是那麼棒！除了功能、設計，還有它背後所代表的意義和價值觀，穿著它跑出的每一步，都在展現那些我們共同相信的態度。沒錯，我腳上的就是全世界最屌的跑鞋。

因為每天都跑，我會同時準備兩雙跑鞋交替更換。一雙鞋大概可以撐八、九個月，基於一天一天日久而生的感情，還有一步一步推我向前的感謝，每雙跑鞋退休時，我會留下因為我的跑步姿勢和出力習慣而磨損較少的右腳，成為一種很像里程碑的收藏，鞋上的髒污、痕跡和塵土忠實記錄著我們一起跑過的路程，目前已經有二十多隻右腳跑鞋。我計畫有朝一日在家裡的某面牆上做一個展示架，依照時序將它們整齊地排列擺放，這個策展可以命名為「我這樣跑了一生」。

如果人生是一場馬拉松，我試著計算，從二〇一二年三十六歲開始風雨無阻的固定跑步，一天大概是七到十公里，扣除某些實在沒法跑的日子，每個月平均兩百公里起跳，一年兩千四百公里，如果狀態許可我想跑一輩子，但年紀、身體這些事誰也沒把握，保守的目標是跑到六十六歲，一共三十年就是七萬兩千公里，我命定的唯一真愛

NIKE跑鞋，將會一路陪著我跑完全程，而它也應該會是此生我穿著時間最久、距離最長的鞋子。

這樣不分青紅皂白的愛，光是想，就覺得十分浪漫。

這雙黃靴踢不爛

九〇年代我唸大學的時候嘻哈文化潮流正起，那件寬鬆到露出大半底褲的牛仔垮褲，我實在無法駕馭，但是再往下，那雙擁有加厚真皮靴領，可以支撐著讓褲子不至於真的掉下來的黃色靴子，就是我的菜了。

Timberland 6-inch被人們暱稱為Yellow Boots黃靴，是一九七三年時為新英格蘭地區伐木工人設計的鞋子，他們必須在地勢險峻且寒冷的山林裡工作，雙腳常因鞋子進水而受凍，創辦人Nathan Swartz用浸泡過防水蠟、矽化處理的皮革從鞋底往上依照模型包裹，再把皮革鞋身與生膠底用手工一針一線縫合，每雙八十多針，打造出全世界第一款鞋面無縫線的防水靴。由於做工繁複精細，一位工匠一天能

製作的數量不到三十雙，鞋身鞋底一體成型，支幹是玻璃纖維結構，加上縝密的四條車縫線，讓黃靴不只防水，走出的每一步都穩固又堅定，的確有如Timberland的諧音一般「踢不爛」。

黃靴能從森林走上街頭，都要感謝嘻哈的崛起。那個年代的饒舌歌手多是出身較為艱困的環境，這雙堅固耐穿又防水的鞋子，讓他們即使徹夜在街頭討生活，也能夠保持乾爽、溫暖，而且不怕雙腳受傷。Biggie、2PAC、Mobb Deep、Nas……這些大咖的著用愛戴，使黃靴從伐木工的雙腳守護，搖身一變成嘻哈掛的集體認同。

不過以當時的年紀和財力，一雙要價六、七千元的黃靴，對我來說還是有點高不可攀，於是注意歸注意、想要歸想要，卻一直沒有狠心買下它。然後隨著我慢慢長大，我的品味和喜好逐漸靠向講求實用精神、堅持工藝技法、帶點粗獷風格並擁有故事歷史的物件，而Timberland也並沒有因為躋身流行文化而改變初衷，無論外界的目光如何注視，始終專注地面向自己戶外機能的起始點，一如經典在歲月中固執地不斷前行。終於在三十三歲那年我和大我三歲的黃靴相遇了，這第一雙黃靴不是我買的，而是妹妹去Timberland上班後送給哥哥的禮物。

不知道你有沒有過類似經驗，我自己倒是常常這樣，一直想要的東西，真正到手了，反而近鄉情怯不敢穿它、戴它或用它，黃靴就是一個例子，因為捨不得，被我裝在盒子裡一直供在鞋櫃的最高層。後來是監拍廣告片時發現許多工作人員愛穿黃靴，其中包括我很欣賞的導演、攝影師、燈光師和製片，彷彿也是一種片場的集體認同，於是我挑了自己開始當導演的黃道吉日，才終於穿上了它。無論外景拍片踏上塵土、泥巴和石塊，下雨、積水甚至更險惡的環境，或者穿梭在佈滿各式地雷的昏暗片場之中，有了黃靴就沒有後顧之憂，不必擔心害怕，可以全然專注在拍片的工作上，整個人都勇往直前了起來。

後來它還陪著我，走過一次又一次的冒險壯遊，在埃及的酷熱沙漠中，連水都進不去的黃靴，當然連一粒沙都容不下，而且妹妹告訴我鞋面上累積的厚厚塵土，只要豪邁地用水直接沖刷就能一乾二淨，半信半疑地試過之後，就變得深信不疑了。另一回是在美麗的喀什米爾，對了！先提醒到那裡不要購買Kashmir羊毛製品，據當地人說好貨色都被運出去了……言歸正傳，小飛機降落後要搭車離開機場，由於地處印度和巴基斯坦交界的軍事緊張區，軍警要求所有的旅客必須帶著護照和行李下車一一接受檢查，人

車分道步行一小段路程通過關卡後再上車。我們一臉茫然、大包小包地站在路邊，現場秩序混亂，宛如戰時難民逃亡潮那樣雜沓失控，同行的友人突然尖叫一聲，指著我的腳露出驚恐的表情，我低頭往下一看，一輛箱型車的越野輪胎正以緩慢的速度輾過我的右腳，我也瞬間尖叫了，但是我並不痛，完全沒有任何疼痛感，我心想完了，是不是當下已經碎掉、壞死失去知覺了，車子開過去之後，驚魂未定的我認真仔細地檢查可憐的右腳，除了黃靴上留下的隱約胎痕，竟然毫髮無傷、半點不舒服都沒有！多虧有黃靴保護我，我把這個故事告訴妹妹，差點就登上他們品牌粉絲頁成為社群傳播的國際頭條。

黃靴一直是我拍片、工作與旅行時的重要夥伴，喜歡的東西多買一件，以備到時舊了、壞了有新的可以換，是我的一個好習慣，所以後來我自己也買了一雙黃靴。不過那雙黃靴倒真的是被我裝在盒子裡一直供在鞋櫃的最高層，沒有機會穿，不是因為捨不得，而是妹妹送我的第一雙黃靴陪我歷經日曬、風吹、雨打，上山下海甚至出生入死，走過好多好多的旅途、歲月和記憶，卻始終和它的名字一樣神奇，Timberland真的就是怎樣都「踢不爛」呀！

聖母峰下的瑞士國寶

我的第一次百岳經驗，是剛工作那年跟大團去爬合歡山。

我們搭車在凌晨兩點抵達登山口附近，借宿小學騎樓的走廊，在滿天星空下很震撼地閉上眼睡去，幾小時後天微亮睜開眼，又是很震撼地在整片薰衣草田前醒來。重裝步行兩個多小時後抵達合歡北峰紮營，嚮導詢問有沒有人要輕裝單攻西峰然後折返，眼見幾位大叔、阿姨都舉手加入，我們三個年輕人心想應該不是什麼困難行程就跟去了。

誰知道那些可是「叔叔有練過」的識途勇腳，原來我們踏上的，是惡名昭彰的合歡山西北縱走。連續不停的三五百公尺陡下陡上，手腳並用吃力地「爬」上眼前的高點後，發現前

面又是另一個山頭，下去再上來又發現前面還有另一個山頭……因為彷彿永無止盡那樣讓人絕望到想哭，所以被稱為「哭坡」。好不容易抵達可以環看中央山脈壯麗群峰的合歡西峰，稍事休息半小時後又得往回再來一次，怎麼辛苦來的就怎麼辛苦回去，我們三小腳力不如前輩嚴重落隊就算了，還不時輪流抽筋，得靠另外兩人緊急壓腿按摩救治。就這樣一路相互扶持走到接近北峰前，通過一段土丘稜道，太陽已經快下山了，陣陣強風伴隨漸黑的天色而起，只要風一吹過來，跟行屍走肉差不多的我們就會應聲摔落坡道，再爬起來，然後又被吹倒，狼狽不堪同時也疲憊不堪地終於回到營地時，頭也不回衝進帳棚倒下就睡著了，或者正確的說法應該是暈倒了。

一個小時後我們被叫醒，嚮導和資深山友們準備好晚餐，用鋼杯吃著熱騰騰的簡單飯菜還有讓全身暖起來的湯，可能是我這輩子吃過最好吃的一餐。我們回想不久前那趟恍如隔世的八小時西北縱走，苦盡的竟然都忘光了，很奇妙地只留下甘來的美好記憶和成就感，我就是在那個時候開始愛上登山的。

第二次登大山是奇萊南華，一群奧美的年輕同事組團，找了專業的嚮導、山青帶隊。工欲善其事必先利其器，出發前我和Kurt前往汀州路上的老字號登山社採購裝備，

想要買雙專業的好鞋。老闆翻箱倒櫃從倉庫挖出擁有百年歷史的瑞士國寶，瑞雀 Raichle 登山靴，抖掉鞋子上的灰塵，低調灰黑配色的全牛皮，擁有 GORE-TEX 內裡和黃金大底，從鞋頭延伸到鞋身周圍還有一整圈硬質防護橡膠，他強力推薦說：「這雙 PRO 的，你們兩個運氣很好！」原本快要兩萬元的鞋子因為只剩這兩雙庫存，而且竟然剛好分別就是我們兩人的尺寸，所以打一折只要一千多隨便賣我們。聽起來很像詐騙，但我們想都沒想就決定相信老闆，相信天底下就是有這麼好的事情，相信人世間就是有這麼巧的緣份。傻人就是有傻福，它果真是寶，來自早期歐陸生產線匈牙利廠的高階版本，完全不是後來轉往韓國或是中國製造的品質可以相比的。

穿著這雙厚實又硬朗的 Raichle 上路，應該算是 Backpacking 重裝徒步鞋，主要鞋面使用由頭層皮打磨形成有細小顆粒的 Nubuck Leather，腳踝後跟處則是以加厚的 Sherpa Leather 強化支撐和保護，加上那一圈防撞橡膠、黃金大底還有 GORE-TEX 內裡，除了在登山客競逐裝備的小宇宙裡頭有一種虛華的 PRO 帥氣感，真正重要的是不管外頭的天候、地形和路面有多極端險惡，你都會感覺到雙腳好像與世隔絕般被包覆在一個屬於自己的小宇宙而充滿安全感。

這一次，事前充分的訓練、準備加上Raichle的保護，讓我得以毫無後顧之憂地挑戰高山。一群如今已在不同領域各據山頭的當年奧美的年輕人，一步一步攻佔奇萊南峰和南華山能高北峰的山頭，在山上留下我們一邊走一邊為這史詩級征途集體接龍創作並擺拍無數經典劇照的「奇萊群俠傳」，高粱酒搭配阿華田的巔峰特調「奇萊阿華」，吊橋下攝氏兩度野溪中伴隨著紅色夕陽和飄渺雲霧的男子夢幻浴場「春秋奇萊」，還有關於星空、草原、歌聲、故事和人情，種種難忘的高山特產。長途車程返抵台北時，大夥兒因為太累各自鳥獸散，回到家我才想到要傳簡訊給同行的每一位：「一起經歷了一趟這麼完美的旅程，剛剛道別時我們好像忘了要給彼此一個擁抱，明天在公司遇到，記得用力補抱喔！」隔日見面時的那些擁抱，經過一夜醞釀，非但沒有降溫，還變得更加熱切溫暖。

後來沒過幾個月，又在冬天去爬了雪山。天候不佳，山下下雨，山上下了雪，我們沒受過雪訓，也沒有專業的雪地裝備，嚮導要我們在冰斗圈谷前止步。不能登頂，我們索性自製滑雪板，在積滿白雪的小山坡爬上滑下玩了起來，而我們也有更多時間漫步在點綴著白雪的黑森林，黑與白完美平衡在無聲的寧靜中，彷彿走進一部黑白電影的巨大

場景，我用耳機聽著久石讓為宮崎駿電影《天空之城》創作的原聲帶，伴隨自己的呼吸和心跳，那種內在與外在抽離卻又有某種同步的超現實體驗，就像雙腳在Raichle裡頭又是雨又是雪地走了三天，卻始終保持著絕對的溫暖乾燥舒適，都讓人不由地覺得幸福。

人生有很多事情不會照著你以為的劇本走，原本理當繼續爬山的我，不知道為什麼停了下來，而Raichle也被收進盒中，像《天空之城》裡的機器人沉睡在鞋櫃深處。

事隔多年，身邊許多好同事陸續成為所謂「登山的人」，有像阿力的「裝備控」，像Zoe的「實力派」，像Lu老闆的「長青組」，像Rita的「空靈系」，像曉蕾的「天才型」，還有像Derrick的「型男範」。某日我們七人像緣份天注定般地聚在一起聊到了山，練肖話說著說著就冒出了前往EBC聖母峰基地營的癡人說夢。「好呀，去就去，誰怕誰！」通常這種伴隨酒精而生的計畫，往往不了了之，但這裡頭藏著一位說到做到、充滿執行力的狠角色Rita，兩星期後她說已經找到尼泊爾那邊的嚮導，再一個月之後她寄出初步規劃的行程，七月份她請大家繳交部分訂金，這時我們才驚覺好像不是開玩笑的，九月投票決定兩個路線要走哪一條，十月中跟嚮導視訊召開行前說明會的時候，其他六人終於明白，她是來真的。

這次換我翻箱倒櫃把瑞士國寶Raichle挖出來，不只灰塵，上面還有發霉要清理，它在二〇一八年的十一月十日跟著我一起出發，踏上攀登人生巔峰的奇幻之旅。七天之後，我們長途跋涉翻山越嶺抵達五三八〇公尺的聖母峰基地營，隔天凌晨包括我在內的其中三人挑戰此行最高點Kala Patthar卡拉帕塔，整個過程真要好好講可能寫一本書都不夠，這裡就偷懶複製貼上當時我在高山症發作邊緣，寫在臉書的登山日誌完結篇……

十一月十七日

Gorakshep最後一間山屋的床小得要命，腳超出床尾騰空的部分差點凍僵，改成蜷縮的側睡又覺得呼吸困難喘不過氣，最後幾乎整夜沒睡。四點爬起來，已經無法意識自己身體的狀況到底如何，就是準備攻頂，別無選擇。

Yuba領隊，曉蕾後面是我然後是Lu，Krishna殿後，一隊人魚貫摸黑前進，五百公尺的高度落差，從開始到最後都是不間斷的陡坡。黑暗中只有幾盞頭燈的光晃動著，偶然抬頭發現滿天的星星，隨著時間流動前方Pumori和後方Nuptse的山形輪廓漸漸被微光勾勒出來，一切的美麗都很不真實；而零下七八度的氣溫，刺骨的寒風呼嘯而來，幾乎讓

人無法站定，一片漆黑看不見前路的恐懼，舉步維艱卻要不停地向上再向上，喘氣聲急促到連自己聽了都害怕，一切的痛苦一樣很不真實。這裡是天堂，也是地獄。

天色漸亮，隨著高度提升視野改變，聖母峰獨特的黑色三角形山峰也出現在Nuptse和Lhola之間，前方峰頂之後的Pumori在晨光中就像閃閃發亮的白色金字塔。終於接近頂峰，我們看見因為不堪痛苦疲累而哭泣的trekker，這是我第一次看到有人爬山爬到哭的。

五六二三公尺的高度，trekking所能到達的最高點，面向東方，左手邊是很近很大的Pumori，前方在Lhola和Nuptse之間是黑色堅實的聖母峰，太陽被擋在Nuptse之後透露著金黃色的光，低頭往下回望陡峭到嚇人的長長來路，不敢相信我們竟然就這樣爬上來了。環顧四周不可思議的美景加上異常的興奮，讓人暫時忘記寒冷、疲憊和喘不過氣，不免俗地完成登頂的獨照和合照，正如Yuba說的no photo no hiking。

為什麼堅持要上卡拉帕塔？除了這裡是五六二三公尺的此行最高點，這裡是仰望聖母峰的絕佳位置，最重要的原因是，多年前白博士要我替集團的一個菁英培訓計畫命名，因為看了一本名為《勇闖天關》紀錄EBC行程的書，而用了「卡拉帕塔」這個名字，

意味在可以仰望世界最高峰的中途點整裝待發的人們，我們也將一間會議室取名為「堅持不懈」，其中一面牆就用了從卡拉帕塔遠眺聖母峰的視覺，我覺得，我好像註定是要上來一下，躲不掉的。然而更註定的是，二〇〇五年當時帶著《勇闖天關》作者前來這裡的嚮導正是Krishna，而Yuba則是第一次跟團的雪巴porter，真是很難解釋的奇妙緣份。

下山途中，太陽從Nuptse的西側不斷掙扎著要出來綻放光芒，先是右手邊山坡上被映照出像鯨魚肚般的一片光亮，刺眼的光點爬出山頭，陽光由右而左經過我，循序掃亮一望無際的整片山坡，我們全都停下腳步，定在自己所處的位置，靜靜感受這一切，在莊嚴的聖母峰之下，在太陽無私的溫暖之中，我跟Lu說：「我哭了啦……」已經熱淚盈眶。

Raichle陪我一起走過生命中最高、最冷、最崎嶇也是最壯麗的漫漫長路，其中包括基地營之前一大段原本是昆布冰河，卻因地球暖化融解退縮後裸露的岩床，破碎又堅硬的岩石就像鋒利的亂刀，而Raichle則是守護我一路挺進的盾牌。下到加德滿都換

上NIKE球鞋的時候，才赫然發現腳底下的黃金大底再堅強也禁不起如此嚴酷無情的摧殘，被割蝕得遍體鱗傷、慘不忍睹，但可以確定的是，它盡力了。

回到台灣後，想說這雙將近二十年的老鞋也應該功成身退了，帶著鞋底的傷疤作為光榮印記，紀念EBC聖母峰基地營的壯遊，我將它清理上油後妥善收藏在鞋盒中。或許是它不甘寂寞吧，我在偶然的機會下看到網路上關於登山鞋的討論，發現原來有間叫做美壽多的專業修鞋工作室，獨家代理義大利Vibram黃金大底，可以提供更換的服務。Raichle又被我挖出來送去給師傅診斷，他們評估說沒問題，費用是比當初買鞋還貴但非常值得的兩千四百元，並且要耐心等待一個半月的時間。於是，Raichle重生了，全新的黃金大底加上鞋面適度的保養整理，不能說像新的一樣，比較像身經百戰的老兵動了回春手術後，即將展開叫人興奮的第二人生。

EBC的經驗美是美，但痛苦的地方同樣叫人難忘，害我有好一陣子對爬山這件事敬謝不敏。「差不多是時候了吧！」重獲新生的Raichle彷彿在召喚我跟它一起再出發，踏上全新的旅程，巧的是Lu看了臉書回顧兩年前我的基地營登山日誌PO文，傳簡訊來說：「一起再去登一座百岳吧！」「好呀，去就去，誰怕誰！」我秒回。

英國知名的探險家George Mallory在攀登聖母峰途中喪生，紐約時報的記者曾經問他為什麼想要攀登聖母峰，他留下經典的回答「因為山在那裡」。後來日本暢銷小說《聖母峰——眾神的山嶺》被拍成電影，裡頭阿部寬飾演的登山家羽生的說法則是「因為我在這裡」。至於我的答案呢？我想應該會是「因為瑞士國寶Raichle在鞋櫃裡」。

請認明有光頭標記的吳豐仁手工皮件

一旦你體驗過手工皮件那種溫暖的觸感和堅韌的質地，大概都會跟我一樣無法自拔地上癮，從此加入愛用者的行列。據說吳豐仁也是，某次朋友送他一張皮革，他便深深愛上，開啟了手工縫製皮件的匠心之路。

熱愛皮件的人，最幸運的應該就是遇到熱愛製作皮件的人，就像我遇到吳豐仁那樣。初次的相遇是為了打造一個想像中的 iPhone 皮套，我在網路上搜尋到他，曾經也是廣告創意，後來投身皮件創作，從公館擺攤開始，後來有了個人工作室，巧的是，就在民生社區我家附近。

工作室裡展示著幾款剛完工還沒被拿走的皮製品，成堆的皮革，還有排列整齊的各種工

具。頭髮很短，帶著黑框眼鏡的他，專注地將手邊的工作告一段落，才開始認真跟我討論需求、丈量尺寸並提出專業建議。三天後拿到質感和作工都叫人無從挑剔的皮套，把手機裝進去的當下，我就被圈粉成為吳豐仁手工皮件的忠實愛用者了。接下來我的每一支手機，因為尺寸不同，都會做一個新的皮套。舊的皮套我也會留著，請他幫我在中間加一道縫線分隔，就變成可以放兩隻筆的筆套。相同的樣式放大，連MacBook PRO的保護套也是出自他手。

中間有段插曲，我訂製了一個長寬各四十公分的大托特包，因為做工比較繁複，他沒跟我約定取件時間，只說「要等一下喔」。就這樣兩週過去了，一個月過去了，三個月過去了，半年過去了，因為很近所以我常過去，每次過去都是「不好意思最近太忙沒時間做」，這怎麼說得過去？他明明都在看書呀！我終於忍無可忍，取消訂單，拿回訂金，心想再也不要找他做東西了。

但遇到真正的好東西，人就會變得沒什麼骨氣。後來我拉下臉、硬著頭皮又上門拜託他做兩個我心中理想的郵差背包，這一次，兩個包竟然都準時完成，又快又好，而且完全符合我的期待。滿意到我願意諒解，像他這樣有個性的創作者，當時的難產，也許

是遇到什麼樣的狀況、瓶頸，一定有他理直氣壯的原因吧！現在他回來了，當然要把握機會，回過頭來追加那個之前殘念的托特包，「沒問題！」他豪爽地答應，終究還是幫我圓了夢。後來可尚導演拍《幸福定格》和鐵志哥創刊VERSE雜誌來奧美演講時要準備禮物，我也都是請吳豐仁做原色牛皮托特包，把好東西分享給好朋友，讓他們也成為愛用者。

吳豐仁手工皮件的造型簡約俐落，沒有過多裝飾，選用厚度四公釐的紮實原皮色牛皮革，不只耐用，還會隨著觸摸、使用，顏色漸漸變深，越用越有味道。最特別的是對於縫線的執著，他會在打洞後，一針一針穿過麻線以之字形交疊的織法去縫製，雖然耗時又費工，卻讓他做的皮件硬是比別人堅固強韌，而層層交織的白線，也成為一種專屬於他的態度標記。

從第一次開始，他就會問我，要不要打印上他的logo，我的回答總是「當然要呀」，這是他的作品，他應該在上面落款。戴著眼鏡一派職人氣質的光頭男子，就這樣靜靜待在自己作品上的某個位置，這些手工皮件都跟創作它們的人一樣，表面看起來粗獷原始，骨子裡卻細膩講究，還有一種讓人不得不尊重的堅持頑固。可惜的是，吳豐仁

這幾年比較常做手工皮帶，要找他做包，得看心情、套交情，好比我正在他工作清單上排隊的長三十六、寬三十三公分新托特包，但好東西就是好東西，始終值得花時間慢慢等待。

修傘老伯伯的偉大傑作

因為之前開的多半是VAG集團的車子，當時在賣雨傘的好友阿道送了我一把AUDI的折疊大傘，是那種可以按鈕開傘，也可以按鈕收合的高檔貨，我把它放在愛車大銀家VW PASSAT VARIANT上頭，經常使用，非常愛用。

用著用著，時候到了，它就壞掉了，仔細檢查是雨傘骨架一個折疊關節處的連結零件脫落不見了。喜歡修東西，討厭丟東西的我，上網搜尋了幾個台北有名的修傘店家，一一前往，得到的答案都是「沒有零件，所以沒辦法修」。

就在我差不多要放棄的時候，某天中午和同事走遠一點到君悅飯店過基隆路對面的

興隆國宅附近吃午餐，發現在馬路邊騎樓下某根柱子旁有個十分簡陋而不起眼的小攤位，用撿來的木板當招牌手寫著「修傘」兩個大字，一位頭髮花白、滿臉皺紋，瘦小的老伯伯坐在那裡，似乎快要睡著了。我心想姑且一試就上前詢問：「請問折疊傘交接的地方斷掉了能不能修？」「蛤？」他的聽力非常差，所有的問題我都必須大聲重複兩遍他才聽得見，「可以修！」他帶著鄉音的回答也很大聲，驚訝的我再三確認：「確定可以修嗎？」「可以！」他更大聲了，於是下午我就把傘拿過來，他手寫了一張紙條單據給我，讓我更加懷疑連寫字都很吃力的他，有辦法修傘嗎？他叫我星期六下午來取。

我依約前去拿傘的時候，他一個人坐在那兒好像已經等我很久的樣子，他慢慢地把傘拿出來，表演了「按鈕打開它，又按鈕關傘，辛苦地拉回收起，再按鈕開傘」，意思大概是：「你看，我說可以修吧！」我很好奇他是怎麼辦到的，接過傘查看原本斷掉的那個關節，印象中瞠目結舌的我應該有發出「哇～」的讚嘆聲，他用小鐵片對摺，自己手工敲打出一個零件，在兩端鑽洞，將兩側帶洞的傘骨插入，洞與洞對準，再穿入鐵絲交纏固定。天啊！我看到了什麼？「沒有零件，自己做一個不就得了？」我看到的也許就是那種走過大時代流離、困頓所留下的韌性和智慧吧！

他幫我把傘收起，很講究地把傘布一片一片工整摺好，我這才問他要多少錢，「十元！」他的回答又嚇到我一次。花了這麼多的時間、工夫和創意，讓一把沒有人能修的傘起死回生，使我感到快樂，也令我覺得欽佩，這一切竟然只要十元！我本來想拿一百元給他說不用找了，但又擔心這樣會不會是一種對他的侮辱，十元的意思應該是「我修傘不是為了賺錢，而是要證明我可以」，於是我掏出十元硬幣交給他，然後大聲地道謝，既是怕他聽不到，更是發自內心的尊敬。

我喜歡修東西，更貼切的說法應該是喜歡被修過的東西。曾經破損、毀壞甚至就要被遺忘、丟棄的東西，經過人們的用心和努力而得以重修舊好，繼續留存在這世界上，本身就是一件很有美感的事情。對我來說，被修好的東西也許無法回到最初的完好無瑕，卻有著更勝以往的生命力，它們被附加了一些原本沒有的價值，很難確切描述，也許是惜物的精神、堅持的態度、手工的溫暖，又或者是記憶、故事和人的情感吧！

我喜歡被修過的東西，喜歡到甚至會有點變態地期待東西壞掉，好讓我有機會可以去修復它，然後一旦修好，我就會更喜歡它了。因此在我的身邊和日常生活中，充斥著各式各樣老舊的物件，它們可不是捨不得丟的破爛東西，而是經過修復之後活得更光

采的神奇寶貝。比方說，媽媽最愛坐的那張沙發單椅重新繃上妮可設計的古布後跟著我們來到新家，由牯嶺街巷弄中的蘋果高手更換過電池、硬碟依然健在的iPod二代，被人一針一線細細縫補過的丹寧連帽襯衫，得到木柵陳師傅天衣無縫巧手修復的斷腳榆木老凳，換裝全新黃金大底陪我繼續攀越高峰的瑞士國寶Raichle登山靴，用已經是第三顆雷射讀取頭還依舊播放著美妙音樂的Nakamichi SoundSpace 1 CD音響……還有這把折疊傘，基隆路與隆國宅騎樓下修傘老伯伯的偉大傑作。

事隔兩三年後，想要拿另一把傘去修理，順便看看老人家，小攤子卻已經不在，隔壁賣花的阿姨說「伯伯走了」。而這把傘，到現在都還被我放在藍戰士VW GOLF MK2 8V GTI車上，經常使用，非常愛用。每次按鈕打開傘，都能看到它擁有一個頑固而強健的人工關節，那是由一位八十多歲，相信人定勝天，想要證明「我可以」的老先生徒手打造的。撐著它，不管風雨多大，都沒什麼好怕，我站在傘下，聽著雨落滴答滴答，好想再一次大聲地謝謝他。

支持省錢，袋袋相傳

全聯福利中心是我擔任創意主管後被分派的第一個客戶，基於工作所需，或者可以說是職業病的影響，我一直特別注意生活中關於全聯的種種。其中一個令人印象最深刻的發現，就是不管在街頭或巷尾、家戶或店鋪的許多角落，經常都能看到全聯塑膠購物袋的身影，有堆在廚房櫃子上的、掛在防火巷鐵窗上的、綁在腳踏車龍頭或後座上的、吊在小吃店隔間牆上的、擱在社區警衛室桌上的……真是非常深入民間的存在。它更是眾多街友唯一指名的旅行袋，把全副家當裝好裝滿，帶著浪跡天涯十分愛用。

而我與全聯購物袋的第一次接觸，是某天前往全聯採買結帳時，因為忘了帶環保購物

袋，就跟店員加買了一個兩元的塑膠袋，把一大堆東西通通塞進去提起來，馬上就能理解為什麼這一袋能獲得那麼多庶民的愛戴。一般賣場的塑膠袋，太重的時候拉把周圍會鬆弛變形，甚至從底部直接撐破，但全聯的完全不必操心，嚴選比別家厚實又充滿韌性的材質，感覺很粗勇，是我見過最堅固耐用靠得住的賣場神袋。大衛奧格威祖有明訓，廣告人一定要愛用客戶的商品，除了養成愛去全聯購物的省錢好習慣之外，全聯塑膠購物袋也從此入選我的最愛。

寬把手，大袋身，協調而勻稱的比例，白底印上紅藍文字圖樣的經典配色，有人說全聯塑膠購物袋本土又老派，我卻認為此袋自帶一種優雅而穩定的氣質。它還斜槓成為我的鞋袋，一雙鞋左右兩邊底朝外、頭尾相對並置放入，再將多餘的部分反摺封口，就是不怕髒又好收納的方形，對於出差或旅行至少都要帶上一雙跑鞋和兩雙不同鞋款的我來說，全聯塑膠袋絕對是行李箱中不可或缺的要角。另外有一個妙用，忘了是從哪一年廣告獎頒獎典禮開始的老梗，只要全聯的廣告得獎，我們就會拿塑膠袋上去領，所以它應該是全世界裝過最多獎座的塑膠袋。

有一年夏天阿力給我看了一張她姐姐YOYO上傳臉書的照片，是在巴塞隆納奎爾公

園名聞遐邇的變色龍噴水池拍的，這張照片改變了全聯福利中心後來的廣告發展。

在加泰隆尼亞和煦的陽光下，高第的前衛建築和馬賽克的繽紛拼花前，穿搭達人YOYO一襲小碎花連身短裙洋裝，腳踩白布鞋，臉上頂著誇張的韓風大墨鏡，最突出的是她手裡拎的名牌包PXmart Bag，沒錯，竟然是來自全聯福利中心的塑膠購物袋，而且一點也不違和地融入這張時尚網美旅遊照。她拿PXmart Bag的理由可是經過深思熟慮，西班牙治安出了名的不好，這樣低調又cheap應該很難會被搶，而且裝東西的功能意外強大，於是整趟旅程無論怎麼穿搭都配全聯購物袋。

隔年的「全聯經濟美學」元年，我們就以此為靈感，請年輕人穿著自己覺得最帥最美的樣子，站在鏡頭前說出屬於自己的省錢哲學，他們每個人手上拿的都不是名牌潮包，而是正要開始流行的全聯塑膠購物袋，因為省錢，本來就應該是一件很時尚的事，不是嗎？經濟美學的第二年，我們還更上一層樓，用隨處能見、垂手可得的全聯塑膠袋，手工製作出一系列潮包，號稱PXmart Bag Collection，有全聯機車包、全聯流蘇包、全聯後背包、全聯編織包、全聯手拿包、全聯水桶包、全聯郵差包，當然還有不能忘的全聯經典包，向年輕人宣示「自己的潮包自己做」，只要懂得省錢，苦日子也能好好過。

愛用全聯塑膠購物袋絕對不是不環保的行為喔，我的袋子都是當年最早的版本，不斷重複使用到現在，而且還會繼續用下去。不只實用、好用、耐用，它更成為一種態度的展現。經濟美學的金句曾有兩度寫到它，「會不會省錢不必看腦袋，看的是這袋。」以及「為了下一代，我們決定提起這一袋。」就像第一代環保塑膠購物袋上面印的「支持環保，袋袋相傳」，節儉的美德和省錢的習慣也應該要支持，一袋一袋，然後一代一代地傳下去。

話說後來在二〇一九年的十二月，奧美員旅去了越南的胡志民市，抵達的第一天，酒店check in之後準備出去吃午餐，時尚擔當阿力以一身鮮綠色的短T加幾何花樣長裙，搭配亮紅色的Boy Chanel包，把斑馬線當成伸展台那樣走過時，一台速可達悄悄駛近她身旁，她突然大叫一聲：「啊～我手機被搶走了！」手中剛買不到一星期、當時最新的iPhone 11，就在眾目睽睽的光天化日下被飛車大盜一把搶走，一去不復返。警局報案之後，她回房間放下Boy Chanel，改拿全聯購物塑膠袋，接下來的五天旅程，果然快快樂樂、平平安安，早知道一開始就該好好傳承姐姐的精神。

每個男人衣櫃裡都要有一打以上的牛仔襯衫

打開我的衣櫃，吊衣桿上一字排開的整齊羅列，還有上面一落落摺好的方塊層層堆疊，從深到淺又由淺至深，漸層或者深淺交錯的藍色，像海洋，也像天空那樣，形成一幅壯觀而奇異的景象。

它們是牛仔外套、牛仔褲，還有勢力最龐大的牛仔襯衫。我所擁有的牛仔襯衫究竟有多少？包含還放在衣櫃裡的和曾經購買過的加起來，應該可以用「數不清」這個形容詞來表達吧。

一直喜愛牛仔、丹寧布料的我，在出道工作前的學生時期，就零星有過幾件牛仔襯衫。說起我的穿衣風格，應該就是「穿衣沒有什麼

風格」，習慣簡單輕鬆的穿著，大部分時間愛素色 T-shirt，也曾有一陣子不知道為什麼喜歡上 Polo 衫，所謂正式服裝，離我真的遠得要命。要去奧美上班的第一天，心想好歹是間外商大公司，也記得面試時看到很多同仁穿得人模人樣、西裝筆挺的，應該要穿著「正式」一點，至少得穿件襯衫吧，對當時的我來說，最正式的服裝就是牛仔襯衫配卡其褲了，所以如今回味那天拍的「我是新加入的稀有動物」，貼在佈告欄上介紹新人的青澀泛黃舊照片，上面的我就是這樣的穿著。不過現在的我，也經常是這樣的穿著就是了。

上班當天才發現，原來那些「穿西裝的」是業務部的。那個年代 Shenan 莊淑芬還是總經理，對業務的穿著十分要求，而創意部呢？就比較隨性了，好啦，根本可以算是非常隨便。所以第二天開始，我就回到穿我所愛的青菜穿模式了。菜鳥文案的工作，除了觀察、學習、想點子，就是坐在位子上寫文案，埋頭寫文案，寫不完的文案，一寫再寫，一改再改，不停地寫。這樣的日子過了大概三個月後終於有一天，我的老闆丸子要我明天站起來一塊出門去提案，好心的業務同仁晚上提醒「見客戶，記得穿正式一點喔」，於是牛仔襯衫就再度上陣了。從那時開始才知道，創意的工作原來還有很大部分

是提案和開會，見客戶的機會越來越多，穿正式一點的需求也越來越多，而我的正式服裝「牛仔襯衫」的數量也就跟著越來越多了。

逛街時我的雷達總是特別關注牛仔襯衫，不管什麼品牌、樣式、顏色，只要不小心看到好看的，別管為什麼就是發狠買下去。同樣一件如果真的喜歡，就買兩件，一件穿一件當備品，同樣一款不確定要挑什麼顏色，就由深至淺包色通殺，常常買到被人質問：「這件類似的你不是有（很多）了嗎？」這樣買著穿著，牛仔襯衫就成為我的穿衣風格了。

它是自在隨性的丹寧，也是體面講究的襯衫，它有粗獷的質地，也有精緻的細節，有點輕鬆又不會太隨便，有點正式又不會太拘束，就是這麼微妙、剛剛好的存在，完全命中我在穿搭風格光譜上注定要座落的位置。說穿了就和我名字裡頭的「中」字一樣，身為自帶雙重性格的標準雙子座，處在冷靜與熱情、理智與感性、苦澀與甘甜、衝突與和平、躁動與蟄伏、高峰與低谷、陽光與陰暗、崩解與新生似乎總是相應而生，充滿雙重性的大千世界，我彷佛宿命般地在生命裡頭所有二元、對立存在的事物之間，不斷尋求那個和諧的中間值與平衡點。

現在的廣告公司穿著早已不若影集《廣告狂人Mad Man》裡頭那般正經八百，而介於正式和休閒風之間的Smart Casual也漸漸成為男士穿搭的顯學，牛仔襯衫實在越來越有其必要。解開胸前兩顆鈕扣是率性，往下再鬆一顆是豪邁，全開可以秒變薄外套營造層次，全扣還有十足文青感，懂得怎麼把袖子捲好，更是讓帥度加分到破表的才藝技能。男人衣櫃裡的牛仔襯衫永遠不嫌多，怕不夠而已。

當然，對我來說穿著牛仔襯衫還是安全、舒服的成分居多，跟時尚沾不上什麼邊。創意人的穿著也很兩極，有一種是像我們這樣好像永遠都還在唸大學，T-shirt、Polo衫配牛仔褲，了不起襯衫配卡其褲的「凡人系創意」；另一種則是有品味、夠大膽而且很講究地穿搭出自己獨特的樣子，每一尊都有型有款得好像可以登上潮流雜誌或搖滾舞台的「視覺系創意」。我記得當年我們這派創意去提案時，還曾經被客戶嫌棄說：「你們下次可不可以穿得像創意一點？」哈，沒有辦法耶，我只穿著我喜歡的樣子，而不是你覺得我應該是什麼樣子。我就是我，牛仔襯衫就是盛裝出席了。

西部牛仔、卡車司機和搖滾歌手都愛的丹寧外套

時尚更迭就像潮來潮去，每個世代都有屬於它的某個樣子，再火紅的單品似乎都難逃有朝一日過氣的命運。但打從我出生有記憶以來，卻有一個例外，這個款式好像陰魂不散那樣盤踞在電影、音樂、設計、藝術、文化、休閒甚至社會運動的畫面視線中，歷久不墜、屹立不搖，始終在流行的版位佔有一席之地。

記憶的開端是〈一場遊戲一場夢〉的王傑和《追夢人》的劉德華，台港兩大天王不約而同的著用，讓它成為八〇末九〇初年輕人要帥就要有的國民穿搭。還在唸國中就急著登大人的我，為了追求、模仿那種有點阿飛的叛逆形象，買了我的第一件 Type III Trucker Jacket，也因為如此直到現在穿上它，腦中都還會響起

「還是忘了你~喔忘了我」的洗腦旋律和傑哥鼻腔共鳴的悲情嗓音，或者想像自己像華仔一樣梳著飛機頭、騎著追風135在公路上疾速奔馳，雖然我從沒抹過油頭也根本不會騎打檔車，但那些印象刻在剛剛開始要認識、理解世界的小毛頭心上實在太強烈，幾乎成為一種被制約的直覺反射。

Type III顧名思義就是Levi's設計生產的第三代丹寧夾克，在此之前有一九〇五年的Type I和一九五三年的Type II。這款風靡全球超過半世紀的牛仔外套在一九六二年問世，採用十四盎司厚實的防縮丹寧布料，版型從寬鬆調整為合身，背後下擺設有兩個調節鈕扣，胸前雙口袋蓋改成盾形且從上沿向下延伸拉出兩道錐形縫線，讓整件外套看起來更修長。八〇年代後還在前腰兩側加入插手口袋，解決了手不知道放哪兒好的尷尬，而口袋車縫在內側形成的兩個內袋，更是放皮夾、手機都方便的超實用裝置。至於Trucker Jacket的別稱，也是顧名思義，Type III傳入日本後成為駕駛貨車都要來上一件的必備外套，日本人索性就叫它卡車司機夾克了。Type III定義了當代的丹寧夾克，現今許多牛仔外套都是參照它的外型設計出來的（或者應該說就是長得一模一樣），所以被稱為經典，也是剛好而已。

當時的新世代青年在舊金山發起名為The Summer of Love的革命，高喊「反戰、真我、平等、自由」，丹寧成為身體符號上最鮮明的抗議象徵，人們將標語、圖騰描繪或刺繡在Type III上，讓它不只是引領風格潮流的一件衣服，更成為一種精神信仰的表態。這款經典設計從美國勞動階層擁戴的外套，搖身變成嬉皮、藝術家還有搖滾歌手注目的時裝單品，Beatles、Rolling Stones、The Ramones、Debbie Harry等巨星都是粉絲，它是青春、叛逆和自我的時代印記。

Type III半世紀來一直都是Levi's的基本常備款式，設計和版型大致維持不變，每一年在材質和細節上推陳出新做些修改。高中、大學、當兵、開始工作一直到最近我都還在持續買進新的Trucker Jacket。有原始湛藍的、深藍的、淺藍的、黑的、灰的、洗色的、雪花的，有加厚的、輕量的、3D剪裁的、伸縮布料的，還有磨破的、做舊的、拼接的、改造的、不收邊的，超過二十件，它們都一樣，也都不一樣。認真起來，我可以連續三個星期都穿這款牛仔外套，而且不會重複。

得益於短款、修身的版型，Type III能明顯拉長身高、有效優化比例，輕鬆套上帥氣自來。這世上大概沒有另一件外套像它一樣那麼隨和百搭，可以搭配牛仔褲呈現整身丹

寧的陽剛粗獷，搭配合身黑褲就是都會、簡約的另一面，搭配運動長褲或闊腿褲打造街頭休閒風，還能搭配卡其褲或西裝褲秒變富有品味的雅痞、文青，甚至連搭配短褲都有一種自在率真。外套裡頭可以穿T-shirt、衛衣、針織毛衣或帽T放出帽子，也可以穿襯衫，純色的、牛仔的、條紋的、格子的甚至花的都有不同風味，就算想打條領帶正式一點也不違和。更絕的是，外套外面還可以加一層毛呢大衣或者Parka，不只保暖也增添層次感。我還試過在Type III上再套一件Type III竟然也很不賴，我沒有申請專利，歡迎拿去試試。

有人說Trucker Jacket是一款永恆的設計，把時間拉到這麼長我真的有點不確定，但我可以確定的是，從小到大不管是想穿或者不知道要穿什麼時，我都會穿上它，七八十歲的時候應該也還是會老不修地這樣穿吧，所以起碼對我的這輩子來說，它是一款永恆的設計。另一件可以確定的是，在超過二十件之後，下次再看到，我還是會忍不住再買一件。

沒有什麼罩不住的M-65 Parka

多年前曾在快時尚品牌買了件軍綠色的立領魚尾大衣，是那種一眼瞬間即決的衝動購物經驗。除了因為父親是軍人，從小在眷村長大的血統讓我對軍裝風一直有莫名好感外，那件大衣特殊又俐落的剪裁式樣，應該是我所見過類軍用外套中最具設計感和吸引力的一款。

我經常穿它，也經常因為穿它而被人稱讚。原本以為的改良式設計，在某次朋友叫出：「你這件算是M-65吧？」才真相大白，那其實是照著美軍公發的M-65 Fishtail Parka魚尾大衣製造，材質和許多細節都做得不算到位的復刻品。

知道之後，我做了一些功課，並且購入我的第一件M-65 Parka原版古著，也才明白原來

這大衣是要寬鬆地罩在最外面，之前買那件復刻品時選了偏合身的尺碼，其實並不適合我，就把它轉贈給身型比我小一號的好友Kurt。

第一次穿上正統的M-65 Parka，如同斗篷般落肩垂墜的寬大舒適，卻神奇地保有軍裝粗獷、陽剛的戰鬥氣息，讓人一穿就捨不得脫下來。我不會用男人味來形容它，因為也有很多女生穿，把袖子隨意捲起來都非常好看，甚至比男生更好看。

依美軍軍裝的型號規則來看，M-65就是在一九六五年設計推出的樣式，除了野戰大衣還有野戰夾克和野戰褲。二戰結束後，美軍的軍事佈局隨著蘇聯崛起移往亞洲北方，為了因應嚴寒氣候在一九四八年開發出M-48 Parka，Parka這個詞原意是「獸皮」，是極地原住民用海豹皮、馴鹿皮等製成長度及膝的連帽厚大衣，帽圍常有一圈皮毛，也常在表面塗抹一層魚油產生防水的效果，後來被美國引用到軍裝中。M-48因為設計繁複、重量太重且造價高昂，在韓戰爆發後被改良的M-51 Parka取代直到韓戰結束。M-51 Parka是由外套（Shell）、內裡（Liner）和帽子（Hood）組成，正面是拉鍊可達下顎的立領，中身兩側有附蓋斜口袋，衣領附有魔鬼氈黏合，腰際抽繩束緊能防風，袖口有鬆緊帶扣可調節，沒有過多裝飾且穿著十分便利。從背面看衣襬是尖的，中間開衩很像魚尾，所以

又稱Fishtail魚尾大衣，這個較長的後擺可以用抽繩束緊防止寒風從雙腿間灌入。因為是針對嚴寒氣候設計讓軍人罩在襯衫、夾克等所有衣物最外面一層的防風大衣，尺寸版型比較偏大，一般來說亞洲男生建議穿S或M號差不多，像我的就是M。M-51的可拆式內裡採用紮實的羊駝毛料，穿起來十分厚重，在一九六五年又被M-65 Parka取代。

M-65和M-51最大的差別在於M-65的帽子與大衣是可以拆卸分離的，而內裡也從羊駝毛改為聚酯混棉的材質，以葫蘆狀車線將棉絮固定形成輕薄棉襖，雖不如羊駝毛保暖卻能達到輕量化的效果。M-65 Parka和同屬經典的M-65野戰夾克都是使用我最喜愛的OG-107橄欖綠，一種很像湖水那樣溫和的自然綠色，從一九六五年發行至一九八〇年代退役。

六〇年代的英國有群年輕人將傳統紳士文化和街頭的軍裝風格、休閒元素結合得體面又到位，創造出一種稱為Mods族的流行。Mod是現代主義者（Modernist）的縮寫，這些受惠於戰後經濟好轉的中產階級下一代，有錢有閒，注重外貌，穿著昂貴的高檔襯衫、窄身西裝，踩著義大利的手工訂製皮鞋，頂著法式鮑伯頭，騎著改裝的Vespa或Lambretta摩托車，卻在外面披著美軍的M-51或M-65 Parka魚尾大衣，原因是它能在騎車

時擋風遮雨，還可以保護裡面的高級西裝。這樣的混搭出奇好看也意外形成風潮，Oasis綠洲合唱團的主唱 Liam Gallagher 在公開露面或演唱時就經常著用 M-65 Parka，不但成為個人特色，也讓眾多樂迷追隨仿效，連帶推升了這件神大衣的風靡程度。

M-65 Parka 經過幾個不同年輕世代的接力演繹，許多人的大衣上會有獨特的臂章或者背後的英國米字旗彩繪，都是每個主人忠於自我的穿著宣示。而一直以來，它也是各大時裝品牌復刻的靈感繆思，就像那件我很愛穿卻不知道來頭原來這麼大的復刻品。

第一件 M-65 Parka 入手後，看到品相更好的，所以又買了一件，然後因為太喜歡怕有天穿壞或搞丟，又買了兩件做備品，最後看到竟有人在賣 New Old Stock 的庫存新品，就又買了一件收藏用。因為是超過半個世紀的古董級老大衣，破損、油污、褪色等等的歲月痕跡在所難免，有些人會選擇擁抱這些生命印記，比較龜毛的我會先用獨門的雞尾酒特調洗劑進行整體或局部清潔，接著送去位在民生社區我個人專屬的御用裁縫師盧綢姐那裡，視情況以補丁或拼布的方式修復，然後是我發明的絕招，去模型店比對購買美軍 OG-107 的專用模型漆，小心地塗在洗不掉的小塊污漬或掉色的地方，記得只要表面薄薄一層別讓漆往下滲，視覺效果接近天衣無縫，而且我試過，就算要洗衣也不會被洗

掉。雖然不敢說是煥然一新，但只要有基本底子和一定品相的M-65經過我的巧手，都可以算是脫胎換骨、重獲新生，我甚至一度覺得，我應該去做修復古董軍服然後轉手以高價賣出的生意，嗯，也許可以作為我的第二人生吧。

大部分的時間，我會把帽子和內裡拆下收著，甚至在購買的時候就只買外層的shell，因為就是喜歡它的輕薄、柔軟和俐落。沒在穿西裝，所以我不會像Mods那樣穿，就是隨性簡單地像風衣那樣罩在衛衣、襯衫或毛衣上，再冷一點的時候也可以罩在牛仔夾克、毛線開襟外套或者羽絨背心上，不管穿的人或者看的人都會覺得很舒服、好自在，已經超過半個世紀的古著，而且還是正規公發的軍裝，不知為何始終能穿出一種文青、雅痞的時尚感。只能說，這件集大成於一身的美軍大衣經典設計，就是這麼罩得住！

軍裝古著的P43
最高級別戰鬥服

我承認我對軍服的喜愛，已經到了快要無可救藥的地步。橫跨陸海空不同軍種，從美軍、英軍、法軍、德軍、捷克、荷蘭、匈牙利、義大利、加拿大到中華民國國軍，從大衣、外套、夾克、套頭衝鋒裝、襯衫、衛衣、T-shirt、長褲、短褲、吊帶褲到連身褲，從古早的二戰、韓戰、越戰時期到現代，從古著、新裝、庫存品到復刻版，要是把我買過的軍服通通擺出來，應該可以開一間豐富又精彩的專業軍服店，而且保證好逛。事實上，我還真的曾經失心瘋地在自家客廳擺過那麼一次。

也許是因為我出生在軍人世家，打過八年抗戰的外公是陸軍中校退役，而父親則是十七歲就投筆從戎，四十多年的軍旅生涯，很傳奇

地一路從士兵到士官，參加了古寧頭戰役，再通過考核成為軍官，台澎金馬幾乎每個角落都曾駐守，率隊走過國慶閱兵踢正步，最後進入戰院結訓取得資格晉升少將。在眷村長大的我從小就耳濡目染覺得穿軍服好帥，後來自己服兵役的時候是當少尉預官，從陸軍受訓時的迷彩野戰服，到分派至空軍聯隊穿上藍色軍常服和飛行夾克，都讓我十分樂在其中。

退伍之後在廣告公司上班，身邊常有創意或導演喜歡穿條牛仔褲，然後隨意套上一件軍裝外套、戰鬥襯衫或飛行夾克，他們瀟灑帥氣的穿搭讓我赫然發現，原來軍服不是當軍人才能穿，做為日常的穿著搭配，反而更是有型有款又有味道，茅塞頓開的我，大概就是在這個時期踏上了我的軍服不歸路。

「軍裝是現代男裝的根基和參考」這樣的說法一點也不誇張。兩次的世界大戰讓軍服進入現代化時期，並在戰後因物資短缺漸漸流入民間，有些成為名人或特定族群身上的穿搭標誌，有些成為時裝界和設計師的復刻元素，當然不能忘了日本人炒熱的古著市場，種種歷史的機遇和命運的安排，推使這些未曾凋零的軍裝，一步一步成為叫人立正敬禮的衣櫃傳奇。

別以為它們只是靠運氣成功的傢伙，軍裝本身在機能和美學的堅強實力，才是足以成就經典的真正原因。除了實用舒適，戰爭是攸關個人生死和國家興亡的事，軍人穿的衣服要面對激烈的戰鬥拚殺和惡劣的天候環境，無論防水、抗寒、透氣和耐磨都絕對是傾全國之力的最先進科技。而在短兵相接時，軍裝代表國家給人的第一印象，要能鼓舞士氣，還要產生威嚇作用，所以在版型上會注重修飾身材，讓軍人看起來威武挺拔，二戰時期德國的軍裝就是由Hugo Boss依據「修身、挺拔，絕不能看上去臃腫肥大不合身」的理念操刀設計的。

除了國內外拍賣網站的瀏覽、交流，我還「經常」前往像對抗世界、Rolling On和星期一這樣的軍裝古著店，尋寶找好貨，順便跟專業的老闆、店員聊天長知識。日本Lightning Archives出的軍服圖鑑書我也非常推薦，裡面有許多骨灰級經典軍裝的照片和介紹，雖然有些單品很難買到，但光是看就夠療癒了。

而喜歡軍裝古著的人，大概都不會不知道Nigel Cabourn這號殿堂人物，我也隨波逐流地被圈粉成為他的信徒。一九四九年英國出生的老爺子（網友對他的暱稱），在一九七〇年唸時裝大學三年級時就成立了同名品牌，一直以來始終以自身鍾愛的復古軍

裝和工裝為靈感創作。據說他也是來自軍人家庭，父親和叔叔都是軍人，從小便對軍裝產生濃厚的興趣，後來是他的好友Paul Smith送給他人生第一件Vintage軍裝，RAF Jacket英國皇家空軍翻毛飛行外套，讓他一發不可收拾地開始軍裝的收集，迷上古著這回事。

我曾經看過一個專訪Nigel的影片，他說走訪世界各地的首要行程就是去逛古著店，那種透過尋找而與心愛物件在不同時空相遇的過程超羅曼蒂克，到現在他總共擁有四千多件的收藏。他自嘲說有個麻煩的問題，就是他老愛重複購買一樣的服裝，然後他指著身上那件經常出現在他照片中的橄欖綠色外套說：「我非常喜愛這件外套，它是一件庫存品，但實際上我可能已經買過十件了，這十件可能是從五個不同的國家，跟五個不同的人購入的……」什麼外套竟能得老爺子如此寵愛？腦粉如我毅然決定跟上腳步一探究竟。

那是從二次世界大戰到韓戰時期美軍公發的P43 HBT，P43意指一九四三年的版本，HBT則是Herringbone Twill人字紋（也稱魚骨紋）布料的縮寫。介於襯衫和外套之間的戰鬥服，為了適應地貌多樣且氣候濕熱的太平洋戰區，使用了特殊織法的材質，不僅透氣性好又有絕佳的抗撕裂機能，而質地上卻能提供舒適的著用感受。門襟內側有塊三角形毒氣擋風遮片營造出層次感，鐵製鈕扣上刻有十三顆星芒的精緻細節，還有胸前兩個有

蓋超大口袋自帶莫名時尚感，從第二顆鈕扣的位置把領口翻開反摺，可以穿出類似西裝領的效果。P43一上身就是有種又復古又時尚，又粗獷又文青，又灑脫又正式，難以解釋的微妙融合，超乎想像的面面俱到。

能榮登人稱「古著界KOL最高」的Nigel Cabourn心中的No.1，絕對堪稱「軍裝界Vintage最高」，它也成為我朝思暮想的首要目標。皇天不負苦心人，好不容易終於登頂入手了一件P43 HBT Shirt，人生應該就夫復何求了吧？不！因為太喜愛，只要看到品相不錯、價格合理的P43，我就會毫無招架之力地再多買一件，因為無論出品的年份、製造的工廠、新舊的狀態、褪色或髒污的程度、穿著與使用的痕跡、服役的地點甚至經歷的戰役……沒有一件P43是一樣的。截至目前為止，我從美國、日本、泰國和台灣一共也買了六件，並且還在持續增加中。別誤會，沒要比拼的意思，走在前面的老爺子說法很傳神：「這是一趟無盡的旅程，在古著的世界你永遠無法滿足，總是渴望擁有更多，真的好像吸毒上癮一樣。」

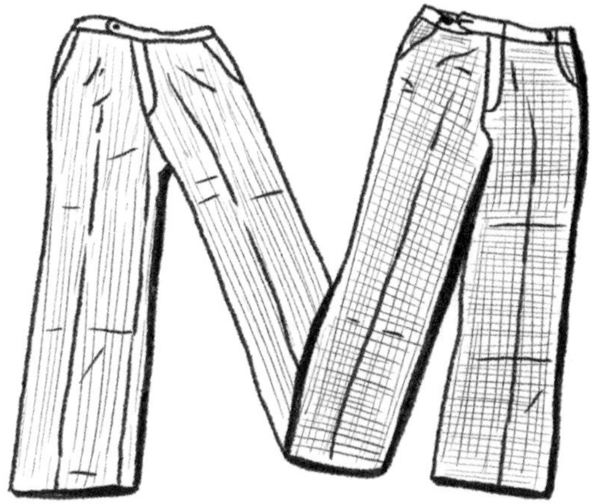

我和他，
可是穿同一條褲子變老的

PATEK PHILIPPE的手錶廣告總是以傳家作為主題，許多美國人把父親用了幾十年的老STANLEY保溫水瓶當寶貝，擁有一個爸爸留下的什麼東西，對我來說一直是一件很嚮往的事情。

說「嚮往」的原因是，我的父親跟我一樣屬龍，但足足大我四輪，一九二八年出生的那個世代喜愛的物件類型難免跟我有著某種程度上的代溝，而軍人的出身背景養成簡樸的生活態度，兩袖清風的他除了日常必須，也鮮少會去購買或收藏什麼無用的奢侈品。

父親留給我的（應該說他留下而我能用或想要的）屈指可數。有一棵他種了三十多年，地位就像我弟弟一樣的榕柏盆栽，被堪稱植物白痴的我養死了。還有一幅他好友送他的字

畫：「大喜蕩心，微抑則定。盛怒傾性，小忍則歇。」從小就掛在老家客廳的牆上，也是掛在我們心上的家訓。另外就是古董級的ENCOLAC湖水綠色的小型旅行箱和咖啡色的手提公事箱，曾經跟著他走遍世界各地出差採購軍火武器，後來變成我家書櫃上的擺設。可惜的是，這些都無法真的被使用。

父親過世後隔了一段時間，我才開箱整理阿姨送來的一些他以前的衣物。其中有兩套別著少將軍階、各式徽章完整的軍常服，不是軍人的我穿了應該是大不敬會折壽吧！我把它們小心折疊裝箱，好好收藏著。然後我眼睛一亮看到咖啡色細格織紋和卡其色帶有棉麻質感的兩條西裝褲，印象中曾經出現在小時候爸爸抱著我的相片中。幾十年的老褲子了，此刻看來卻正好是時下最流行的文青復古風，低腰直筒版型剪裁，布標上繡著嘉裕CARNIVAL的老式標準字，60%羊毛混紡有著舊時代紮實質感又舒適好穿的布料，腰部兩側有傳統義式金屬調節扣可以收放成我的尺碼。因為我比爸爸高些，褲長部分就拿去找保守估計幫龜毛的我修改過兩百件以上衣服褲子，「無法想像沒有她的人生」的新雅西服改衣店老闆娘盧綢姐，請她把預留的長度放出來。

拿回西裝褲那天，我迫不及待地在落地鏡前試穿，搭配一雙Jack Purcell開口笑白布

鞋，看著鏡子裡的自己毫無違和地穿著阿爸的西裝褲，真的帥到想開口笑。我一直看著鏡子裡的自己，想起幾年前的那個下午，穿上喜愛的衣服準備出門約會，坐在玄關穿鞋的時候，感覺到年邁的父親在客廳沙發上一直盯著我看，一直看一直看，始終沒把視線移開，我穿好鞋，回頭看了看他，四目交接的當下，父親開口用十分感歎的語氣說：「年輕真好，穿什麼都好看。」裡頭有他對自己兒子的滿意和驕傲，也有對青春的羨慕和嫉妒，他年輕時打扮起來，應該比我更好看吧。

這兩條西裝褲成為「大中你的新褲子好好看，在哪買的？」詢問度、回頭率都超高的時髦單品，是衣櫃裡我最愛的褲子。除了耐看、合身、實穿，絕對獨特並且永不撞衫，最重要的是，它們是爸爸留給我的東西，他穿了幾十年，然後我還可以繼續穿下去，於是我們之間搭起了一種「穿同一條褲子變老」的奇妙聯繫。

父母離開之後，因為思念，我曾經不斷地回想、尋找，他們究竟留下了什麼東西給我？因為實在少之又少，總是讓我不勝唏噓、十分遺憾，後來乾脆就刻意逃避這個問題不去想、不去觸碰好了。

直到某次接受雜誌採訪，主題是收藏和傳承，記者問：「有沒有什麼物件是父母留

給你，而你特別珍惜的？」再次面對這個對我來說有點難的題目，我不知道為什麼靈光一閃突然想到：「我！」我回答，我就是我的父母留在這個世界上最值得我珍惜的東西呀！這個念頭就像一個開關，那些原來並不可愛，或者我根本就討厭、嫌棄的自己，包括很普通的長相，稍微矮一點點會比較好的身高，說話時永遠過重的鼻音，讓人受不了的壞脾氣，反骨又感情用事的個性，不曉得在演哪一齣的害羞、彆扭和放不開，無法克制的潔癖、控制狂、強迫症……竟然都開始變得能被接受，甚至好像有點喜歡了。活了快四十年，我才第一次找到自處之道，面對自己的一切不必感到任何抱歉，可以欣賞鏡子裡那張臉，擁抱所有的古怪與難堪，我的身體我的個性我的習慣我的才能我的教養，我的每一吋，都是我的父母留給我的，我是這個世界上獨一無二的存在，一想到這些，連跑步時呼吸的空氣都是甜的，風輕輕吹過來，舒服又自在，我決定要好好珍惜我自己。

與我相依為命的妹妹出嫁時，我必須以「家長」的身份致詞，在準備「明明她比較像我家長，都是她在照顧我，我到底該說些什麼？」的講稿過程中，靈光又閃了一次，我這才意識到原來父母留給我的，除了我還有另外一個更神奇了不起的，就是我妹妹。

我對妹妹和妹夫，參與的親朋好友、賓客還有我自己保證，我一定會認真努力呵護這一顆我父母留下的掌上明珠。

從西褲扯到明珠，重點還是我們應該要學會珍惜上一代留給我們的那些美好的事物。

一群忠心耿耿的修卡戰鬥員

大部分的男生都有收集公仔的嗜好，我也不例外，只是我收的有點另類，也比較特定。

比方說小叮噹吧，年輕一輩的新說法是哆啦A夢，一般人都是收主角機器貓小叮噹，了不起延伸到大雄，我卻獨鍾胖虎。在我的年代，胖虎是漫畫中所有孩子裡體型最高最胖的，所以大家叫他Giant，港台兩地都翻譯成技安，小學時期的我又高又胖，長得像就算了，連愛欺負同學的個性也超像，根本就是他的翻版，我的英文名字Giant正是這樣來的。基於英雄惜英雄的緣故，也可以說是「收藏自己」的概念，我蒐羅了各式各樣大大小小的技安，有立正站好的、有引吭高歌的、也有拳打腳踢的，藤子不二雄博物館限定二十五公分

高的原型版和好人版兩隻對照組是我的最愛，尤其是又稱帥胖虎的好人技安，是他掉入神奇的樵夫之泉那集，改頭換面有了一張溫柔稚氣的臉龐，黑濃濃的眉毛，水汪汪的眼睛，成為慈眉善目的暖男代表，我不要臉地自以為似乎更像長大之後改邪歸正變成好人的我。UNIQLO的UT在二〇二〇年慶祝哆啦A夢五十週年推出的神復刻技安同款鋸齒條紋T-shirt，也是我二話不說立刻買下、當場穿上的單品。

而我小時候非常喜歡看假面特攻隊的特攝劇集，甚至一度沉迷在把畫冊拼圖一本接著一本集好貼滿的莫名制約裡，把零用錢通通都拿去買了書卡包，也曾廢寢忘食在早期任天堂紅白機的角色扮演動作遊戲卡帶「假面騎士俱樂部」裡練功打怪走不出來。不過後來我收集的公仔，並非隊長、1號、2號、V3、強人、亞馬遜或X……這些身懷絕技、正義凜然還有著昆蟲系俊俏帥臉的假面騎士，也不是死神博士、地獄大使、鎧甲元帥、磁石團長或蝙蝠男爵……這些像藝術品一樣造型華麗、唯美又充滿想像力的反派怪人。我最愛的是修卡戰鬥員，是邪惡組織修卡軍團SHOCKER中位階最低、一點也不起眼的小嘍囉。

戰鬥員穿著一襲全黑的緊身衣，戴黑色頭套露出眼口鼻，額頭處有鷹紋飾，正面胸

前印有骨頭圖樣，腰部繫著老鷹擒抓地球的修卡金屬徽章皮帶，腳踩黑色高筒靴，常用武器為小刀、長棍。他們是擁有普通人三倍力量的簡易改造人，接受洗腦手術後對大幹部和怪人的指揮唯命是從，只要一聲令下，他們就會發出yee的叫聲，像敢死隊那樣一窩蜂不自量力地衝向超人，然後大概就是只要一拳或一腳，連飛踢都免了，就可以輕鬆被打死的下場，算得上是假面騎士系列中登場最多的苦力角色。日本的人力銀行還曾經以戰鬥員為主角，拍攝一系列他們被怪人上司壓榨、欺凌甚至推去送死的廣告片，提醒最底層的悲情上班族不要再忍氣吞聲了，趕快辭職換工作吧！

記得高二那年我杵在西門町萬年大樓玩具店的展示櫃前，看著英姿煥發的假面騎士公仔被搶到缺貨，而一旁戰鬥員卻乏人問津的可憐畫面，不禁開始想：「大家都喜歡假面騎士，那沒人愛的戰鬥員怎麼辦？」從小爸媽就教我要同情弱者，我決定張開雙臂收留他，一隻MEDICOM TOY出的1/8布製外衣可動戰鬥員，能擺出各種姿態，還附帶各式武器，而我也從此擔負起收集他們的偉大使命。

我有不同大小擬真的、Q版的，站立的、擺勢的、騎車的，各種搞笑動作的扭蛋全系列，疊疊樂軍團，還有鑰匙圈、馬口鐵胸章、電繡布章，BANDAI出品可以換手換武

器的S.H.Figuarts可動人偶，MEDICOM TOY最經典夢幻的PVC軟膠人偶大尺寸和中尺寸也都通通入手了……越來越多的戰鬥員被我集結在一起，我與他們的關係也奇妙地慢慢發生質變。某天看著一隻舉起右手宣誓的戰鬥員，我突然覺得好奇，離開修卡組織後，他誓死效忠的對象到底是誰呢？啊！會不會就是我？沒有錯喔，因為全世界只有我願意收留他們，愛護他們，為了報恩，他們決定追隨我，不惜犧牲性命也要維護我的安全。

在意識到這一切之後，我把戰鬥員佈防在家裡、辦公室和車上的機要處、制高點，他們像衛兵站哨那樣，堅守著各自的崗位，以保衛我的世界為己任。出國工作或旅行的時候，我也會挑選一兩隻方便攜帶的跟在身邊擔任隨扈，他們的存在，讓我莫名地覺得自己非常安全。戰鬥員們成為我的皇家侍衛隊，忠心耿耿、前仆後繼地為我賣命。我還派遣過幾隻特別稱頭、靠譜的，前去對我很重要的人身邊執行維安勤務，像保護我一樣保護我愛的人。有隻名叫小虎跟我感情很好的貓蒙主寵召時，我也派了三仙疊疊樂軍團雙手撐地跪著的戰鬥員，駐守在牠長眠的樹下供牠使喚。

沒有壞人可以靠近我、傷害我，因為戰鬥員在我周圍佈下戒備森嚴的層層防護。真

的，我很確定，只要我相信，這一切就是真實的存在。而戰鬥員的報恩讓我學會一件事，聽爸媽的話，同情弱者，好心會有好報，永遠不會有錯。

王建民罕見地搖了搖頭

真正愛棒球的台灣人，應該都忘不了那段跟著王建民一起投一休四，就算爆肝也心甘情願的美好歲月。二〇〇五到二〇〇九年，從王的初登板開始，我幾乎看了他的每一場比賽，甚至可以說是每一顆投球。我這輩子只有三個偶像，王建民正是其中之一。

因為工作的緣故，我很幸運可以為我的客戶NIKE創作王建民的廣告。05年首年八勝的時候，我們做了「相信王建民」的片子，由於季後仍有訓練沒辦法拍攝他，只能以資料照片搭配文案剪輯完成。我被安排去他的故鄉台南，訪問父母和教練，從他們口中得知球場下王建民的孝順、善良和不為人知的倔強。同是棒球迷的導演沈可尚挑了一張王建民登場前走過洋

基球場廊道的背影照片，因為不確定能否跟紐約時報取得版權，於是決定讓身高雖然矮了八公分但已經算是最接近他的我，穿上洋基隊40號的球衣，在台北市立棒球場的廊道翻拍那個畫面，我就這樣意外地成為王的替身。

幸運不止於此，06年第一次十九勝，球季結束後王建民獲邀前往洛杉磯與Kobe Bryant會合演出NIKE的全球廣告，我們也被安排飛去拍攝平面和一些網路、公關的訪談素材。短短三天工作滿檔到連時差都來不及調的鐵人行程，卻興奮得讓人一點也不覺得累。記得第一晚我們在Santa Monica大名鼎鼎的Hotel California附近某間餐廳一起吃飯，我的偶像坐在有點遙遠的對面，像個大男孩一點架子也沒有，話不多的他突然主動舉起酒杯，用微笑和眼神示意要敬我，我受寵若驚趕緊舉杯喝了一口，他卻很有誠意地乾了，當然我也立刻跟進。飯後沿著海邊散步回停車場那段路，我和他比肩走著，彷彿認識很久的朋友那樣聊著天，先是談到紐約的住處，我說我待過朋友西34街的公寓，他說他的房子在Jersey，因為曼哈頓太貴住不起。然後我們聊到棒球，我說我也打棒球，他問我是什麼位子，我說中外野手，少棒的時候也當過投手，他繼續問我現在在「哪裡」打球，可能以為是什麼聯盟或球隊之類的吧，我照實回答：「嗯～百齡橋。」於是我們

的世紀對話就在一陣無言的尷尬中結束了。

幾個月後Qman出了限量三千隻的第一代王建民七吋搖頭公仔，身穿主場白條紋球衣，眼神和表情堅定，高抬腿從手套中取球準備投出的英姿，定價一千五百元。開賣當天，我一早就提前殺去現場排隊三個多小時，好不容易搶到一人限購的一隻。

那年他連續第二度十九勝，我們在台南拍廣告，因為怕他忘記我，我列印了去年在LA Ritz-Carlton拍攝訪談時的合照（這件事違背NIKE禁止工作人員與球星拍照或要簽名的規定，但當時是王建民主動邀請的），正準備掏出來給他看，他搶先說：「我記得你，中外野手。」然後我們就相見歡快樂開拍了。

二〇〇八年的六月十五日，王建民在對太空人隊跑壘時受傷了，原本一片大好的前程就此葬送，從天堂掉進手術、復健、被釋出然後又是受傷、手術、復健、被釋出的無間地獄，誰也無法解釋命運之神為什麼要開這麼可惡的玩笑。當年推出的第二代限量搖頭娃娃，身穿客場灰色球衣，手套靠胸前，右手插腰際，唯妙唯肖的臉龐依然帥氣，卻變成不用排隊就可以輕鬆買到，職業運動的現實和人情世態的冷暖，由此可見一斑。但這跟王建民後來親身經歷感受到的殘酷相比，根本微不足道。

王建民肩膀動的手術有多嚴重？通常用四根釘子可以固定的傷口，他的刀卻足足用了十三根，癒合之後不只投球會痛，任何一般人做起來輕而易舉的動作，就連開車握方向盤，都會讓他覺得不舒服。醫生評估，他能重返大聯盟投球的機率不到百分之五，但是王說就算只有百分之一他也不想放棄。他用一慣的安靜，咬著牙復健再復健、訓練再訓練，沒人看見更沒人看好，他還是專注而有耐性地不斷調整狀態，因為他相信王建民。這段期間，從大聯盟、小聯盟到獨立聯盟，王建民總共換了九個東家，經常是一個人開著車跑遍美國大江南北向不同球團報到，只為了能找到繼續投球的機會，有時一覺醒來甚至忘記自己身在何方。

終於在二〇一六年，王建民跌破世人眼鏡從谷底再起，進入皇家隊二十五人開季名單，有人甚至以「用瓶子接到閃電」來形容他重返大聯盟的這個奇蹟。五月十三日，在睽違兩千五百零四天之後王再度回到洋基球場站上投手丘，我無法形容自己有多幸運，因為正巧人在紐約出差，竟然能親眼見證那史詩般的二十二顆投球。他在那年季末被球隊釋出，留下六勝零敗的戰績。

之前看著王建民的搖頭公仔，在那邊一直搖頭，總是覺得有點奇怪。沉默王牌的特

色之一，就是總是專注看著捕手的暗號和手套的位置，點了點頭，就投出去了。賽後記者怎麼問，他的回答都是「啊就捕手要什麼我就丟啊」、「啊就一球一球投啊」，講好聽一點是溫順，難聽一點是聽話。「王建民很難得搖了搖頭，似乎不同意捕手的配球……」這樣的王很罕見，卻是我最想看到的王建民。從小到大，他都是乖乖牌的模範球員，按教練的要求做，照捕手的指示投，這一次，面對命運的安排，他沒有點頭，搖了搖頭，不再溫順也不再聽話，而是使盡全力地反擊，要向全世界證明自己可以。於是，一直搖頭的王建民搖頭公仔，就越看越有意思，越看越可愛了。

第一代的主場搖頭公仔在王建民如日中天的時候，曾經喊價到新台幣三萬元的歷史高點，現在仍然有大概一萬左右的行情。二〇一九年王建民已經引退返回台灣，我們為NIKE做的《#猶豫是對自己太客氣》廣告影片，他是裡頭的經典彩蛋。藉著拍攝機會再次與他在片場重逢，「是你喔！」他說，我得以親口告訴他「在紐約三振Teixeira那場我有看到喔，超棒的！」「是喔～」他不好意思露出了微笑。後來猶豫了很久，也想說既然「猶豫是對自己太客氣」，就不客氣了拿出偷偷帶來的兩隻公仔，違反客戶嚴格禁令也破壞個人專業形象，拜託NIKE的運動經紀人員請建仔幫我把他們變成「帽簷上有

本人親筆簽名的王建民搖頭公仔」。

永遠不會有人知道，連續兩年十九勝，隔年上半季還沒打完已經八勝的王建民，如果沒遇上那次天堂與地獄交錯的跑壘，順利往下會成為多偉大的傳奇投手。但王在德州棒球學校的復健教練說，王建民的存在，讓他能大聲告訴那些在傷痛絕望中掙扎的選手，不要放棄、一定可以，因為曾經有個叫做Chien-Ming Wang的人真的做到過。在努力重返大聯盟、回到洋基球場的那一刻，他已經讓自己成為一個真正偉大的傳奇投手。

電影《後勁：王建民》的英文片名LATE LIFE更為傳神，這個棒球術語說的既是王建民九十五英哩招牌伸卡球的尾勁，也是他奮力拼搏為生涯寫完傳奇的後勁，兩者同樣令人尊敬。就像我之所以崇拜王建民，絕不只是因為洋基ACE、台灣之光或伸卡球大師這些名聲在外的理由而已，還有「大音希聲」的恢宏氣度、「我一球一球投」的踏實專注、「相信王建民」絕不向命運低頭的倔強頑固……搖頭公仔還在那邊一直搖頭，帽簷上他的親筆簽名也跟著一直搖晃，王建民啊王建民，真不愧是我的偶像。

I See You 復古鋼管單速車

雖然不敢說PRO，但我算是愛騎腳踏車的人，大概十歲左右就跟同學組織車隊，領著大夥兒在石牌、天母一帶的大街小巷橫衝直撞，我們都愛死了那種乘著風、掌握方向，自由又帥氣的感覺。

怪的是一開始我跟腳踏車的緣份似乎很薄，光是小學時期一共就被幹了五輛腳踏車。因為被偷怕了，爸爸買給我第六輛時，我決定每天都要把它搬上樓停回家，想不到才沒幾天，早上起來車子卻還是憑空消失了。我既驚嚇又生氣，到底是誰跟我過不去，都放在家了還不放過，不可能呀，我越想越不對勁，家裡也不像遭小偷的樣子，我們一家四口呆呆地佇在客廳的案發現場，妹妹突然開口說：「昨天

晚上我們去公園玩，你把車停在旁邊，但是後來我們好像是走路回家的……」對，根本沒人偷，是我自己忘了騎回家，我破門而出跑去公園找，當然早就不見了。我記得小時候還常常做一個夢，就是在陽光普照的磺溪河堤有一群孩子騎著腳踏車從我面前魚貫經過，第一輛、第二輛、第三輛……竟然就是我被偷走的加上自己搞丟的六輛車，而且還照順序排列，真是太恐怖的噩夢了。

退伍那年我和死黨阿道說好一起單車環島，兩個什麼都不懂的傻瓜，跑去買了兩台一千五百元只有十二段變速的腳踏車就出發了。不過人生有時候不要知道太多反而比較好，靠著「應該很簡單吧」的一股傻勁，我們硬是完成了那次難忘的壯遊。

後來在同事的介紹下接觸了專業登山車和公路車，因為英文名叫 Giant，同名的台灣之光捷安特成為我鍾愛的品牌，當時假日的運動就是穿上車衣車褲，有模有樣地去陽明山、五指山、烏來或者貓空騎車，長距離的痛苦爬坡絕對是到目前為止我試過燃燒脂肪和鍛鍊心肺最好的方法。不過，開始每天固定跑步的習慣之後，運動腳踏車就慢慢被我束之高閣了。

直到幾年前去參加坎城廣告節，回程時利用轉機在阿姆斯特丹停留了三天，除了紅

燈區、梵谷美術館、林布蘭、風車和小偷，印象最深刻的竟然是隨處可見的復古單速自行街車。因為節能減碳的綠色環保思維以及完善的自行車道規劃，阿姆斯特丹的腳踏車普及率高得嚇人，上下班時間在古老建築、街道和公園綠樹間飛來飛去通勤的單車騎士，成為城市美麗的動態風景。荷蘭人的車，都是很歐陸的老派單車，簡單粗壯的深色骨架，平緩地形無需換檔所以大多都是單速設計，高起的龍頭搭配像鷗翼一般展開的優雅彎把，騎乘的時候不必辛苦彎低腰，皮革縫製的握把、椅墊不只有味道更提供絕佳的手感和耐用性。我想「復古」這個形容詞也許並不適用在阿姆斯特丹，因為像這樣的腳踏車在這裡應該是從很久以前就一直存在到今天都沒有什麼改變吧。

我帶著「想要擁有一台在阿姆斯特丹看到的那種腳踏車」的念頭回到台灣，巧的是「復古手工腳踏車」的風潮也在同時吹進台灣。金城武在航空公司廣告裡騎乘的帥氣畫面扮演了推波助瀾的關鍵角色，那款腳踏車也在百貨公司的專櫃展示並接單製作，但要價兩萬多快三萬並不便宜。我在網路上搜尋到有人用稍微便宜一點的價錢在賣，但數量只有一台，聯絡賣家後前往他位在民生東路二段的店面七十七號單車站。沒有什麼假掰裝潢但擺滿了各式各樣的腳踏車、零配件和工具，就是那種實而不華靠專業取勝的職人

車行，從小樓梯上到二樓夾層的展示間兼工作室，我第一眼就看到那台金城武I See You腳踏車，但一試才發現「這個車架對我來說有點小，好可惜喔……」「那就做一台大的呀！」老闆曾大哥可是從小騎車到大，現在還擔任車隊教練的硬底子腳踏車專家，賣車不夠，他還能幫你「做車」。經過一番討論和許願之後，他幫我丈量合適的尺寸並規劃配置所有需要的零件，而且少了「牌子」，我的專屬訂製車只要一萬四千元，我們約好兩週後取車。

十四天後我迫不及待回到車行，第一眼就I See You看到我的腳踏車在等我，一點落差也沒有，百分之百就是我心裡想要的腳踏車的樣子。曾大哥仔細介紹我的車，烤成藍灰色的車架採用的是最堅韌的鉻鉬鋼材質，不是一般的TIG而是傳統的LUG結構，將七〇年代樣式的細版鋼管兩兩插入連結處的鍛造LUG套管，再以銅焊接合，這種骨董級的焊接工法，特別著重車體的強度和騎乘的吸震性……UNO的龍頭和坐管，TEKTRO的煞車系統，手工縫製的皮革握把和SOBDEALL的真皮坐墊……這些好料通通是Made In Taiwan，事實上全世界最好的自行車零組件幾乎都是從台灣生產出口的……車頭還貼了七十七號單車站榮譽出品的金屬店徽銘牌……他一邊說，眼睛一邊發光，看得出來對自

己的作品十分滿意。

我的 I See You 腳踏車美到超越了交通工具和休閒運動用品的層次，足以躋身藝術品的行列。重點是它不只好看而已，還非常非常好騎。那天下午從七十七號騎出來之後，我去了迎風河濱公園、關渡自行車道、大稻埕碼頭、迪化老街、仁愛路、敦化南北路……一直騎到十點多才捨得騎回家。

從此之後，腳踏車又重新成為載著我到處移動的好夥伴，不像小時候的橫衝直撞，或者登山爬升的激烈操駕，倒是多了些大人才懂的緩慢悠閒，自帶微風的徐徐前行，恰巧是探索城市風景最適合的速度。不騎的時候它也沒閒著，我會用立車架把它撐起，倚著牆展示在家門口穿鞋的玄關處，讓這輛 MIT 歐式復古鋼管車成為來到我家第一眼 I See You 的好風景。

Kit、文勝和我親愛的弟弟藍戰士

一九八八年三月，我的弟弟在德國出生，他跟我一樣屬龍，有個很威的名字叫藍戰士。長得又帥、跑得又快的他不是人，而是一台車，VOLKSWAGEN GOLF MK2 8V GTI，經典中的經典。

第一台GOLF在74年上市之後，福斯狼堡Wolfsburg工廠一群志同道合的工程師組成秘密團隊，在公司不知情的狀況下，悄悄利用下班後的時間，以廠內的初代原型車實驗性地進行高性能版本的研發，以Grand Tourer Injection為名的車款在兩年後我出生的一九七六年問世。原廠營銷主管本來對不再只是「國民車」的它抱持高度懷疑，沒想到竟然大受歡迎售出五千輛，GTI就以如此熱血的身世，展開至今半世

紀不墜的傳奇。

當年的partner，來自馬來西亞的Kit說想買車，我請鄰居許哥幫忙找，他是愛福斯成痴的忠實鐵粉，從小我就看他在眷村停車場拆裝各式福斯的車子，T3、Corrado、Jetta……最多的就是二代GOLF，前前後後經手十幾台，為了瞭解每個細節，他甚至會將兩台車比鄰停好，大部分解所有零件再彼此互換。他幫我們找到的不是普通的GOLF MK2，而是稀有的88年8V GTI，因為停在車庫沒在開也欠整理，那時十六年的車有個好價錢只賣七萬塊（行情是二十幾萬）。

借用霹靂遊俠中霹靂車對李麥克的稱呼，第一代老哥Kit完成了初步修復到可以日常代步的階段性任務。一年之後他西進上海廣告界，把車子以五萬塊便宜轉讓給他的室友，同樣是馬來西亞人，後來也成為我partner的文勝。藍戰士的名字就是文勝取的，不是Blue Warrior的意譯而是Blue Jeans的港式音譯。Blue Jeans藍戰士是文勝最愛的香港樂團，巧的是，樂團成立在一九八七年，而他們的首張大碟《藍戰士》正是在一九八八年發行，所以藍戰士車上也一直都放著這張同名專輯的CD。文勝接手之後就不斷被我騷擾「你其實很少開車耶」、「停在外面風吹日曬不好啦，我家地下室有車位」、「藍戰

士需要好好用心整理照顧」、「我準備好了」……無所不用其極的最後殺手鐧是：「你把車賣我，我的GOLF三代就可以賣給Kurt，有了車他就會考慮結婚，所以Kurt的幸福掌握在你手上……」文勝受不了，藍戰士就這樣成為我的愛車。

其實我並沒有準備好，雖然考的是手排駕照，但跟手排車真的不熟。一開始，暴衝、震動、熄火什麼都來，當時的女朋友還臭臉加白眼抱怨：「我是在坐船嗎？」跌跌撞撞幾個月後才慢慢上手。

而說好的用心整理照顧，我可是信守承諾，把愛心、細心和耐心通通給了他。我沒有特別改車，而是比照當年的外觀照片和規格資料，讓藍戰士回到原廠的設定。這是一個漫長的旅程，除了年久的耗材、零件該換的全部更換一輪，我請老師傅重繃了GTI專用黑色車頂棚並稍事修整RECORO代工座椅的經典紅白灰格紋布面，上網找到狀況完好的整個儀表台皮革上座，德訂全新四圓燈紅線水箱罩，eBay標來褪色的GTI車頭飾牌送去工廠電鍍、黑色高爾夫球狀排檔頭、蛋糕型排檔防塵套以及一握入魂的VAG同集團Audi Sport三幅賽車方向盤，更在輪胎行倉庫挖出絕配的ENKEI十四吋網狀老圈庫存新品……藍戰士一步一步邁向，或者應該說是重返他該有的模樣。

二〇〇八年三月我還買了蛋糕，邀請幾位好朋友圍著藍戰士唱生日快樂歌，為他慶祝二十大壽。那段期間週休假日的休閒活動，經常是跟著擁有一台紅色16V GTI的全聯先生Ralf，穿梭在北台灣的殺肉場，爬上爬下從報廢的老車上拆卸堪用的零件作備品，十分特別的體驗，有種進入墳場盜墓的感覺。

後來Ralf介紹了一位在高雄大寮的福斯達人斌仔師傅，我千里迢迢把車開去給他調教引擎和變速箱，花了三天的時間，除了換檔順暢度、動能加速性的改善很有感，油耗竟然從每公升六公里大幅提升到驚人的十三公里，讓我對他佩服不已，並且深信不疑。把車開回台北一週後斌仔打來關心，藍戰士一直有車體鏽蝕的老毛病，三不五時就得焊點補修，起先以為是原車主沒顧好，聽他一說我才知道，當年這批8V GTI進口來台時，因為車重剛好在一個級距下限的邊緣，為了減重省稅金，原廠省略了整個底盤的防鏽塗裝，結果造成容易生鏽的致命問題。藍戰士的引擎心臟一如GOLF的優良血統依然老當益壯，但整個車體其實已經到了病入膏肓的地步。「有沒有要留這台車？」斌仔問，因為才剛看了變形金剛裡頭大黃蜂的感人故事，我秒答：「當然要。」之後就約了再把車開下高雄，他找到一台報廢的GOLF要借用它的整個車架、車台，把藍戰士的四片門

板、前後行李箱蓋和包括引擎、變速箱在內的所有零件全部卸下安裝上去，「怎麼好像大體捐贈和器官移植？」我開玩笑，斌仔說：「根本是借屍還魂！」

「這是大工程差不多要弄三個星期。」他的話我深信不疑，臨別時我用車上的音響大聲播放Gloria Gaynor的〈I Will Survive〉幫藍戰士加油打氣，沒想到這一別就是整整三年！忙、人手不足、家裡有事、最近很累、小孩要顧……各式各樣非常禮貌又具說服性的理由，我從每週、每兩週、每月、每季，最後絕望到變成半年、一年才會試著打電話問他進度，終於在二〇一三年底他跟我說：「車好了。」我迫不及待安排好去高雄牽車順便看五月天跨年演唱會的行程。出發前一天，公司的人事瀞月小姐居然打給我，說「老師」今天來辦公室有看了一下我的位子，鐵口直斷我最近會發生車禍請暫時不要開車，那怎麼行？我等了三年終於約好明天要去接藍戰士回家，只好拜託她幫我問問有沒有解法，結果為破血光之災，我依照指示跑去捐血車捐了一千西西的熱血。

從高鐵轉火車最後再換計程車終於來到大寮的修車廠，斌仔將鐵捲門緩緩升起，就像藍戰士重新登場的隆重揭幕，我眼睛睜得大大的都快飆淚了，同行見證的朋友笑說：「你看他的眼神裡真的有愛。」不只車體的重建，斌仔還做了整個引擎室線組的現代化

整理，並裝上這期間我持續尋找寄過來的NEUSPEED防傾桿和BILSTEIN避震器。三年不見，藍戰士已經脫胎換骨，但他還是那個藍戰士，等待是一門藝術，雖然難耐，卻會讓包含愛在內的某些精神層面的東西昇華。我就在這樣極度興奮的狀態下，想著老師語重心長的告誡，壓抑自己小心翼翼地開著藍戰士北返。人車一路平安直到北二高板橋交流道附近，砰的一聲好像什麼東西掉到地上，我在後照鏡中看見一個不明物體往車後滾去，然後溫度錶就開始升高，接著冒起白煙，動力方向盤也消失變重，但藍戰士竟然還能咬牙撐到建國北路交流道附近我常去的超擎汽車，差不多就是一滑進去正好熄火那麼有驚無險，老闆說是正時皮帶可能沒裝好斷掉了，換上新的就行了，不得不說老師好神，熱血沒有白捐。

鳥瞰鏡頭，藍戰士在被綠意包裹的灰色跑道上朝著五指山頂蜿蜒挺進，寧靜的自然環境音中，可以聽見存在感很剛好的排氣聲浪美妙迴盪。貼地的低角度鏡位，車頭由遠而近、從小到大劃鏡而過，可以榨出一百一十二匹馬力的一．八升四缸引擎，在那個年代就擁有時速零到一百公里八．九秒的能力，據說是小鋼砲一詞的濫觴。特寫風切過車身側邊的紅色飾條，門板藍色烤漆上天光和樹影流動，只要三千一百轉就能帶出十五．

八公斤-米的扭力最大峰值，搭配直覺而靈敏的換檔系統，人的意志和車的表現合而為一，要有動力就有動力的操駕感，讓跑山路成為一項過癮的娛樂活動。

藍戰士整理好之後，經常有路人獻上注目禮或豎起拇指表達讚美之意，甚至遞名片預約如果有天要賣車請通知他。可惜，不會有這一天，我把藍戰士當成自己的弟弟，要和他長相廝守，一起變老。那是去五指山看爸爸媽媽的日子，停好車之後還依依不捨回頭看了兩眼才走進忠靈殿，沒多久一位大哥衝進來問我：「外面那台GOLF GTI是你的嗎？」那種習慣性預期被誇獎的驕傲感油然而生，「是呀，那是一九八八年GOLF二代的8V GTI，有什麼事嗎？」我老練地回答，結果他說：「喔~他滑下山坡了！」媽呀，我立刻飛奔出去，由於手煞車不夠緊加上沒入檔，藍戰士往前下滑，好險坡邊有路墩擋著才沒墜入萬丈深淵，但車頭撞擊傷勢不輕，那支鑲嵌紅色飾條的原廠GTI小保桿必須德訂，「要不要用一般標準版的保桿就好？」龜毛如我當然不好！這一等又是足足三個月。

藍戰士是Kit、文勝和我親愛的弟弟，要花多少金錢照料、多少時間等待都在所不惜，他被我顧得好好的，Ralf說全台灣的二代GTI如果比完整度，16V的第一名是他的紅狗（台語發音唸ON-GO），8V的絕對就是藍戰士。他出毛病、鬧脾氣的時候，我會把

手放在引擎蓋上跟他說話溝通，鼓勵也好、安撫也罷，他似乎總能感受到我的心意，他知道我對他最好，所以我相信他會努力給我最好的回報，於是在一起變老的路上，我們好像都並不孤單了。

一輛特斯拉從旁邊無聲飛馳而過，三十幾歲的 GOLF GTI 依舊悠然行駛在變化速度越來越快的世界上，方方正正的造型好像硬是要很不流線的樣子，轟隆的引擎聲是他宣告存在感的一種堅持，這種不合時宜的微妙詩意，是藍戰士，也是我樂在其中的處世之道，老派有其必要，〈藍戰士〉是這樣唱的……

風中街　灰中土　路中霧　在漆黑中宣告
從前情懷再找不到
熱與夢　夜與霧　樂與怒　是他所愛所好
世界卻說已經古老

親愛的，我把車子縮小了

我喜歡開車，是幾乎天天開、去哪裡都開的那種喜歡開車；所以我也喜歡車，是對跟我上山下海的車子日久生情、帶著認真情感的那種喜歡車。

我的每一台車都有名字、有故事，對我來說他們都是經典，都值得被好好收藏。聽說已故的裕隆集團董事長嚴凱泰和好像永遠不會老的天王郭富城都有一個超大車庫，裡面停著他們珍藏的所有愛車，那真是一個令人羨慕的畫面。凡夫俗子如我，雖然沒有這種財力，卻也透過一點一滴的努力，實現了差不多的夢想。

我剛入行時的partner阿明哥，是一個愛聽心海羅盤葉教授講道理，也愛跟別人講道理的人，他把辛苦工作賺來的錢都拿去買葉教授的

CD、演講會門票，還有他的收藏——模型車。擁有上千台模型車的他告訴我，小時候算命的曾經跟張媽媽說她這個兒子不得了，以後會有很多很多車，算是很準了，只不過沒算到都是模型。拜阿明哥所賜，各式各樣的模型車經常出現在我四周，創意想不出來時隨手就有很舒壓的模型車雜誌可以翻，還常常被他帶去萬年大樓的小叮噹模型車專門店。

有天我決定賣掉開了五年的MITSUBISHI LANCER，那是大三的時候爸媽買給我的人生第一台車，因為高伯伯說要把我一直很哈的GOLF三代便宜賣我。「真的很捨不得……」我一邊寫文案一邊嘀咕著，阿明哥說「那等一下跟我去小叮噹」「幹嘛？」「買LANCER的模型車呀！」真有道理，我怎麼沒想到？

從那時開始我擁有的每一台車，都會設法找到一模一樣車色塗裝的等比例模型車，這件事並不容易，因為我喜歡的都是有一定年紀的老車，必須在模型車海苦苦尋尋覓覓。小叮噹沒有就上eBay找，我最喜歡的1:43沒有就找其他尺寸的，起初是要換車的時候找，後來是還在開就先找，最後是一有購車新目標還沒買就提前找。「再見之後，還

能再見」這大概是我試過天底下最療癒的收藏了。

菱帥是一九九七年的MITSUBISHI LANCER 1.6，AUTOart 1:43的版本。我的第一台車，許多跟車有關的第一次都跟他有關，別想歪，是像第一次開車載媽媽的那種第一次。古時候沒有手機，一般家庭也沒有攝影機，我的童言童語被記錄在許多錄音帶裡頭，其中有一卷媽媽問我長大後要做什麼，我回答開計程車，媽媽說為什麼要開計程車，「載媽媽～」真不敢相信一個三歲小孩竟然有這麼甜的一張嘴。所以當媽媽終於坐上我開的車那一刻，我想對她和我都是人生中很重要的一刻吧。大四做畢展時因為太累，疲勞駕駛追撞路口等紅綠燈的兩台車，第一台福特車尾潰縮，夾在中間的March全毀，如此劇烈的撞擊下，菱帥竟然只有前保桿破損、車頭內凹變形，並且保護我毫髮無傷。這場車禍成為三菱業代後來賣車時強調安全的精彩案例，也讓我養成只要想睡就把車停在路邊睡，以及記得要買汽車保險的好習慣。

黑狗是一九九五年的VW GOLF MK3 2.0，AUTOart 1:43的版本。高伯的車，原本銀色被我改成黑色，他帶領我進入福斯的世界。有點鄉巴佬的我初次體驗德國車的魅

力，是在高速公路過了泰山收費站的那個又臭又長的上坡，以前總是油門到底，然後等著姍姍來遲的動力緩慢推升速度到有點停滯的狀態，勉為其難地爬上去，黑狗完全不一樣，半踩油門動力就到位，速度可以越加越快直線上升，好像開平路那樣輕鬆通過，然後就再也回不去國產車了。黑狗後來賣給好友Kurt，成為他的第一台愛車。

藍戰士是一九八八年的VW GOLF MK2 8V GTI，SCHARAK 1:43的版本。車子不是故意愈買愈舊，因為他可是經典中的經典不容錯過。藍戰士一直陪著我，後來成為在假日開，而且雨天不開的第二台車，希望他能繼續跟我一起變老，天長地久。

大銀家是一九九七年的PASSAT VARIANT 2.0旅行車，Schuco 1:43的版本。我大學時代就愛上這款當時帶點圓潤又十足優雅的新車，工作一年後去舊金山那趟旅行中不斷的巧遇，更讓我覺得他就是我命中注定的車子。由於台灣的數量非常稀少，二〇〇八年夏天我好不容易在公司對面的露天停車場遇上他，索性就尾隨之前的車主林大哥，走了一兩百公尺在準備過馬路的路口鼓起勇氣上前搭訕，林大哥見我如此愛他，決定把他讓給我，但必須等他找到新車再說。半年後終於接到電話才去過戶牽車，我到現在都記得我駛離時後照鏡裡林大哥依依不捨的表情，還有後來我把他賣掉時他漸漸遠去的身影。

黑森林是二〇〇四年的 Mercedes-Benz W211 E320 ESTATE 旅行車，Mercedes-Benz 原廠 1:43 的版本。二〇一四年這台十年的美規中古車仍有百萬行情，因為沒買過那麼貴的車，所以猶豫了一下，記得是靠一起工作多年的創意夥伴倫哥和阿力的鼓勵「你應該要買，讓年輕人看看做廣告也可以開雙 B」才決定下訂的。經典的四個橢圓燈，流暢而柔和的車身線條，在夜裡的燈光反射下，黑得發亮的他就像一架古典鋼琴，散發著溫文儒雅的氣質。他是我所有車中，爸爸最愛的一台，鄰居告訴我曾經看到爸爸坐電梯下停車場，就站在那裡靜靜地賞車，我知道之後，把握了後來才知道並不多的幾次機會，開著黑森林載著年邁的他出遊，父親過世時，我也是開著黑森林送他上五指山的。後來車子賣給了妹夫基哥，買的他和賣的我都有一種心照不宣的默契，希望爸爸最愛的黑森林，可以繼續留在我們家。

大銀家二世是二〇〇四年的 LAND ROVER DISCOVERY 2 4.0 V8 HSE，Solido 1:18 的版本。上班上到一半請假坐高鐵衝台南看車，就跟一位退休的體育老師買了他。因為排氣量大稅金貴，一公升跑不到四公里的驚人油耗，以及不大親民的維修保養費用，多數人對他敬而遠之，所以中古車價很可以。雖然是要跋山涉水的純種休旅，LAND ROVER 卻

始終保持高貴典雅的英倫風範，D2骨子裡雖是越野悍將，外表看上去卻像有容乃大的龐然紳士。前往恆春紅氣球書屋駐春計畫時，二十一天如同逃難般的所有家當（我的行李總是比正常人多）和一台腳踏車，他都能輕鬆吞下。不知為何我一直覺得大銀家的車頭正面很像一隻河馬，後來才找到一張當年新車上市時的平面稿，就是涉水的他跟半張臉露出水面的河馬同框的有趣對照。值得一提的是高度帶來的絕佳視野，還有與車身尺碼超反差的靈活操控，真的會讓人一開上癮，也難怪英國女王伊莉莎白二世會挑選他作為御用的「自駕」車。

我還發現MATCHBOX有出1:64的模型車，而且是D2在世界各國不同單位服役的等比塗裝，有軍隊、警隊、特戰隊、探險隊、遠征隊、森林巡守隊、海岸防衛隊、沙漠勤務隊、風暴觀測隊、研究機構、救護單位、環保組織、遊樂園區……玲瑯滿目的各種版本。心血來潮之下，我花了三個多月的時間，在eBay日也搜夜也搜收齊十八台不同的樣式，還把他們集結放在用木頭、牛皮、岩片、鐵板、小石堆自製的展示臺上，壯盛的陣容不只賞心悅目，更訴說著這個經典車款在全世界許多角落、領域無遠弗屆的影響和貢獻。

我不知道這樣算不算收藏癖，但這一點點的堅持一路走來直到現在，也讓我有了可以把開過的愛車們一字排開展示的小小成就。曾經擁有的都能天長地久，這樣的滿足也只能說夫復何求。

太監從宮中偷出的國寶手帕椅

說到椅子，見一張就愛坐一張的我，曾被朋友笑虧是另類的「博愛坐」。

在我的辦公室和家中擺放著各式各樣的椅子，而且沒有一張是重複的。想要的太多，可以放置的空間卻太少，而且屁股就只有一個，為了過乾癮，我還曾經在談戀愛的時候以互贈禮物為藉口，十八相送地收藏了許多由Vitra Design Museum出品，小巧可愛又紮實精緻的1:6迷你經典模型椅。

所有椅子裡頭我心中的第一名，是在二〇〇〇年去奧美上班時遇到的，「大會議室特別好看又好坐的橘色扶手椅」是我對它的第一印象。公司要從民生東路搬到松仁路的時候，有些舊的辦公傢俱要大拍賣出清給員工，

這張椅子也在其中，而且公司內部網路公告的價格一張只要新台幣六百元。當時的藝術指導partner阿俊師是唸工業設計的，眼尖的他一眼就認出這絕非普通椅子，上網一查，果真系出名門，它是Knoll Furniture旗下經典的Handkerchief Chair，因為形狀像飄浮在微風中的「手帕」而得名，由夫妻檔設計師Lella Vignelli和Massimo Vignelli從一九八三年開始，花了五年的時間研發創作出來，得獎無數並被眾多博物館收藏，布面有扶手的版本當年上市時要價將近一千兩百美金。很顯然負責拍賣的行政中心同事並不知道它是誰，我們幾個因為有點見識而見獵心喜的創意，每個人五張、六張地登記下訂，總共三十張Handkerchief Chair，三兩下就被我們搶購一空。相較於其他物件的乏人問津，讓主任男哥覺得事有蹊蹺，詢問人在北京的TB宋秩銘先生才發現差點鑄成大錯，讓我們這群匪類得逞，重發公告將這些椅子更改為「非賣品」。

這個故事告訴我們兩件事，首先，九〇年代絕對是廣告業或者奧美最輝煌的黃金盛世，能一口氣買下三十張Handkerchief Chair毫不手軟，更可見當年總經理TB的大氣和品味。再來就是，原本將要到手的東西飛了，那種殘念和不甘心真的會讓人迷失，陷入一種難以自拔的我執，「我一定要弄到一張手帕椅」的執念，就這樣跟著我，也跟著那

三十張椅子，一起搬到了信義區的新辦公室。

有二十多張Handkerchief Chair竟然被翻新繃上黑色的布面，成為松仁路90號費里尼大會議室的座椅，坦白說，我覺得失色不少；幾張保留橘色原布的，反倒被當成品相不佳的老舊傢俱，丟在焦點訪談會議室單向鏡另一頭的監看區，讓人在見不得光的暗摸摸空間裡湊合著坐。從那時開始，每隔一段時間，我都會試探人事行政部門的主管瀞月：「能不能賣一張給我？」一而再、再而三，隨著公司從90號又搬到89號，Handkerchief Chair進駐理想主義大會議室，始終不厭其煩地堅持著。終於有天開會時，我一屁股坐下，發現椅子竟然會晃、很不穩，彎低身子檢查椅面下方，支撐固定鐵架的卡榫套件壞掉了，感覺好像中樂透一樣，我坐到一張壞掉的Handkerchief Chair。會議結束後，我去找瀞月稟報大會議室有張扶手椅壞掉了，零件可能都叫不到了，看要不要賣給我，我試著去找人修修看，她想了想竟然說好，就便宜賣一千兩百元，台幣，為免夜長夢多，我當場掏錢埋單。然後，好像樂透加碼，她交代主任男哥把那張椅子拿給我，但沒說明前因後果，男哥一看下面的卡榫壞掉了，就把它送修，佛心地自作主張換了一張焦點訪談監看室裡的給我，我只掙扎了一下下而已，選擇昧著良心不解釋，欣然接受他的好意。

朝思暮想、苦苦守候了差不多十個寒暑，我用台幣價格買到當年美金訂價的經典扶手椅，下面卡榫還是完好的，不用拿去修，而且是原始的橘色布面。「念念不忘，必有迴響」此言真的不假，這張Handkerchief Chair如今擺放在家中餐廳兼工作區的空間，和其他七張不同的椅子圍著W2檜木拼板大桌子擔綱主位。直徑十二公釐的啞灰色烤漆細版鋼條底座，低調而不搶戲地支撐著由玻璃纖維增強聚酯一體成型壓縮後再雙層貼合的曲面椅身，產生一種彷彿手帕在空氣中飄浮，既輕盈又優雅的流動感。外層綳上溫暖的橘色織布作為裝飾，從背部、臀部轉折延伸到腿部的椅面，以寬大的比例和符合人體工學的弧度，提供絕佳的舒適感和支撐性。「大會議室特別好看又好坐的橘色扶手椅」完全體現了Vignelli兼顧美感與實用的設計哲學，連我的愛貓KINI沒事都喜歡窩在上面。

某夜，我在奧美同梯的弟兄Derrick來家裡小酌，正好就舒服地坐在Handkerchief Chair上，喝著喝著他忽然發現：「這不是公司的椅子嗎？」我跟他坦承了以上的故事，還詳細地介紹手帕椅的身世，他聽完之後的結論非常傳神：「你這根本是監守自盜，太監偷走了宮中的國寶呀！」

那些年我們一起坐的椅子

大學讀四年，然後回學校教書教了十幾年，輔大文友樓應該是我這輩子待過最久的教室。

會唸廣告大概是因為從小就很愛看廣告，還會跟著唱綠油精、撒隆巴斯、大同大同國貨好之類的廣告歌，以及唸第一類組卻不喜歡背東西，更害怕算數學，廣告稱得上是萬中選一的好科系。我入學時唸的是大傳系二十五屆廣告組，畢業那年證書上變成廣告系的第一屆。會回系上當老師，則要感謝大三升大四的暑假在汎太實習時，大學長廣告教父孫大偉跟我說，有機會、有能力一定要回饋母系（雖然他也說，會去學校教書的，都是走投無路的人），我三十歲那年在廣告系開了廣告創意導論和整合行銷實務講座兩門課一直到現在，從

兼任講師變成助理教授。

二〇二〇年文友樓一樓的教室進行整修，原本固定在地上，最具代表性的教堂式木造連排摺疊桌椅全部被拆下，換上塑膠椅身帶桌面、鐵製腳架附滾輪的單張活動桌椅。一張張厚實原木製造的椅面，下方的旋轉套軸鐵件還在，被堆在走廊乏人問津，準備丟棄。連續兩週上課經過看到它們，想起以前屁股坐在上面發生的往事，心頭都有一種說不上來的捨不得，「要不要撿回家？」的拾荒精神蠢蠢欲動著。

終究還是抵擋不住傳簡訊問助教：「拆了要丟掉的椅面，可以留六張給我嗎？」據說他們認真為我挑了狀況最好的，但因為歷史實在久遠，每一面都無可避免地佈滿使用痕跡。「請問老師要拿來幹嘛呢？」我決定讓它們繼續扮演自己幾十年來擅長的角色，椅子。

我拿去找DIY達人威爾貝克咖啡的老闆凱文共創，他幫忙聯絡經常配合的鐵工廠，訂製六十五公分高的黑鐵椅腳，鑽洞鎖上做成中等高度的吧台椅。三公分厚的整塊大面板材、原本的未拆鐵件加上實心的粗管鐵架，這椅子的份量絕對可說是重中之重，超有存在感。因為家裡椅子真的太多，我自己只留一張，其餘的在同學群組登高一呼：「回

收文友樓拆下的老椅面改造成『那些年我們一起坐的椅子』五張，先舉手的先贏！」不到十分鐘就被念舊又識貨的老同學舉手搶光了，工本費一千元，他們說「回憶無價」。

那些年我們一起坐的椅子，不只我坐過，有舉手的丁丁、二哥、靜慧、明瑋、YOKO同學坐過，孫大偉、李艷秋、尹乃菁、蘭萱這些赫赫有名的學長學姐坐過，老學長兼好客戶全聯的鴻徵協理坐過，IKEA的總監Roxy也坐過，還有跟他同班的前輩希武大哥和GQ總編輯Blues杜祖業通通都坐過……寬闊穩重的椅子不僅坐起來舒適，椅面上的刻痕、凹洞更像迷人的歲月印記，乘載著美好的往日時光，那些年輕的臉孔、青春的戀愛、單純的初衷和對未來的嚮往。

實際使用後還有令人驚喜的發現，原本椅沿的圓弧導角那邊適合坐，而後側靠背處未打磨的直角，因為高度剛好，可以拿來當小桌子用，如此一來，又為椅子的第二人生，開啟了全新的第二專長。

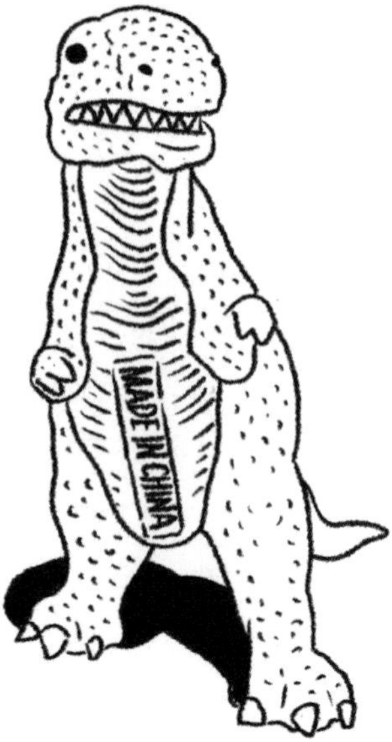

紅色巨獸奧格威龍的啟示

每逢農曆年，奧美都會送給員工一份禮物，其中我最珍愛的，是二〇〇五年TB為大中華區所有辦公室挑選的一隻紅色恐龍。

收到很像塑膠玩具的恐龍時，大夥兒一頭霧水，後來才發現這隻十七公分高的恐龍大有來頭。挑禮物是一門藝術，TB乾脆就直接挑了一件藝術品，這是雕塑藝術家隋建國在一九九九年創作的「中國製造Made in China」巨型紅色恐龍，奧美專屬的等比例縮小限量訂製品。由玻璃鋼顆粒材質壓縮後，塑造成肌理線條栩栩如生的暴龍造型，作品原本的紅色除了很有年味，正巧也是奧美的代表色。真正的重點是恐龍的象徵，這份禮物其實是個警惕，告誡我們這隻越長越大的老字號紅色巨獸，在

二十一世紀的科技時代，必須創新求變、與時俱進，不然就會像食古不化的笨重恐龍一樣，逃不過滅亡的命運，最後消失在地球表面，成為史前生物。

這麼一說，這隻恐龍的價值是不是頓時提升進入另一個檔次？我替牠取了個名字叫「奧格威龍」，慎重其事地珍藏起來。而那個小心別步上恐龍絕種後塵的比喻，也像暮鼓晨鐘被我謹記在心。

不得不佩服TB的遠見，不只是奧美，這十多年來，整個廣告產業都在日新月異的數位網路媒體環境中，進行生死存亡的困獸之鬥。說到巨型恐龍滅絕的原因，我之前的亞太區創意老闆Eugene曾經分享過一個Greg McKeown發表的，關於企業成長的明顯悖論，大意是一開始我們專注在清楚的目標所以能成功，成功之後我們變大並得到更多的選擇和機會，變大和這些選擇、機會讓我們分心，分心的我們漸漸忘掉一開始之所以成功的清楚目標……是不是挺有道理的？

但我很懷疑，這樣的提醒到底有幾個人真的放在心上。就好像年代久遠的奧格威龍的意義，隨著奧美人的來來去去，似乎也慢慢被遺忘殆盡，很多人看到我房間的紅色恐龍還會問：「那是什麼鬼？」我已經懶得解釋了。幾年前因為好奇心的驅使，上網搜

尋發現這隻奧美限定的縮小版Made in China流落民間後，在對岸的拍賣平台竟然飆出人民幣一萬元的行情。我沒有跟別人說，憑著印象繞行公司一圈，找到兩隻無主的奧格威龍，不知道是哪兩個不識貨的傢伙離職時懶得帶走，就由我來收養吧。

紅色巨獸奧格威龍的價值，還有牠所帶來的啟示背後的價值，很可惜，都沒有什麼人當一回事。不過不要緊，我知道，我在意，我記得，我有三隻奧格威龍。

面具少年的金鉛筆奇幻旅程

二〇一六年春天的某個週五早上，我和平常一樣開車前往輔大廣告創意導論的課堂，才剛上市民大道，秘書Bell姐姐來電，電話那頭的她語氣急促又興奮：「大中，早上接到One Show來信，如果我沒看錯，面具拿了Gold Pencil！」聽完，我放聲大喊：「喔耶~你們等我，我馬上回去！」立馬下交流道迴轉朝公司方向奔去，同時打電話跟系上說抱歉有急事必須請假。

到達公司衝進創意部，Vivien組的三原、雪莉、Nora、Ellen和Bow都在等我，還有湘雲，大夥兒圍在一起尖叫、歡呼，給彼此大大的擁抱，會開心到如此失控，是因為One Show真的很難得，這是我們生涯的第一支金鉛筆，

更是台灣史上的第一支金鉛筆。頒獎典禮將於五月份在紐約舉行，One Show照例先通知金獎得主並邀請出席，還拜託我們對結果低調保密。

Bell口中的「面具」，是我們幫當時的客戶遠傳電信做的兒童環保教育公益案，關注的議題是台灣最嚴重的PM 2.5空氣污染。我們找出全台空氣品質最差前十名行政區裡的小學，動員創意部所有的Art下鄉和美術老師合作，帶領小朋友以家裡的廢棄物為媒材，發揮想像力，手工製作自己專屬的防毒面具。當然諷刺的是，這些Gas Mask一如唐吉軻德的紙風車，對於抵抗PM 2.5根本一點作用也沒有，但孩子們天真的創意，卻成為最嚴肅的抗議，憑什麼要逼下一代呼吸大人污染的空氣？行動主張「#我的未來我來救」成為小學生鏗鏘有力的呼喊，超過兩千個防毒面具連同創作理念，在Instagram線上還有北美館、遠傳門市實體展示；他們戴上面具，走上街頭；最後在台大集結遊行並舉辦兒童環保高峰會，不只抗議，更將他們的具體建議遞交給政府官員。

《#我的未來我來救》受到國內外媒體的熱切關注，社群、名人也紛紛主動響應，相關新聞甚至還登上紐約時代廣場的LED巨型看板。對我來說它不只是奧美的創意，更是這些小朋友們的集體創意，讓台灣，還有我們遭遇的問題，被全世界看見。而這也成

為一個月後，我在One Show頒獎典禮上的得獎感言。

因為領獎的關係，十多年後再次造訪紐約，舒適宜人的五月天，還是像昆汀的電影裡那樣，背景環境中隱約可以聽見二十四小時不間斷的警笛聲。頒獎典禮在Gotham Hall舉行，這棟新古典主義建築恰巧在以前來時住的34街中城區附近，入場前還先在那一帶散步懷舊了一番。

不同於坎城創意節的Smart Casual海灘風，來自世界各地的廣告人彷彿約好了穿得正式又得體，在服務前台報到時，得獎者會依照成績先領到金銀銅不同顏色的迷你版鉛筆別針，一人限量一個，別在胸前作為識別區分，有濃濃的階級較勁意味。先是在老派典雅的前堂舉行迎賓派對，然後進入富麗堂皇的大廳開始典禮晚宴。現場大咖雲集，坐在我旁邊的Gonzalez來自西班牙，得獎無數的浮空投影抗議遊行正是他的大作，他跟我說他很喜歡我們的作品，還有他的爺爺來自中國浙江，我說我的爸爸也是，於是我們就相認變成了同鄉。同桌還有我亞太區的老闆Eugene，名列全球前十大廣告撰文的他，幫我介紹了主辦方One Club的執行長Kevin和長相酷似愛因斯坦的發展長Tony。

頒發公關類金鉛筆獎時，主持人宣佈這是來自Ogilvy Taiwan的作品，現場播放了

#MyFutureIsMineToSave的 case video，我帶著泰山國小郟小皖小朋友做的面具上台領獎、致詞，代表台灣拿下第一支One Show金鉛筆，在台北辦公室的夥伴們也透過直播全程參與，同享榮耀。除了Gold Pencil，那晚的另一個獲得是，有位戴著粗框眼鏡、滿臉落腮鬍的山姆大叔拿獎時說的“We are not making advertisements. We are making cultures.”雖然是句老話，卻在對的時間和地點再次提醒我，身為一個廣告人，應該如何看待自己的工作、價值與責任。

典禮結束要離場時，因為喝了一點酒，臉皮也變厚了一點，我跟和藹可親的老Tony說，很喜歡那個金鉛筆迷你別針，想帶回去分送給沒辦法來現場的組員，他湊過來輕聲問“How many do you want?”“Six.”我獅子大開口，他露出微笑對我眨了眨眼，轉身往服務前台走去，跟工作人員一陣交頭接耳後走回來，把我要的東西低調地放進我牛仔西外的口袋說“Because you know Eugene. And you are Giant.”真是大豐收的一晚。

我拿著沉甸甸的金鉛筆，沿著Broadway走了一段，然後帶著它一起去搭地鐵，回到酒店後把它放在桌上，就著檯燈的光仔細欣賞，長度將近十五公分、徑寬約莫五公分的六角形短鉛筆，很特別的是兩端都削尖了，所以十分平衡對稱。金黃色的光澤隱約閃爍

著，有點超現實的夢幻，我喝著樓下小店買的Samul Adams瓶裝啤酒充當香檳慶祝，已經是晚上十二點多了，雖然捨不得睡，但為了調時差已經快四十八小時沒闔眼真的撐不住了，最後是緊握著它甜蜜入夢的。

接下來的三天，我完成了中央公園、布魯塞爾大橋公園和哈德遜河沿岸的跑步；參加One Show Creative Summit的演講課程，第一次近距離目睹David Droga暢談創意的翩翩風采；還跟遠嫁紐約、多年不見的老同學凌珊妹妹吃了難得的午餐。知道我愛棒球，她跟我說王建民跟著皇家隊來到紐約，前晚第一場沒出賽，當天的第二戰很有可能上場，於是下午的最後一堂演講我就翹課了，搭地鐵直殺洋基球場碰碰運氣，車廂裡擠滿洋基的球迷，到了售票處才發現剩下內野一壘側三樓看台區的位子，好處是只要三十塊美金，當然不用考慮就是買票進場。

我的座位要搭兩段電梯才能上去，從那裡往下看，投手丘上的投手跟螞蟻差不多大，簡直就是上帝的視角。而且因為是臨時起意的行程，忘了帶外套，五月的紐約入夜後溫度驟降，陣陣冷風吹來，真叫人在高處不勝寒。我買了球場披薩和Goose Island的印度淡艾爾生啤酒，縮在椅子上邊吃邊喝邊看球邊發抖，說是球迷，也有點像遊民。

當時的王建民並非皇家先發輪值投手，大概都是球賽後段中繼上場，我一路等待，由於時差加上失溫，四、五局過後已經昏昏欲睡。七局下半一出局一、二壘有人，球場廣播大喊“Chien-Ming Wang”，全場觀眾報以熱情的歡呼和掌聲，我立刻驚醒起身，按照原訂計劃衝去坐電梯，下到本壘後方票價上千美元的貴賓席附近，站在那裡近距離觀看王投出的每一球。我的大聯盟現場初體驗，就是王建民睽違兩千五百零四天後再度站上洋基球場投手丘，第一次親眼看他投球，卻也很清楚地明白，或許是最後一次了。一共二十二球，〇·二局無失分，還三振了前隊友強棒Teixeira。我記不得是從哪一球開始哭的，而王建民卻一如往常地冷靜，幾年後看紀錄片《後勁：王建民》才曉得，這個冷靜其實是刻意壓抑內心激動的偽裝，歷經這麼漫長的受傷、手術和復健，一路咬著牙努力不放棄，為的就是重新站上洋基投手丘的這一刻，要向當年看衰他的邪惡帝國老東家證明，自己一定可以回來，也難怪控球一流的他會丟出兩次保送，但投球內容如何似乎也已經不重要了。王建民退場，我這幸運的見證者也立刻離場，畢竟我是來看他，不是來看球的。

離開的前一天，我去參觀了奧美位於第11大道的全球總部，據說這裡的前身是個糖

果工廠，擁有可以俯瞰哈德遜河的絕佳景觀。朝聖完畢，還有一個儀式性的行程，當時的董事總經理唐心慧姐姐貼心交代我，找間頂級的牛排餐廳好好犒賞自己，最後我選擇來到華爾街一帶，像十多年前那樣買了街邊餐車的費城牛肉三明治，坐在聯邦國家紀念堂被陽光曬得明亮溫暖的階梯上，望著象徵資本主義世界中心地標的紐約證交所發呆。當年的小伙子再度回到紐約，相同的視角，眼前的景物依舊，我最愛的三明治已經從美金三塊變成七塊，而我也從那個很想做創意卻不確定有沒有廣告公司願意用我的菜鳥新鮮人，變成剛剛拿到熱騰騰金鉛筆的奧美執行創意總監。

這個One Show金鉛筆獎座，在團隊大合照之後成為我辦公室櫃子上的展示品，我還上網加訂了另一支供在家裡。每次看著它，都會想起這群台灣囡仔共同創作的面具，把我帶去紐約經歷的這段奇幻旅程。

後來Kevin和Tony出差來到台灣，跟本地創意人聚餐的時候，Kevin說了兩個關於金鉛筆的故事。第一個是它原來是廣告狂人George Lois在一九七〇年設計的，為什麼鉛筆的兩端都要削尖？因為大師Lois相信好的創意必須是Art和Copy同心協力的合作成果。另一個是他最近在紐約近郊的博物館，看了關於Andy Warhol的展覽，其中有張設計海報

下方的說明中提到，這個作品曾經獲得One Show「Finalist入圍佳作」的殊榮……他的重點是，連Andy Warhol都只拿過Finalist，「Giant，可見你拿過的金鉛筆有多難得！」他補上最後一句。

從男孩晉身男人的MOTY獎座

我的名字藏著一個秘密，從左邊讀過來是龔大中，從右邊唸過去一個不小心沒看清楚就變成中大「獎」，這是我在成功嶺受訓時一位原住民班長的意外發現，從那時開始我就很心理作用地認為，這輩子我跟「獎」似乎會有不解之緣。

請別誤會，我指的不是樂透、統一發票、尾牙摸彩之類的獎，我的偏財運奇差無比，幾乎可以算得上是絕緣體，這方面我有自知之明。但我倒是經常得獎，小學畢業獲頒市長獎，高中籃球校隊贏得冠軍獎盃，大學領到張思恆和王惕吾獎學金，工作之後拿過包括CLIO、Cannes Lions、One Show、London、D&AD在內的一些廣告獎……其實只要是獎，

除了努力，或多或少都帶著幸運的成分，所以得獎，某種程度上也都可以說成中獎，有時候反而還更貼切。

大部分的獎都有明確的時間預期和競爭範疇，或者是自己透過報名主動參與的，所以得獎這件事幾乎沒有真正的意外。而我卻得過一個純屬意外的大獎，二〇一六年九月的某個下午有通電話打來，對方是我每個月理髮時都會看的GQ雜誌編輯部的蕭雅馨總監，簡單自我介紹後她表明來意：「是這樣的，你被我們選為GQ本年度的MOTY。」「不好意思，請問MOTY是什麼？」我一頭霧水，她說：「就是Men Of The Year，年度風格男人」「蛤！？」我以為是詐騙集團，她接著問：「好嗎？」請問有拒絕的理由嗎？我「喔……當然，好呀！」就笑納了。

整個過程在我印象中就是不折不扣的「中大獎」，完全出乎預料，甚至到今天都還沒有搞得很清楚，究竟是為什麼？到底發生了什麼事？當年十二月GQ的MOTY專刊中有段文字寫道：「這一年來發生的事情告訴我們世上沒有『不可能』三個字，隨著潮流擺動永遠得不到球的自主權，這世界的遊戲規則改變了，但風格男人做的風格是在劇變狂濤依然屹立，他們不畫地自限、屢敗屢戰，從未放棄最初始的理想，他們在運動、娛

樂、廣告、創投和生活美學領域裡發光發熱，在今年交出了漂亮的成績單，值得為他們戴上MOTY的王冠。」那麼或許是我一直任性而為地做著自己喜歡的創作，然後在那一年剛好有《全聯經濟美學》、《中元節RIP》和《#我的未來我來救》幾個作品同時發生，替台灣拿到首支One Show金鉛筆，還出版了第二本書《當創意遇見創意》，這些事情很有緣份地恰巧被GQ看見並且覺得「這傢伙好像不錯耶……」所以被選上的嗎？但無論如何，我說服我自己，相信GQ的專業和公信力就不會錯了。

接獲中獎通知後，展開了一段如夢似幻的旅程。我先是被安排到原本這輩子應該都不會進去的Ermenegildo Zegna 101旗艦店VIP室試穿、修改並商借正裝；接著約在攝影棚，由化妝師和造型師進行梳化後，穿著它，還有另一套原本這輩子應該也是不可能會穿的Dior Homme小碎花西服，拍照並接受專訪；雖然因為工作的關係常拍人，卻鮮少被人拍，所以在鏡頭前害羞又尷尬地像個傻瓜，還被攝影師江民仕虧：「以前跟你工作你不是都很兇嗎？」然後是在華山的頒獎典禮，有獨自站在背板前讓媒體聯訪堵麥的開場，還有被唱名上台在令人眼睛的聚光燈下領獎、合影的重頭戲，以及可以親眼看到一卡車時尚名人的after party。

跟我同年獲選的MOTY，竟然有演藝圈的陳柏霖、柯震東，體育界的陳金鋒，花藝師凌宗湧以及創投家林之晨，每一位都是真正的大人物，都是我想致敬的對象，而我卻有幸可以和他們站在一起拿獎，一起登上GQ封面，負責揭獎的總編輯Blues杜祖業還笑稱我們六人算是「同梯」。在頒獎台上有個意外插曲，鋒哥一個不小心把獎座從手中滑出，我與Blues站在他的兩旁用餘光瞥見驚險畫面，嚇得眼睛睜大、嘴巴微張，身為金手套的他早已矯健地彎腰伸手，在落地前牢牢接住，這個精彩瞬間剛好被現場的攝影記者捕捉到，而我也就沾鋒哥的光，登上隔天各大報選用的新聞照片。

每一年的MOTY獎座，GQ都會委託不同的設計師手工打造，所以每一座都可以算是空前絕後、僅此一件的限量藝術品，不僅值得珍藏，而且保證是真的有錢也買不到。二〇二〇年MOTY被改成GOTY，GQ Of The Year，不再以人物為限，還特地跟過去的得獎人商借獎座，一字排開進行歷年的獎座回顧展，真是美不勝收。我的獎座，是MOTY的第五屆，也是GQ在台灣發行的二十週年，是由和碩設計創作的，在原木溫潤的基台上，以冷鍊的金屬複合材質延伸出一體成型的GQ騰空意象，黃銅與精鋼、切片跟塊狀交錯並陳，結構既堅固紮實又繁複精緻，不只粗獷的男人味，還有細膩的文青感，也獲

選成為我最愛的獎座之一。

獲選GQ的MOTY對我來說最大的意義，在於Man Of The Year的"Man"字。在此之前，因為任性、依賴和不太成熟的個性，我一直被身邊的人視為「長不大的男孩」。自稱北七的Kurt說，如果他是幼稚園大班，那我就是小他一屆的中班；高中同學們覺得我的心智和行為都停留在高中時期，而且還是比一般人幼稚的高中生；當時奧美的董事總經理唐心慧一直把我當自己弟弟照顧，因為太擔心我，竟然認真地要為我安排一系列「從男孩變成男人」的登大人計畫。儘管我並不認同，甚至在某些面向還覺得自己其實很Man，但眾口鑠金的結果卻讓我百口莫辯，開始自我懷疑。所以，得到GQ的年度風格男人，簡直就像沉冤得雪，遲來的正義，請注意喔，什麼「年度」、「風格」其實都不重要，重點是我被認證為「男人」，而且是權威的GQ說了算。

夢幻旅程最終站的頒獎典禮結束當晚，我在臉書寫下自己的感受：

沒想到做廣告，低著頭做自己喜歡的事情，然後有一天也會突然有人跑來說，嘿，你被選為Men Of The Year了，這種感覺真不錯。

三十歲的我一點也不獨立，現在滿四十了仍然受不了許多有的沒的誘惑，我猜五十之後我還是會汲汲營營想搞懂老天到底是要怎樣捉弄我的命運，過了六十聽到不順耳的事照樣會義憤填膺地翻臉，七十的時候不一定從心所欲但絕對會繼續踰矩犯規……

男人這個詞，似乎很少很少被用來形容我，對於那些總認為我是男孩或者男生的朋友們（我一方面並不排斥，一方面也無法提出有力反駁），今天我終於證明了自己。雖然不知道GQ到底用的是什麼標準、什麼邏輯，但所謂Men Of The Year年度風格男人，最起碼的基本條件，應該就是要是個男人吧。

我把這個獎座展示在我座位正後方的櫃子上，用來提醒自己，也提醒坐在對面跟我談話的人，可以覺得我是男孩沒關係，但千萬別忘記我也是個真男人。

一面被客戶一面被自己佔滿

許多RIMOWA經典旅行箱的愛用者，會在溝槽式設計的鋁合金表面貼上滿滿的貼紙，來自機場、旅店、酒吧、餐館、樂園、景區……像勳章那樣作為走遍世界各地的紀念標誌。我偏偏不這麼做，我的RIMOWA上面完全留白，只為了跟別人不一樣。

同樣是銀色表面，公司幫我更換電腦買了新的十五吋MacBook Pro，也是為了跟別人不一樣，我反而決定在上面貼滿貼紙。要貼什麼好呢？我想起一個奇怪的慣例，廣告人的履歷或介紹，總要有一趴「服務過的客戶」，或者也不懂為什麼人們老是愛問：「你做過什麼客戶？」不如，就在我的工作電腦上貼滿客戶的logo貼紙，這一題，就可以請大家自己

看了。

我拜託各組業務幫我跟客戶要貼紙，最後蒐集到全聯福利中心、NIKE的JUST DO IT和＃不客氣了、國泰金控、IKEA、多喝水沒事沒事多喝水、福斯VW、YAHOO!、BenQ，當然還有我們Ogilvy自家的貼紙。這個長期計劃後來還貼上了Samsung、相信音樂、UNI-FORM無限制服和臺虎精釀，並且持續追加中。

這些貼紙像廣告創意人的勳章，記錄了我打造、經營過的品牌，它們都是我心愛的客戶，貼滿了我的MacBook Pro，也佔據了我工作的全部。大衛奧格威要我們愛用客戶的商品，我做到這樣，也算是某種盡得真傳了吧！被客戶佔滿的MacBook Pro不只有點不一樣，每個創意人歷經的廣告生涯完全不同，所以我敢保證，絕對找不到另一台跟我貼著相同貼紙的MacBook Pro。

另一個佔滿，不是先有表面，而是一張一張相同主題的圖樣。相信許多人都收過別人畫你這樣的禮物，因為從事創意工作的關係，身邊繪畫高手如雲，我比一般人更有機會獲得自己的畫像。以前看過一些以廣告人為題材的影片，裡頭對於創意總監的刻板印象就是會在辦公室掛自己的畫像，以為自己是君主、總統、國父或蔣公級的人物，諷刺

意味濃厚。有人稱這叫做肖像崇拜，簡單說就是挺討人厭的自戀，因為不想對號入座，一張一張的肖像畫，只要一收到就被我裝進盒子裡，半張都不敢拿出來。

有天裝畫的盒子竟然放不下了，起先還苦惱找不到更大的盒子，後來看到辦公室房間門後的那面小牆，心想乾脆就用一張一張我的畫像把它掛滿吧！我的邏輯是這樣的，首先肖像不是掛在顯眼的地方，而是平時門開著會被完全遮住的小牆，應該算是很低調吧；再來就是掛一張自己的畫像，感覺很自戀臭屁，但如果這麼用力掛了滿滿的自己的畫像，基於物極必反的心理，人們應該會想「沒這麼簡單，絕對不可能是因為自戀吧」，於是我就大方地掛好掛滿了。

有生日時同事畫的、別的公司答謝幫忙畫的、參與廠商宣傳活動被畫的、媽媽是我第一任老闆的實習生畫的、開會時另一個創意坐在旁邊偷畫的、朋友的五歲小孩畫的、同一人在兩個不同時期畫的……一共十幅畫像。這當然也算是世上絕無僅有的一面牆，就藏在門的後方，與其說是展示自我，不如說是在不同人眼中我的樣子。後來我還在牆上掛了一面撿來的A4尺寸鏡子，像是在說：「別管別人怎麼看你，重點是你怎麼看你自己。」而且當我把臉放入鏡中時，牆面上就有了十一個我。

某日，一位新加入的稀有動物（奧美對新人的稱呼）第一次來我房裡開會，坐在門旁公園長椅的位置上，剛好一轉頭就能看見那面被我佔滿的牆，他開口問道：「大中掛這麼多自己的畫像，應該是很喜歡自己吧？」原來我的邏輯，完全不通呀！

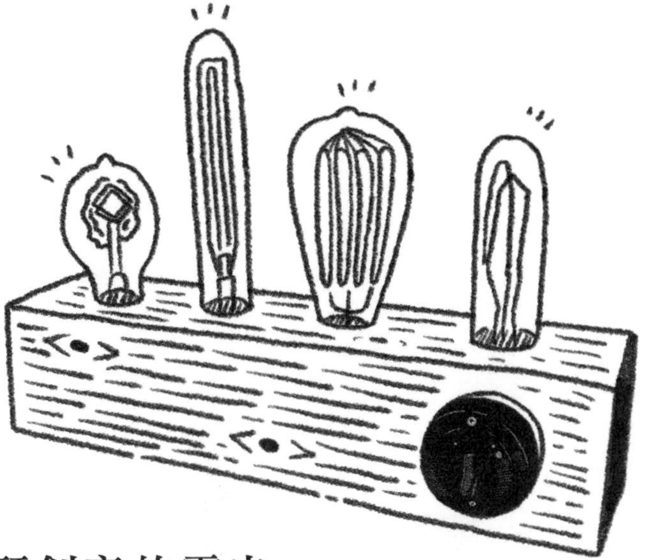

願創意的靈光，以各種形式綻放

每個早上進到辦公室的第一件事，就是ㄎㄧㄚ的一聲打開櫃子上的那盞燈，像開工儀式，展開一整天的創意工作。

那可不是普通的燈。朋友分享在宜蘭那邊有個叫鐵匠職人的高手，善用木頭、鐵件、工業器具手工創作各式各樣的傢俱、裝飾。我去了他的網站，看上一款用方形實木挖洞崁入燈座線材的燈，由我喜歡的木頭、代表創意的燈泡和令人著迷的老開關組成，再簡單不過的樣式，卻讓我有種被理解的心動。

我查到電話打給他說想做一個木頭燈座，「你想怎麼做？」他問，我以為就是照網站上PO的那樣，原來還可以訂製，

我最愛訂製了，真的好懂我。

「那我想做長型的，不要只是一個燈泡，要能放六個燈泡……」我開始許願。

「六個太多了會不好看！」他也有自己的堅持。

「那四個好了，我要用跟你照片裡一樣的電木老開關。」

「可以喔，那你要哪種燈泡？」

「燈泡還有不一樣的可以選喔？」

「對。」

「那你幫我挑四個完全不一樣的好了！」

「喔……好……」連職人都有點吞口水的感覺。

大概兩星期之後，他趁著剛好來台北，就幫我把燈送到公司櫃檯，傳簡訊告訴我，沒見到面就走了。我拆開包裝看到燈，插了電點亮它，又是那種被理解的感動，馬上打電話跟他道謝，他說不客氣，「這個燈我也做得很過癮。」

我在木頭和生鐵做的工業風櫃子上找到一個適合它的位置。長三十六．五深七．五高八．二公分比例優美的長方形原木塊，將右邊立面上電木開關的撥桿向下，上面以等

距座落的四顆鎢絲燈泡發光了，有復古型的、標準型帶尖頭的、長條型的和短柱型的，後方電線上還有一個可以調節亮度的旋鈕。我很喜歡它那種未經雕琢的粗糙感，像在大聲宣告「這真的是用手做出來的喔」。這很重要，因為所謂的創作，裡頭包含了創和作，不只是發想，還要用雙手把腦海裡的想像打造出來，才算完整，也才能得到真正的快樂滿足。這是鐵匠職人的燈，對我來說的第一層意義。

另一層意義是我創造的。為什麼要用四顆不一樣的燈泡？燈泡代表IDEA、點子，我想用它們指引自己和團隊，永遠不要做跟別人一樣或者自己做過的東西；要帶著冒險的精神，去嘗試所有可能性；要保持開闊的胸襟，去包容不同的想法；要讓我們創作的產出，是新的、獨特的、多采多姿的。

每個早上我都會儀式性地打開燈，點亮我們一起玩的創意遊樂園。在這裡，創意不會只有一種樣子，創意被鼓勵百花齊放。成功的開始是勇於與眾不同，願創意的靈光，以各種形式綻放。

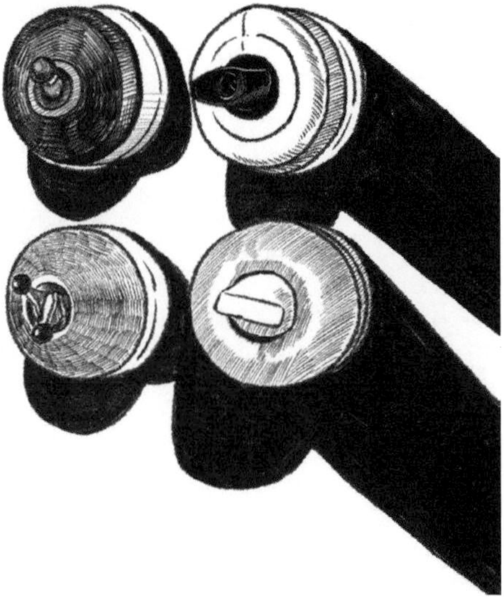

不知道會打開什麼的老開關

「大中你家的開關好復古喔！但這邊有四個不一樣的開關，哪一個是開這個燈的？」

「應該是右邊數過來第二個吧……」

「向左轉還是向右轉？」

「順時針喔！」

「開了，咦～不對，不是這個耶！」

我家牆上有各式各樣年紀比我還老的開關，關於老開關的開關，我是被一起工作多年的同事倫哥打開的。對居家佈置深具品味與堅持的他，帶我進入歐陸老開關的異想世界，材質有黃銅的、鋁錫的、陶瓷的、電木的，構造有圓頭撥桿的、平把旋鈕的、指撥式的、雙開的，我才發現原來最日常不過的小小開關，竟

然能變出這麼多花樣。

倫哥介紹我一個紐西蘭的廠商，專門考究重製各式老開關。喜歡老東西的我卻決定自找麻煩，我不要復刻的，我想找真正的老件，而且就像我家沒有一張椅子是重複的那樣，從門口、玄關、客廳、餐廳到廚房，不含臥室在內的公共區域，加起來十五處電燈光源，趁著家裡重新裝修的機會，要全數更換成不同樣式的古董開關。我在eBay和Y拍上無所不用其極地苦苦搜尋，花了大半年的時間，終於完成了這個不可能的任務。

這些可愛的老開關，大部分是法國或英國在五〇年代前後生產使用的，多少都有些污漬、油漆、刮傷甚至破損的歲月痕跡。我在盡量保留原汁原味的前提下，拿出自己多年來對於修復老件有點專業的心得，為它們一一進行清潔、修補、打磨、填色的醫美手術。整理到一定狀態之後，再和水電師傅一起研究每個開關不同的機構、線路，以及要如何挖洞、鑽孔、補板安裝成好像直接懸浮在牆面的極簡感。

十五個老開關齊聚一堂，分佈在我家各個角落，沒有一個是重複的。但美麗歸美麗，不要說客人了，連我自己都搞不清楚某幾個開關的開法，以及最神秘的，哪個開關是開哪一盞燈？ㄎㄧㄚ的一聲之後，時常有出乎意料的結果。

「這個開關會打開什麼？」有個晚上我開始想像，如果不是某一盞燈呢？也許會是某個時空、某段記憶，甚至某種異想天開。

我帶著期待，用拇指和食指把撥桿往上扳，ㄎㄧㄚ的一聲，燈亮了，柯爾波特的歌聲唱著Let’s Do It, Let’s Fall in Love，這裡是電影《午夜巴黎》描繪的黃金年代。ㄎㄧㄚ的一聲，來到薩爾茲堡黑色石牆的咖啡館，空氣是冰的，兩個人握著一杯熱卡布。ㄎㄧㄚ的一聲在Siena古城的公寓二樓，從窗戶望出去，一年只有兩次的傳統賽馬正要開始。ㄎㄧㄚ的一聲，一家四口圍著吃晚餐，桌上有媽媽拿手的紅燒獅子頭。ㄎㄧㄚ的一聲，落山風將靈感吹進恆春紅氣球書屋二樓的房間，駐春挑燈趕稿中。ㄎㄧㄚ的一聲是清晨四點多舊金山的Studio，繫鞋帶準備出門跑步，祈禱夢寐以求的好運降臨。ㄎㄧㄚ的一聲，倫敦UNION SQUARE附近酒吧的Bartender倒了一杯黑色GUINESS生啤，交代要在它死去前喝完它。ㄎㄧㄚ的一聲重回愛爾蘭小島上的木造房子，看著一對滿頭白髮的恩愛夫妻，想像自己以後有沒有可能跟他們一樣幸福到老。ㄎㄧㄚ的一聲。ㄎㄧㄚ的一聲。又ㄎㄧㄚ的一聲……最後，就不知道迷失在哪個異次元裡頭了。

這輩子只會做一道菜的鑄鐵鍋

LE CREUSET的琺瑯鑄鐵鍋是讓人妻迷戀、媽咪瘋狂的夢幻鍋具，不同的尺寸、顏色、形狀，她們會欲求不滿地一買再買。不過，我也有一個，就那麼一個而已……

那是很多年前遇上一個喜歡吃「牛肝菌野菇燉飯」的女生，可以算是不會做菜的我，竟然下定決心要做給她吃。倒楣的是安妮學姐，又得不厭其煩地幫我實現願望，從零開始教會我做出這道搞工的料理。人在上海的她先寫下食譜寄給我，然後越洋通話一一解答我像是「翻炒洋蔥要加橄欖油嗎？」「香菇要直切還是橫切？」「怎麼知道米到底熟了沒？」「鹽是一邊加還是最後加？」之類的低能問題，我在她的食譜上標註密密麻麻比原稿字還多的筆

記。「好，那你有LE CREUSET的鑄鐵鍋嗎？」安妮問，我連炒洋蔥要加橄欖油都不知道怎麼可能會有，「沒有LE CREUSET跟人家做什麼燉飯？」她要我立馬去買一個。

製片旭伶也是廚藝高手兼LE CREUSET的愛用者，她知道後跟我說公司隔壁的大樓過幾天正好會有那種女性同胞隊伍環繞兩圈半的特賣會，但我得去台中提案，好心的她竟然答應幫我排隊搶貨。會議中收到她的訊息和照片，我要的二十四公分圓鍋全場就剩一個，還很幸運是我愛的鵝黃色，而且只要原價一萬五千元一半不到的好價錢，「就是它了！」當然非買不可。

由匠人手工打造的LE CREUSET鍋壁厚實，鑄鐵的材質不只導熱快速、均勻，保溫的效果也好，燉煮料理時搭配鍋蓋使用，能讓鍋內的熱循環達到最佳狀態，保留住食材天然的原汁原味。外部的琺瑯塗層除了阻絕生鐵，繽紛多彩的五顏六色更造成年輕主婦的選擇障礙，好在太鮮豔的鍋子對我來說反而有點難以接受，所以這口低調優雅的鵝黃色LE CREUSET鑄鐵鍋，根本注定就是我的鍋。

開鍋啟用第一次試做牛肝菌野菇燉飯，白老鼠是爸爸和妹妹，義大利米煮得過熟偏軟爛，帕瑪森起司太搶戲而且和牛肝菌、菇類的味道有點各走各的缺乏融合，但整體

的口感算是差強人意，也得到從來沒有吃過義式燉飯的老爸「口味很道地喔」的體貼稱讚。我鼓勵自己，「第一次」下廚做成這樣已經不錯了，我身上應該有遺傳到媽媽的料理天份吧。第二次練習時我找了同事們來試吃，跟安妮的事後檢討，加上旭伶只動口不動手的現場指導，還有一回生二回熟的不變定律，完成後我偷嚐一口連自己都嚇到，每個吃到的同事都喜歡，「比在餐廳吃的還好吃耶」（我自己也這麼認為）是裡頭最高的評價。

我想，我準備好了，鼓起勇氣約了愛吃牛肝菌野菇燉飯的女生來家裡吃飯。當天下午先去採買食材，牛肝菌、義大利米、牛頭牌高湯、各種菇類（香菇、蘑菇、鴻禧菇、杏鮑菇）、洋蔥、蘆筍、巴西里洋香菜、帕瑪森起司、白酒和海鹽通通到手，從浸泡牛肝菌、將洋蔥和菇菇們切丁切片開始備料。天色漸黑，叮咚～門鈴響起，她來了，接下來整個料理的過程，很想幫忙的她答應我在旁邊當觀眾就好。看著我緊張兮兮又笨手笨腳地將備好的食材依照背好的食譜放進鵝黃色的 LE CREUSET 鑄鐵鍋中翻炒，然後倒入牛肝菌高湯汁充分攪拌後蓋鍋燉煮，再開鍋倒入湯汁和白酒攪拌後繼續蓋鍋……很有耐心地重複幾次這個動作，中間還依照安妮學姐的指示，倒杯白酒跟她 cheers，據說有放

鬆和耍帥的效果，最後瀟灑隨性地憑感覺灑上一圈海鹽和滿滿的帕瑪森起司，蓋鍋關火悶五分鐘，開鍋後攪拌均勻灑上切碎的巴西里就大功告成了。裝盤時，我會在燉飯上面放點巴西里葉和刨絲的帕瑪森起司，並在一旁擺上幾根煮熟的蘆筍，讓它在美味之上再加一點美麗。

開動了，我很期待地看著她吃下第一口，她微笑了，她說「是我喜歡的味道」，一舉超越了之前的最高評價，我希望裡頭除了好吃，還參雜著感動的成份。我也吃了一口，或許是因為當下的氣氛，真的覺得「比在餐廳吃的還好吃耶」。一切好像進行得太順利了，晚餐之後我們喝著小酒言不及義地聊著天，終於她開口對我說……「我們還是當朋友比較好」，如果人生像電影，劇情的發展似乎就應該要像這樣急轉直下而出乎意料才比較有張力吧。

我送她到巷口，望著她騎單車揮手離開的背影漸遠，回到家，一個人慢慢清洗著鵝黃色的 LE CREUSET 鑄鐵鍋，第一次懂得，洗鍋子真是一件很療癒的事情。我竟然還安慰自己，一切都不是徒勞無功吧，雖然沒有她，但是我有了鵝黃色的 LE CREUSET 鑄鐵鍋，還學會了牛肝菌野菇燉飯。面對悲劇的發生，幽默感的存在有其必要。

至於牛肝菌野菇燉飯到底要怎麼做，有興趣的話不妨去看看安妮學姐寫的好書《日嚐時光》，裡面有篇〈絕對不會徒勞無功的牛肝菌義式燉飯〉記載著詳細食譜和她對學長我的看法。後來這道菜就成為我對包括親人、朋友和同事等等我所愛的人在特殊日子裡表達心意的招牌料理，當然，鵝黃色的 LE CREUSET 鑄鐵鍋就成為跟我齊心協力一起施展絕活的最佳拍檔，而且每做一次，我們就一起變得更厲害一點，因為我們真的是用心在做。

「絕對不會徒勞無功的牛肝菌義式燉飯」不只是我，也是鵝黃色的 LE CREUSET 鑄鐵鍋唯一會做的一道菜，這讓我想起李國修老師以自己父親的故事為樣本，創作的舞台劇《京戲啟示錄》中有句經典台詞：「人，一輩子能做好一件事，就功德圓滿了。」而事實上鑄鐵鍋可以說是一個萬用鍋，據說除了燉煮之外，還能蒸、炒、炸、煎、燻、烘烤、燜燒無所不行，只拿來做牛肝菌野菇燉飯確實有點大材小用枉費它了，但基於某種理由我願意這樣去想，如果有個鍋子跟我一樣，一輩子就只做好一道菜，好像也是一件挺浪漫的事。

為了一張好桌子，老木頭們拼了

這個世界上有一張桌子，有了一張還不夠，你會希望你的世界通通都是這張桌子。

忘了是在哪個咖啡店遇上第一張舊木料拼接的桌子，一問之下認識了W2這個品牌，透過二次利用賦予回收木材全新的生命，因為認同他們環保、惜物的理念，原本就質樸耐看的桌子，又變得更美了。

二〇一五那年，公司要籌組一個專門做社群創意內容的團隊，國外有類似的單位命名成Content Kitchen，我們比較謙虛覺得自己沒這麼偉大，乾脆就叫Content Table，並且把字尾和字首的T結合造了一個新字ContenTable。想像一群來自不同原生背景的創意人員，沒有傳統辦公室隔間，而是圍著一張「大桌子」

工作，隨時可以討論、交流、共創有趣的內容。逮到機會，我跑去W2，好像在逛畫展那樣從目不暇給、美不勝收的眾多拼接桌板中，挑了一張長二百九十、寬九十、厚六公分，色澤深沉溫潤的檜木拼板，搭配以鐵片凹折製成的A字型黑色烤漆粗管桌腳，ContenTable就此誕生。

台灣檜木之所以珍貴與得來不易，在於它的生長速度極為緩慢，需要累積超過千年的時間才能成材，而每一棵的色澤、紋理、香味和含油量也都是獨一無二的，這麼稀有的木頭，當然值得被好好珍惜善待。政府在民國七十八年就已頒布了禁伐令，W2的檜木原料多半拆自七八十年前台灣早期日治時代建築物的木結構，重新裁切並拼接，經由特殊處理成為穩定的乾材傢俱。老木材表面經常有當年遺留的釘洞或舊痕，甚至是各色油墨殘漆，而拼板也有高低差的不平整，這些都讓桌子更加樸實而有味道。

太愛舊木料，還害我在恆春時不小心買了很多房子。老街上別緻的小間咖啡，是我最常去寫作的地方，不只冰沖單品一流，窗邊舒服的座位更經常能讓我「到達那個地方」。店裡有Shi Wood拾物木作寄賣的檜木小房子，設計師用舊木的畸零剩材加上天真的想像力和獨到的美感，製作出樸拙又惹人愛的袖珍小屋，就像座落在歐洲森林或湖邊

各具風格的木造美麗房子，每次去，我都會忍不住買個一兩棟。

家裡重新裝修的時候，我把書房、餐廳和廚房打通聯結在一起，需要一張既是書桌、餐桌也是工作桌的長桌，於是我又去了W2，剛好有張長兩百六十、寬九十、厚五．五的檜木桌在等我。我們在這張桌子上吃飯、閱讀、工作，同事過年來聚的火鍋趴傳統也有了更好的著落，一切彷彿都圍繞著它，無論位置還是功能，都成為這個家的重心。

ContenTable的成功，讓我們決定複製這種模式，拆掉隔間，把整個創意部所有的大組、小組，劃分成十張代表不同精神桌子，依循一樣的造字邏輯：NexTable、IdioTable、ForgeTable、ImpacTable、MomenTable、EveresTable、JustdoiTable、RebelianTable、ExperimenTable……通通都是W2製造。除了檜木，這次還參雜了一些比較平價的拇木和柳安木拼板，就像我辦公室房間那張長一百八十、寬八十五、厚三．五的GianTable。

被這麼多由老木頭拼接成的桌子包圍固然幸福，但某次倫哥team整組人來我家吃飯玩耍的時候，有位年輕同事一語驚醒夢中的我「怎麼明明是在大中家玩，卻感覺好像在公司開會啊？」真是讓人覺得有點尷尬又苦惱的好問題啊！

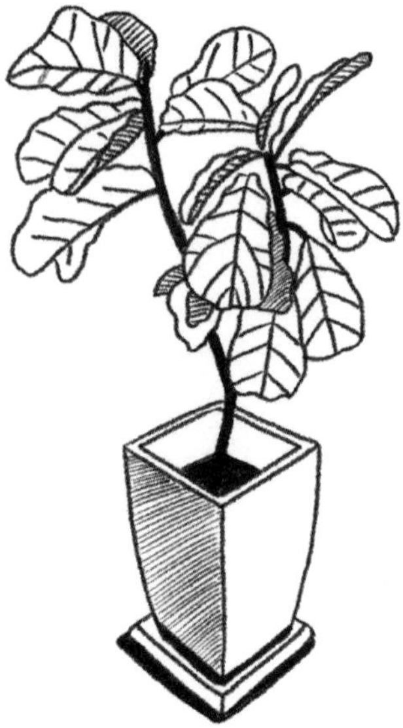

子孫滿堂的琴葉榕

我以前真的覺得，自己跟植物無緣，種什麼死什麼。

馬拉巴栗還沒發財就走了，幾株仙人掌紛紛羽化成仙了，不小心愛上的海葡萄夭折了，爸爸養育三十多年就像我弟弟的榕柏到我手中也掛點了。我還種過三棵雞蛋花，兩棵白花的因為Kurt盧建彰那時是我鄰居幫忙一起照顧，所以取名阿中和阿彰，另外一顆是紅花的，從室內半日照種不好，移到屋頂全日照還是很掙扎，最後只能捐給社區回歸土地才逃過一劫，離開我的魔爪後，它們都長得頭好壯壯、風度翩翩。

為了不再造孽，戕害生命，原本死了心要放棄種植植物這件事，卻因為遇見「彷彿已經

等我好久」的美麗琴葉榕，決定給彼此一個機會再試一次，看看會不會有不同的結局。

全聯福利中心大安延吉店後面有間緊鄰市民大道的霖佳花店，老闆娘非常有耐心、有禮貌地接待我，像這樣一再失敗卻又再三光臨的好客人，應該都值得歡迎吧！她幫我挑了一盆三株的琴葉榕，請老闆幫我從培養盆移植到我選的白色方口瓷盆。他們像送養親生骨肉那樣仔細交代我要怎麼照顧它，我認真聽著，只差沒做筆記而已。

琴葉榕被放在陽台的角落，據說是最適合的半日照環境，我喜歡它細直向上的枝幹，卻生出寬闊圓潤的厚葉子，一片一片的形狀就像提琴般優雅大方，這也是它名字的由來。超好養的它，一週澆一次水就行，不用操什麼心，根本就是為我設計的植物。這一次，我們一起改變了命運，琴葉榕成為第一個在我手中存活下來的綠色生命。

有了一點小小心得之後，我在社區看到一盆鄰居搬家沒有帶走的琴葉榕，決定再接再厲挑戰收養它。拿去霖佳換盆後，擺在餐廳兼書房的玻璃磚落地窗邊，一樣有光透進來，據說是第二適合它們生長的位置。這盆琴葉榕是單株的，葉片也比較小，老闆娘不講不知道，原來琴葉榕又稱提琴樹，有大葉和小葉兩個品種，正好可以說是大提琴和小提琴，所以綠色提琴二重奏就從此在我家上演。

老闆說琴葉榕在家中不適合太高，也擔心向上生長後低矮部位會發不了葉子，建議我維持大概高度定期修剪。我一開始這樣照做了一陣子，把超出的提琴葉子從托葉部位一刀剪下丟進垃圾桶，總是覺得心疼又可惜。然後某天突然有個靈感跑來，說真的，我也不知道身為植物白痴怎會有這樣的想法，我把剪下的葉子一片、兩片或三片，連著葉柄或托葉，插入不同高度大小盛著水的玻璃杯盆中，大片像提琴，小片像羽毛，兩片像翅膀、像扇子，三片像花朵、像喇叭，隨意擺放，就成了家裡舉目可見的綠意妝點，它們和兩棵琴葉榕媽媽聯手帶來親子丼提琴交響曲。這個連我都佩服起自己的發明，獲得造訪客人的一致好評，甚至還被要求外帶，成為來大中家一遊的紀念品。

這樣又做了好一陣子之後，我發現剪下的琴葉插入水中，快則一個月，慢到三個月，葉柄或托葉的地方會長出鬚鬚，越長越多，越長越粗，變成有點像根的東西。我的靈感再度爆發，就把琴葉連著根鬚植入裝滿土的盆裡，因為是從水中移出的，一開始先三天澆一次水，接著才回到一週一次。我滿心期待卻毫無動靜，終於在一個月後的某個早晨，赫然發現就在原本兩片葉子的中間，冒出了一個小不點，鮮嫩、翠綠、迷你又可愛，是充滿生命力的一片新葉，我成功了！望著它，好像看著自己剛出世的小孩，雖

然沒有那樣的經驗，但我猜應該就是這種感覺吧，琴葉榕寶寶一暝大一吋，在我的呵護之下，慢慢茁壯。其實這就是傳說中的「浸水生根繁殖法」，想不到被我歪打正著。

於是，剪葉、插瓶、生根、落土、長出一棵琴葉榕新生兒，這樣的過程不斷重複，甚至還開枝散葉，用小樹的葉子再生下小小樹。看著生命延續、繁盛成為一個大家族，還是具有音樂氣息的提琴世家，造物的神奇實在令人讚嘆。我把這些北鼻分送給親人、朋友、同事，原本的植物剋星、植物殺手、植物白痴，成功轉型為植物智多星、植物魔術師。而我家那兩棵地位好比「亞當與夏娃」的大提琴、小提琴，也成為子孫滿堂的殿堂級琴葉榕，持續創造著宇宙繼起之生命。

在恆春時迷上一種有稜有角的四方大種子，一開始還愚蠢地以為是名產洋蔥固型曬乾的結果，後來才知是半島特有的濱玉蕊，因為形狀像古代的棋盤桌腳，人們管它叫棋盤腳，還有墾丁肉粽的稱號。古城周遭種植許多，乍看頗像雞蛋花的樹，花期卻是五到十月，而且只在夜裡開出像煙火一樣燦爛放射的穗花，清晨之前就凋落，亂淒美的。「把種子放進水中生根，然後植入土裡就能活了。」在地人鼓勵我帶回台北種，我認真考慮了一下，最後決定還是安分守己好好做我的琴葉榕專家吧！

慾望城市裡的CD音響

現在的年輕人聽音樂，大概都是透過串流音樂平台，我知道也有不少是用YouTube，再早一點就是MP3、iPod，另外還有一派說是復古其實很時髦的黑膠迷，像我這種還在聽CD唱片的，應該算是有點奇怪的少數吧。

「為什麼你還用CD聽音樂？」常常有人這樣問我，答案很簡單，一個是以前實在買太多CD了，不聽怕浪費；另一個就是我這一輩的人是聽CD長大的，我想頑固地保持這個習慣，當作一種標註美好時代的記號。

我最愛、也最常使用的CD Player，是掛在家中餐廳兼書房的開放區域裡，兩扇大面玻璃磚窗之間那道細直白牆上的Nakamichi SoundSpace 1。這是一樣愛聽CD的好友小K，發現我是她

在世上少數的知音同好後，某年送我的生日禮物。由主機和兩個喇叭共三個方塊組成，有點後現代的簡約造型，配上一派優雅的太空銀色，可以直立牆掛的設計簡直讓人想起立鼓掌，這麼美的東西就應該被這樣展示呀。我費了一番功夫研究怎麼把它掛在牆上，藏好喇叭和主機間的連接線，並且把電源線轉折後貼沿著牆角到窗邊，以接近隱形的方式往下延伸到地板附近的插座，好讓它有種飄浮在空中的感覺。大功告成後拍照傳給人在上海的小K看，她補充，當時火紅的《SEX AND THE CITY慾望城市》裡頭女主角Carrie在曼哈頓上東城公寓的牆上，掛的就是這台Nakamichi SoundSpace 1喔。這個備註很有力地將我對她送的CD音響的喜愛程度，瞬間推升到另一個境界，雖然我根本沒有在看慾望城市。

我第一次去上海的時候，住在好友Kit家，跟前進中國、許久沒見的朋友們的聚會大多是約在晚上，白天自由時間，他建議我去一個「很棒的地方」，蘇州河畔的電子商城。那裡有很多碟可以買，除了眾所皆知的強國盜版DVD，還有很厲害的正版歐美進口CD唱片，一張只要五到十元人民幣，因為那是原本在國外要被銷毀的瑕疵品，由神通廣大的商家從特殊管道弄到手，說是瑕疵品，其實可能只是塑膠殼有小裂痕，封面印

刷有髒點，或者根本用肉眼看不出有任何問題，喜歡買ＣＤ更喜歡貪小便宜的我，怎麼可能錯過？

初到蘇州河畔，走進碼頭舊倉庫改建成的陽春商場，店家一攤挨著一攤堆放各式各樣的貨品，連基本的隔間都沒有。賣ＣＤ的攤位主要在二樓，我挑了一間進去，簡陋的貨架上幾個紙板手寫著價格，果然是令人竊喜的人民幣六元、八元或十元。瀏覽一陣後隨手拿起幾張ＣＤ查看封面，老闆竟然問我：「要不要試聽？都可以試聽喔，好聽再買！」我說好，他用美工刀劃開塑膠膜將ＣＤ取出，真的就讓我一張一張聽。幾個店家彼此熟識，我最記得的是一位穿格子襯衫配黑西褲操南方口音的大叔，算得上是古典樂和爵士的專家；還有另一位很像搞樂團的捲毛哥兒們，簡單的T-shirt牛仔褲，「你喜歡後搖對唄？」一口道地的北京腔說著其實是他喜歡的Post Rock的種種硬知識。我一邊試聽，他們還會熱心地一邊介紹、推薦，聊著聊著就熟了，我挑了一大堆有興趣的ＣＤ，下午他們幾個老闆圍著一旁的小桌要泡茶刁牌，索性就讓我一個人慢慢試聽，我覺得自己就像是幫他們顧店的工讀生，也很像放音樂給他們聽的客座ＤＪ，或者像大牌經紀人在上海灘面試來自世界各地的歌手、樂團……不知不覺地竟然從大白天待到窗外夜色已

黑，「很棒的地方」也要打烊了。就這樣，我連續來這兒待了四天，總共買了六十多張CD，最後離開時還跟南方大叔和捲毛哥兒們依依不捨地擁抱道別。

也許是因為違反地心引力直立式播放的關係，Nakamichi SoundSpace 1的雷射讀取頭在七年之間就壞了兩次，過去Nakamichi在台灣沒有總代理，維修十分困難，甚至有老闆建議乾脆丟掉買新的就好，但它真的太美、它是小K送我的禮物、它是Carrie在曼哈頓上東城公寓牆上掛的CD音響……所以說什麼也想修好它。第一次是幾乎找遍台北知名的維修店家後，某天在我家附近民生東路五段等公車時走進一旁不起眼的小電器行，想說不問一下白不問，沒想到年邁的老闆竟然不假思索就回答「Nakamichi可以修呀」；第二次壞掉時，這間電器行已經結束營業，我又是費盡千辛萬苦找到隱身在撫遠街巷弄公寓一樓，家中客廳堆滿電器、主機的一位老師傅幫忙搞定它。

舊商場因為碼頭倉庫的改建開發計畫沒多久就拆掉了，南方大叔和捲毛哥兒們也不知道各奔東西去了哪裡，但直到現在，牆上這台不知道哪天又會壞掉而我還是會用盡千方百計把它修好的Nakamichi SoundSpace 1，依然經常用它生平的第三顆讀取頭播放著當年在蘇州河畔電子商城與我相遇的美國的Aimee Mann、Andrew Bird、Angela McCluskey、

Blonde Redhead、Devics、The Shins、Shivaree，英國的Departure Lounge、Ian McCulloch、KT Tunstall、Turin Brakes，愛爾蘭的Perry Blake，法國的David Grumel、Dombrance、Jérémie Kisling、Françoise，瑞典的Jay-Jay Johanson，比利時的Ozark Henry還有日本的Mondialito……為我標註著那個美好時代的記號。

聽，吉他在唱歌

「要聽音樂嗎？」我指著辦公室牆角的吉他，「好呀！你要彈吉他？自彈自唱？」同事問，我走向K.KAWASAKI，把撥鈕切到ON，3.5mm的音源線插入舊iPhone 6，音樂響起，我笑著說：「這是音響。」

我高中的第一把吉他，是一把K.KAWASAKI製造的吉他，陪我一起走過初學吉他的啟蒙時期，話雖如此，我的吉他功力現在差不多也還停留在那個階段就是了。我叫它KK，擁有自然而質樸的原色木紋面板，尺寸略偏小，音箱也薄些，卻能彈出厚實而具穿透力的聲響。

高三升大一的那個暑假，我和死黨富泰以單吉他二重唱的組合，參加了木船民歌西餐廳（不好意思，有點老派）舉辦的比賽，就是用KK彈奏。

緊張到腦袋一片空白的我們，在預賽就慘遭淘汰，但現場有當時五燈獎（抱歉，更老派了）製作單位的人覺得這兩個小伙子頗具潛力，竟然邀請我們參加五燈獎。因為害怕再被打擊一次，兩個小伙子考慮之後婉拒了，不然現在我們搞不好……哈，想太多了，應該也不會怎樣啦。

後來不知道為什麼，就越來越少彈吉他了，慢慢地KK也被收進吉他背袋，靜靜地躺在黑暗的衣櫃角落裡，幾乎沒人記得它的存在。直到有天也是不知道為什麼，心血來潮決定重拾吉他，翻箱倒櫃好不容易把它找出來，六根弦Mi La Re Sol Si Mi卻怎麼調都調不準。拿去給修理吉他的老師傅看，他問：「放在衣櫃快十年沒彈了吼？」「是的」我說，吉他在衣櫃裡很容易受潮，至少每隔一段時間要拿出來彈一彈，「這樣最要命，沒救了」他搖頭嘆氣，琴頸與指板的部分已經彎曲變形，所以音無法調準，不能再彈了。自責懊悔的我只好再去買一把新的吉他，並且發誓好好對它，而KK就又被收進琴袋，兀自回到衣櫃黑暗的角落。

若干年後有機會去台南一趟，在地人Kurt除了推薦我一些私房景點、美食，還強烈建議我去他朋友大錦位在國華街附近的文創店UPCYCLE看看，說是「跟你氣味很合，

保證你會喜歡」。我不疑有他就專程跑去了，小店租下三層樓的老透天，一樓當店面，二樓是工作室，三樓則是夫妻倆的住家。從外頭望去，二三樓的台式傳統鐵窗花，有種古意的美感，走進去跟店主人表明身份來意，他打趣地說：「等你很久了。」果然，我不只喜歡，簡直是愛死了。大錦創作很多金工、鐵件、木作、飾品和傢俱，他喜歡拿生活中不起眼的東西或者有年代的舊物，拼裝改造出新的作品，比方說用台味十足的木柄鐵網麵勺倒立製成桌燈，光從編織鏤空的縫隙裡流洩出來，好看極了。會取UPCYCLE這個名字，應該就是要將身邊事物回收再利用得更美好的意思吧。

讓我最驚喜的是店內的幾把「吉他」，我問大錦是不是也有在彈吉他，他說這個不是吉他喔，仔細一看才發現那是音響。大錦獨創的「吉他音響」是從吉他的圓形響孔處置入單體喇叭，並在一旁鋸出一個圓洞裝上輔助的高音喇叭，然後在桶身下方挖個小洞將電源和音源線接出。不只是好看、有趣而已，吉他原本的木質音箱正巧還能提供絕佳的共鳴條件。大錦用它放了一首西班牙古典吉他的演奏曲，妙極了，木吉他溫暖的音色立體而忠實地呈現，賞心悅耳。

我問大錦吉他音響有在賣嗎？他說不要買，用做的。他喜歡客人、朋友拿舊的樂

器來做，除了吉他，烏克麗麗或者提琴這類有響孔、音箱的弦樂器都很適合，最好是對你有特殊意義、故事的樂器……等等，我想到了！ＫＫ呀！好像遇到救命恩人一樣，我跟他訂製了我專屬的吉他音響。於是回到台北後，ＫＫ又從衣櫃黑暗角落塵封的琴袋中再次被取出，Kurt答應回老家時幫我載去給大錦，苦等一個多月後，Kurt又趁另一次北返時幫我載回完成品。

我的第一把吉他，不知道陪我彈了多少個白天、黑夜，還跟我一起參加過民歌大賽的革命夥伴，就從大錦的手中，回到我的眼前重獲新生。我把它放在辦公室角落的吉他架上，接了電源，像某種儀式那樣，按部就班地把開關撥桿推到ON的位置，等橘色燈號亮起，再將3.5mm音源線插入舊iPhone 6的耳機孔，沒多久，吉他solo的前奏緩緩響起，音色清澈又動人，原本就是為了演奏音樂而生的ＫＫ，從此又延續了它傳唱音樂的使命，這一切實在太美好了。

「然而你永遠不會知道，我有多麼的喜歡，有個早晨，我發現你在我身旁……」陳昇用年輕的聲音唱著〈然而〉，正是那一年我們參加比賽唱的歌。

Turn On The Radio

我有一個很老派的習慣，聽廣播，不是Podcast喔，就是最傳統的廣播。忘了是跟媽媽一起聽，還是學生時代自己開始聽，又或者是92年周治平〈On The Radio〉這首歌對我的影響，總之就是一直聽到現在，我喜歡開車，開車的時候都會聽廣播。不同的人，在不同的地方，卻在同一個時間聽著由ＤＪ放送或某人點播的同一首歌曲，對我來說，就像漫步在雲端的相逢自是有緣。

隨著時代的變遷和數位化的演進，聽廣播的人越來越少，我們很難想像在那個還是黑膠，而且唱機和唱片都屬昂貴的五、六〇年代，資訊封閉、知識也不普及，人們獲取音樂最好的管道，就是廣播了，而收音機自然也成

為家家戶戶的重要存在。

那些老收音機後來去了哪裡？除了壞掉的、丟棄的，它們有些被遺忘在倉庫、老屋裡，有些淪為拍片現場營造舊時代氛圍的道具擺設，有些幸運點的搖身變成古董收藏裝飾品，還堅守崗位在「播音樂」的，少之又少。

光復南路巷子裡開了間專賣美式古董傢俱的店，名字就叫做「Vintage Americana。復古事」，喜歡老物的我當然不能錯過，幾度開車過門不入之後，終於有次專程前往。老闆Daniel是來自密蘇里州的美國人，娶了台灣老婆定居下來，兩人一起經營這間店，定期回美國直接採買進口老件舊貨，也接受客人許願代尋心儀的寶物。老闆出去了，美麗的老闆娘Lucia帶我逛了一圈，如數家珍地介紹店裡許多彷彿坐時光機來的好東西，然後她指著某個工業老鐵櫃上頭的幾台老式收音機，不懂裝懂的我搶著說：「這些老收音機都是拿來當裝飾的吧？」「拿來當裝飾？太可惜了！」她的回答讓我好奇，她接著說：「我先生除了喜歡傢俱、木作，對電工方面也很有興趣，你可以選一台喜歡的，他幫你改裝成藍芽音響。」而且完工價格甚至比許多人當裝飾賣的還便宜，我嘴巴張得大大的，完全沒考慮就搶先訂下其中一台米灰色鐵殼的PHILCO收音機，我們說好等老闆

在的時候再來詳談改裝細節。

幾天後見到帥氣的Daniel，他打開木板背蓋跟我介紹，這是一九五一年美國製造的收音機，裡頭可是裝真空管的，不僅構造十分優美，還擁有非常棒的音質，不聽廣播就被晾在那裡，根本是暴殄天物，它應該要繼續「播音樂」。所以他研究怎麼把藍牙和聲音驅動的套件改裝上去，基本上原有的真空管都還堪用，要是真有壞掉的，他也找得到舊庫存或者新生產的同規格真空管來更換。

改裝工期不到一週，PHILCO真空管收音機就重生為藍芽音響來到我手中。充滿古味的米灰色烤漆，正面喇叭外側是一體成型的硬朗橫條柵欄，下方兩顆電木包銅的圓形旋鈕好像一對眼睛，左眼是電源和音量控制，右眼是頻率調整。Turn On The Radio後，當時只有AM的調幅刻度儀表亮起微黃的底光，反射在銅製的邊框和指針上，造型很像帝國大廈的半圓形電梯樓層指針，真的美極了。同事倫哥跟著我順道買了另一台白色的也是PHILCO，因為原始背蓋遺失，Daniel幫他訂做透明的壓克力板替代，這樣一來就可以一覽無遺裡頭的真空管結構，反而還更加分。真空管的喇叭聲音在電木空間裡產生的共鳴，真誠而質樸地穿透了時代，彷彿從天而降般，帶著一種難以形容的奇特「空中

感」，最直白貼切的說法就是非常「老式收音機」，適合用來聽古典、爵士或者流行民謠，那些當年廣播在放的音樂，搭配一杯波本威士忌，真的會有回到舊時光的錯覺。

我在辦公室的工業風層架上為PHILCO收音機音響找了個好位子，它就直接不客氣地自動成為整個畫面中最搶戲的部分。幾乎每個第一次看到的同事都會說：「這個古董收音機擺飾放這樣很好看耶！」這時候我就可以「Turn On The Radio，連上手機，享受「不是擺好看的而已，它還能放好聽的音樂喔！」那種有點炫耀的虛榮感。

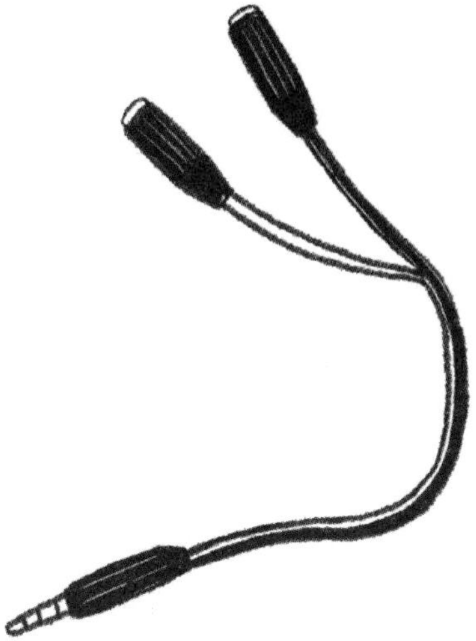

音源分享線裡頭的二人世界

很喜歡周杰倫〈等你下課〉裡頭那一句：「你耳機聽什麼？能不能告訴我？」兩個連續問號，代表剛萌芽的愛情，那種強烈的好奇和試探。這件事真的很浪漫，我想聽你聽的音樂，我想跟你一起聽你聽的音樂，我想就只有我跟你一起聽你聽的音樂。

真的做得到嗎？《曼哈頓戀習曲 Begin Again》提醒我世上有這麼一樣好東西。電影中最經典的那段，男女主角漫步在夜晚的紐約街頭，Dan從口袋拿出一條可以一頭插入音源，另一邊開岔延伸出兩個耳機孔的「音源分享線」，他與同是音樂人的Gretta互相分享音樂清單，就像邀請對方進入自己的內心一窺究竟。兩人穿梭在大街小巷，隨著節奏邊走邊搖

擺身子，有時衝進舞池跳個淋漓痛快，或者就是靜靜地坐在廣場。〈Luck Be A Lady〉、〈For Once In My Life〉、〈As Time Goes By〉……時而慵懶，時而輕快，只有他倆耳中聽得見的音樂，讓所處的城市，變成了真正的二人世界。那一夜好像什麼都發生了，卻什麼也沒有發生，愛情最美的時候停留在還沒開始。

一如Dan對Gretta說的：「這就是我為什麼喜歡音樂，即使一個最平凡的景象，剎那間也都意義豐富了起來。」導演用巧妙的手法像做實驗一樣證明了一件事，音樂的魔力，在那一段中，任何眼前的景物、畫面，只要配上耳中音樂的轉換，不管是從安靜到有聲、從這一首到另一曲，都會變得完全不同而美麗。我們很幸運，有人發明了音樂，讓世界變得如此美好；還有一個幸運的是，有人發明了音源分享線，讓我們可以隨著音樂進入只屬於彼此耳朵的二人世界。

電影讓我想起好像曾在光華商場看過這種線，跑去一間「奇鼎電腦」果然找到有兩款在賣，不想用跟Dan那條很像的八十元全黑經濟型，就挑了擁有24K鍍金接頭、鋁合金外殼、一邊紅一邊黑雙色扁線的另一條，質感、造型都有點樣子，一百二十五元已經算是店裡的豪華版。

這條線，跟我們一起出發去了北海道，把三萬英呎的高空、函館山的美麗夜景、小樽的運河道、沿著海岸行駛的火車、藍色湖面隨波蕩漾的小船、富良野的森林秘徑和圓山公園參天的古木……通通變成了只屬於我倆的二人世界，那是愛情正要開始的時候。當時的我還在用臉書，所以PO了後來覺得尷尬害羞的放閃文，吸引了兩位識貨的導演朋友認真私訊我：「請問那條分享線是在哪買的？」

音源分享線，又稱耳機分享器，或者一分二音源線，還有最詭異的一公二母轉接線。也許你會問，兩個人坐在一起用音響聽不行嗎？當然不行，因為音樂在空氣中流淌，旁邊的人會聽見，鄰居會聽見，貓或狗或鳥甚至蝴蝶蜜蜂會聽見，那就不是專屬我們的二人世界。用耳機一人聽一邊呢？也不行，沒有掛耳機那一邊的耳朵，會聽到人聲、車聲、咖啡磨豆聲、蟲鳴鳥叫聲，所有現場環境聲全是魯莽的打擾。那新世代的無線藍牙耳機呢？還是不行，我上網查了藍牙裝置只能一對一，無法一分為二。音源分享線營造的，是一個就只有你和我，任何其他人都不准進入、參與、共享的二人世界。

忘了從什麼時候開始，我們不再用音源分享線一起聽音樂，忘了那種只有我們的美好，似乎也忘了尼采跟我們說過的：「沒有音樂，生活將是一種錯誤。」

牠們頭上會生長出美麗而莊嚴的東西

夜晚獨自在北海道富良野的森林裡行走，月光為寧靜的黑暗打下銀藍色的神秘基調，樹木之間有輕飄飄的薄霧，有點害怕又有點興奮地走著走著，突有龐然大物出現在小徑彼端，我先是停下腳步，深呼吸，才鼓起勇氣慢慢往前，靠近一看原來是隻優雅的巨鹿，我們在林間相遇，彼此對望，牠的眼神淡定，頭上崢嶸而華麗的鹿角，還在繼續蔓延生長，展開令人驚嘆的姿態，像螢火蟲般的光點在那四周飛舞閃爍……我曾經做過這樣的夢，不只一次，對我來說是遇見創意的好兆頭。

我最愛的動物就是鹿，或者如果要問我覺得自己最像什麼動物？什麼動物最能代表我？最希望成為什麼動物？我的答案都是

鹿，鹿，鹿。居住在森林裡的鹿，個性溫和，體態優雅，四肢修長而有力，反應靈敏且機警，喜歡在清晨和黃昏時出沒，充滿神秘感，在古文明和許多傳說中都被視為神聖的象徵。

因此除了在世界各地買馬送給屬馬的妹妹，我還有收集鹿的嗜好。做創意幾年之後便開始為鹿癡狂，只要看到對眼的、覺得投緣的，就會不由得買下來。在我的迷鹿世界裡，有繪畫、攝影、鑄鐵、銅塑、木作、拼布、皮雕、明信片、杯墊、威士忌酒瓶……種種不同形式的鹿，全部都是頭上長角的公鹿，絕非重男輕女，包括我辦公室牆上塑膠仿製的鹿頭也帶角，我對鹿的鍾愛，全都源自這對上帝打造的藝術品。

記得是多年前在台東的都蘭，巧遇原住民金工家創作的一個鹿的小銅件，以銅片刻畫茂盛而多姿的鹿角，好像大樹般與鹿身不成比例地恣意開展，吸引了我駐足端詳許久。我想起曾聽阿美族長老說過HANA HODOOL這個字，美麗而莊嚴的神，當時剛好（或者說經常）處在想idea焦慮狀態的我，好羨慕那隻鹿，牠的頭上可以長出如此美麗而莊嚴的神奇東西，自由自在、無拘無束地延伸，就像一個比喻式的祝福：願每一位認真努力用功的創意人，都可以從頭上長出美麗而莊嚴的奇想異象。因為價格不便宜，我

猶豫了很久，沒有當場買下牠，隔天再專程前去，已經被有緣人帶走了。沒多久，我就第一次做了在黑暗森林裡遇見鹿的夢，接著就開始了對鹿的收藏。

相信許多人都知道日本的奈良公園以鹿聞名，裡頭有一千多頭野生鹿群到處趴趴走，地方還為牠們組成「奈良の鹿愛護會」。不只公園的草原上，我曾在通往春日大社綠意盎然的林道石階跑步時，幸運地遇見晨光正巧從樹隙間穿透，灑在幾隻後腳帶有白毛、人稱「神的使者」的鹿身上。但真要說起來實際見到奈良的鹿，與牠們互動相處，會發現傳說中的聰慧而具有神性只是假象，一但亮出「鹿米果」，貪吃的牠們為之瘋狂、無法自拔的笨模樣，根本就是一種超呆反差萌。我辦公室書櫃中層也打造了一座奈良公園，上面野放著各式各樣的鹿，在我身後為創意人加持，絞盡腦汁想破頭吧，美麗而莊嚴的東西一定會長出來的。我在家裡玄關的桌上，客廳的角落，還有每年佈置的聖誕樹下，也野放了幾隻銅鑄的鹿，有次長輩來訪，提點我每一隻鹿的頭都不要對著門外，因為鹿代表「祿」，當然要朝著屋內才能「進祿」，原來還有這種學問，真是上了一課。

駐春時受到紅氣球書屋主人木木和德慧無微不至的照顧，某日他們帶我去水蛙窟拜

訪朋友，路上才在聊恆春半島梅花鹿復育成功甚至到了鹿滿為患的程度，致力於社區營造的莎拉就恰巧拿出在鄰近草原撿過最漂亮的一對鹿角，美麗而莊嚴的東西來到我手中，我甚至試著把它裝在頭上，正在進行的書寫創作也彷彿有了好兆頭。

我最愛的新台幣也是上面有一群台灣梅花鹿那張，只要拿到五百元紙鈔都會留下來捨不得用，後來演變成我的另類存錢法。我還因此想過一個全聯福利中心的廣告腳本，開頭要人們好好愛護、保育鹿這種可愛的野生動物，接著鹿群的畫面巧妙轉換成鈔票上的圖樣，其實是要人們珍惜金錢，來全聯便宜購物。記得拍攝場景是彰化的一座鹿園，我在那裡第一次也是唯一一次親眼看到大概有一個半人高大的蘇格蘭馬鹿，就是眾多威士忌廠酒標設計鍾愛使用的那種鹿，顧名思義，牠的體型酷似駿馬，頭上的鹿角可以帥氣地長成六叉甚至八叉，我嘴巴開開地抬頭望著牠，心中滿是讚嘆和敬畏，時間彷彿暫停了，牠真的是祥瑞、權威、優雅與神秘的化身，只可惜不能把牠買回家。

人總要有一個這樣的收藏標的，無論刻意尋找或者不期而遇，只要遇上就要來上一個，而我的那個，就是鹿，因為牠們頭上會生長出美麗而莊嚴的東西，牠們是創意人的化身，神的使者。

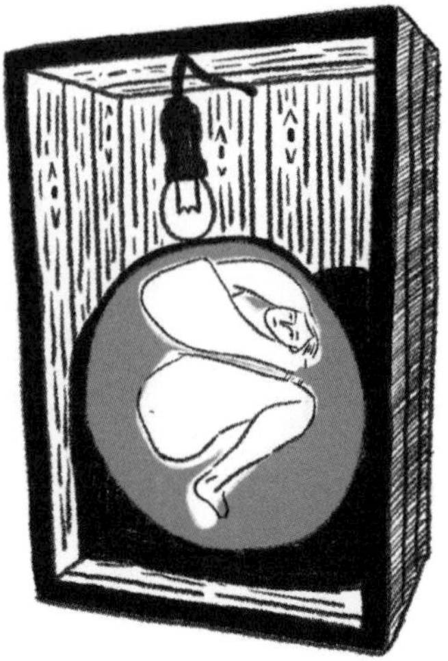

深長的擁抱

當你看著它，在黑暗中泛開的微黃光亮，照映舊木與粗陶富有手感的質地，勾勒出兩雙手臂環繞彼此入懷的意象，你會感覺到溫暖得好像真的被擁抱一樣。這應該算是我人生的第一件藝術收藏，好友妮可的作品「擁抱」。

妮可，鄧乃瑄，BrutCake的創辦人，是我最有才的……閨蜜。二〇〇九年她勇敢地離開廣告公司的工作，決心成為一個全職藝術家、設計師，一年後她在上海的Plum Cafe舉辦了第一次個展，不只在大陸的、還有包括我在內許多台灣廣告圈的好朋友都特地前去支持。當時的她還沒成名，售出的作品裡頭當然有真心欣賞的成分，但更大部分是「一人一件撐妮可」一的友情展現。記得Kit買了同樣是擁抱系列裡

頭一幅四千元人民幣的畫，我則是看上了這個複合媒材的裝置，它是燈飾、陶藝和繪畫三合一的創作，而且竟然只要兩千元人民幣，套句當時大陸的流行語，大概就是全場「性價比」最高的一件作品。所以我這歪打正著的藝術收藏起點，並非來自什麼品味和鑑賞力，而是義氣相挺加貪小便宜交織出的結果。

但這就叫緣份，人生有時候是這樣，無心插柳或者抱著不相關的原因，最後反而會遇到你預期之外的美好。妮可的「擁抱」也就從此意外地在我房間的牆上，也在我的心上佔據了一個重要的位置。

我家其實還有兩幅妮可「寄放」的畫，一幅是她還在台灣時舉辦的有點玩票性質的繪畫成果展中的主題作品，在峽谷之間的獨木橋上，金黃色的天光從上方傾瀉而下，穿著水藍色連身裙的女生眼睛綁著紅布，看不見前方的她伸長雙手，由一隻黑貓領著她過橋⋯⋯那時的她除了寂寞，還有對未來的許多不確定。另一幅是在宜蘭烏石港的海邊，暴風雨前陰沉的天空反射在海面上，和當地特有的灰色沙灘連成一整片冷色調的晦澀，短頭髮的女生站在水深及膝的地方，背對我們望向遠方⋯⋯孤獨感像浪潮一樣洶湧到就要滿出畫面了。作品反映創作者的心境，當時妮可的內心世界大概就像她的這些畫，不

用多做解釋就能強烈感受到巨大的負能量。當然她自己也覺察到了，於是她決定做出改變，就從創作出發，去發掘身邊美（無目的而令人愉悅）的事物，可以改變她對自身所處世界的看法，進而讓她的人生轉彎朝美的方向前去，這或許也是創作過程所能帶來的療癒功效。

她想起最愛的畫家畢卡索的「擁抱」，展開一系列致敬式的習作，用自己Art Brut原生藝術畫派的風格，去詮釋生命周遭那些充滿美感、溫度的各式各樣的擁抱。說也奇怪，就從這個系列開始，好事一件一件發生了，妮可在藝術創作中持續找到快樂和滿足，她和夥伴成立的設計品牌BrutCake，從陶器、燈飾、古布織品、金工到傢俱都受到兩岸三地藝文青年的喜愛，後來甚至被餐飲集團投資開了連鎖的複合式咖啡店，她更找到屬於自己的幸福，與才華洋溢的澳洲插畫家奶油相遇相戀，共同創造了一個人見人愛的小女生比莉。現在看她的作品，你會看見溫暖、天真和浪漫，還有可能是原本自身的孩子氣或者孩子帶給她的童趣，滿滿的正能量。

我所擁有的「擁抱」，是一個粗胚陶盤在燒成未乾之際用刮刀和釉料在上面作畫，一個人深情懷抱著另一個人，它被端置在一個舊木拼裝的方框之中，上方接了電線、燈

泡引入溫暖和光亮。把它掛在牆上之後，我才從情義值和性價比之外，看見其中的美。據說光是看別人抱在一起，就足以改變腦波、轉換心情，我想這就是為什麼看著房間牆上的「擁抱」，能讓我沒來由地覺得愉悅。

擁抱是一種療癒的姿態，能趕走煩惱、憂鬱，使人感到放鬆、舒壓和激勵，這與腦部分泌的催產素（Oxytocin）有關，因此科學家也稱之為「擁抱賀爾蒙」。一切可以追溯到出生前，我們在母親的身體裡都是被充滿羊水的子宮「擁抱」著，那是關於安全、愛與溫暖的記憶，所以心理學上還有個形容擁抱的詞叫做「子宮效應」，我想這也是為什麼當我看著「擁抱」第一個想到的，就是小時候被媽媽擁抱的感覺。我也經常想起父親過世前，朋友給的那個，很長很久很用力，好希望可以持續到永遠的擁抱。

我聽過一個故事，蔣勳老師去竹科演講「生活美學」，有個忙於工作多年，幾乎沒時間好好休假、陪伴家人的工程師問道：「應該要讓五歲的女兒學鋼琴好？還是學小提琴好？」他的回答是：「你可不可以多抱抱她？」讓一個小女孩在五歲的時候感受父親的體溫、留下暖心的記憶是多麼美的事呀。

研究證實，一天至少要擁抱六分鐘以上，才能達到身心健康的效果。聽起來有點困

難對嗎？但這裡所說的是實體的擁抱，我想，擁抱或許有可能以精神或意念的形式存在吧！打從娘胎（甚至前世）開始，每一個擁抱都在我們身上留下些什麼，那是關於擁抱的記憶、感受和慾望，如果你有方法能夠召喚它們，那麼擁抱就能持續產生作用，拼接、聯結、累積不同時空的片段，成為一個既深且長的擁抱。我房間牆上，妮可創作的「擁抱」就是其中一個召喚術。看著它，我想起那些曾經有過的擁抱，感同身受，然後很神奇地，給我一種力量，讓我也想用擁抱去保護、安慰自己所愛的人，跟她說：「不要難過，不要沮喪，不要害怕，讓我給你一個深長的擁抱好嗎？」

到底在迷物什麼——龔大中

已經忘了是在哪一天、從哪個地方進入這座森林的，我遇見許多令我著迷的「物」，有用盡九牛之力找到的，也有得來全不費功夫的，有重要的人贈送或留下的，有日久生情的、失而復得的、重修舊好的，還有一直在旁邊後來才發現的……一件又一件，叫人難以抗拒，終於流連忘返。

對物的喜愛，有人認為只是一時的、衝動的「慾」，某種程度上我並不反對，但卻更相信其中有細緻的、深刻的「情」，不然要怎麼解釋為何會迷成這樣？物，不只是物而已，在與人、事、時、地發生關係之後，它可能是欣賞、認同、嚮往，可能是光陰、印象、記憶，可能是緣份、陪伴、溫暖，可能是想像、感動、美好，一旦在心裡有了位置，就再也不是身外之物，如果願意去認真對待，當然無所謂玩物喪志。

物件的價值，無關乎價格，而是它之於我們的特殊意義。大師的傑作、摯友的心意、家族的傳承、旅行的紀念、經年的相隨或精神的象徵……懂得寄情於物，學會愛物、知物、惜物，就能建造自己的迷物森林，盡興地漫步其中。於是這些物，便成為上天的禮物，我們所愛的東西包圍著我們，形成了我們所處的世界，這是何其療癒的眷顧呀！而我們看物有它，將它收在身邊，除了非受迫性失去，或是無以名狀的不可抗力，從此，它將永遠陪伴著我們。

物是開始，是過程，物讓我們的故事持續下去，物讓我深深的相信，原來天長地久不是誤會一場。

我會一直迷物下去，一起被物療癒吧！

到底在迷物什麼——許力心

被物療癒吧？我很享受在還沒拿到手時蠢蠢欲動，然後花了點力氣將物帶回家的經歷，享受滿心歡喜將物放進衣櫃、鞋櫃、展示櫃、陳列架、置物籃、收納進盒內的那份美好心意，享受每次貼身、擁抱、觸摸、觀看、使用時的滿足，享受與珍愛之物處在同一個環境的圍繞感。對物迷戀先是建立在此。與之情感由點、線、面組成，隨後立體起來。

當物理價格轉換成心理價值，物就不再只是物了。離開原廠設定，物與我們發生化學效應，在心中乘載了不同的情懷與意義，有了第二次、第三次甚至不斷被詮釋或重新解讀的機會。它可被視之為家中的一份子，有排序地位，當然也有專屬空間，它能安撫人受傷的心，發揮強大的鎮定效用，它幫助回憶起某個快樂片段，找到舒服的狀態，它有時就算只是靜靜地站在那就充滿巨大力量，令人不敢輕易忽視它的存在。

於是我們為物寫詩，命名，大做文章。紀錄一個又一個新篇章。

我們因物立定志向，產生莫大勇氣，保持習慣，建立儀式感，養成某種怪僻，展開意想不到的旅程或留在原地，成為意料之外的自己。這個自己，可能連自己都要花許多時間重新認識認識。

我們看物的眼光，對物的方式，選物的品味，迷物的程度，反映出自身獨有的價值觀，透過物我之間，建構出現在的模樣，誰都複製不來。

關於迷物之人，與其說我們對物件窮追不捨，不如說在茫茫物海中，是它選擇了我們，而我們有幸認識它，靠近它，擁

的角度、方式也形成了我們的世界觀，裡頭反映著與我們息息相關的認知、情感和回憶，藉著欣賞、觸摸、使用去感受物的存在，其實同時也確認並證明了自己的存在。

我走在我的森林裡，也彷彿在逛我心中最想開的那間巨大選物店，細數著每一件物裡都有一朵花，一個專屬的私物語……

這是一件祝福，這是一件連結，這是一件儀式，這是一件態度，這是一件故事，這是一件愛……這是我為什麼如此迷物。